U0519618

莎士比亚公司

[美] 西尔薇亚·比奇 著　张禹九 译

SHAKESPEARE & COMPANY

四川文艺出版社

图书在版编目（CIP）数据

莎士比亚公司/（美）西尔薇亚·比奇著；张禹九
译. —成都：四川文艺出版社，2020.1
ISBN 978-7-5411-5416-4

Ⅰ.①莎… Ⅱ.①西… ②张… Ⅲ.①回忆录—作品
集—美国—现代 Ⅳ.①I712.55

中国版本图书馆 CIP 数据核字（2019）第 261881 号

SHASHIBIYA GONGSI

莎士比亚公司

（美）西尔薇亚·比奇 著 张禹九 译

出 品 人　张庆宁
责任编辑　李淡宁　刘芳念
封面设计　叶　茂
内文设计　史小燕
责任校对　段　敏
责任印制　喻　辉
封底摄影　张雨潇
内文摄影　吴濛妮

出版发行　四川文艺出版社（成都市槐树街 2 号）
网　　址　www.scwys.com
电　　话　028-86259287（发行部）　028-86259303（编辑部）
传　　真　028-86259306

邮购地址　成都市槐树街 2 号四川文艺出版社邮购部　610031
排　　版　四川胜翔数码印务设计有限公司
印　　刷　四川机投印务有限公司
成品尺寸　130 mm×185 mm　　开　本　32 开
印　　张　9　　　　　　　　　　字　数　170 千
版　　次　2020 年 1 月第一版　　印　次　2020 年 1 月第一次印刷
书　　号　ISBN 978-7-5411-5416-4
定　　价　42.00 元

古籍书店正门

摄于 2019 年 8 月

在书店前驻足的行人们

摄于 2019 年 8 月

店内昏黄灯光下老旧的打字机

摄于 2015 年 5 月

书店内墙上挂着的作家照片与手稿记载着书店的历史

摄于 2019 年 8 月

2015年，莎士比亚公司现在的店主西尔薇亚·惠特曼（乔治·惠特曼的女儿）替父亲完成了在书店隔壁开一家文学咖啡馆的梦想。值得一提的是，咖啡托盘的餐垫纸印着"普鲁斯特问卷"，供读者们在享用甜点与咖啡的同时思索个人的兴趣爱好、生活经历及价值观等。

摄于 2019 年 8 月

堆积如山的书籍旁边放置着供读者们弹奏的钢琴

摄于 2015 年 5 月

夜幕下的书店正门

摄于 2015 年 9 月

（序）

是公司不是书店

张禹九

　　作者西尔薇亚·比奇（1887—1962），美国人，一位平平常常然而不乏见地的文化人、文明人、文雅人。1956 年，她写出了平平常常然而不乏文采的《莎士比亚公司》的前前后后、左左右右……立意新颖，文笔简朴。

　　此著的原名是 *Shakespeare & Company*（New Edition, Harteourt, 1991）。书名里只有 *& Company*，并无 bookstore。如果译作《莎士比亚书店》，这"书店"一词与 *& Company* 一语完全不符。

　　& Company 是"公司"而不是"书店"。

　　作者不直接用名副其实的称谓，例如 bookstore 之类。

　　作者把她的那个小小的店铺命名为 *& Company*。

　　作者把"莎士比亚"与"公司"这一文一商的称谓组合在一起当作招牌。

　　是偶然所为？是随意所为？恐怕是有所考虑、有所寓意的吧。

书的基本内容不是图书买卖，更不是介绍图书买卖的生意经。

书的主旨、主调都是写书与人的内在关系与相应的外在关系，尤其是书与多元文化人在当时以及后来的渊源与友谊——担此重任，"书店"略嫌单薄，"公司"则较为厚实——不是单打一地只经营图书买卖，更是书与人之间富于生命力、富于人文内涵的一条绿茵茵的幽径。

译书之前，当然要先读上一遍或数遍，倒不觉得十分难读；立意自如，文笔简朴。"读懂"并不等于"译好"，其间有一道不小的"坎"；要顺利地迈过这道"坎"，绝非易事，更何况西尔薇亚女士写人写事都有她自己的套路。

逸事多，分散在各个章节，而且互有联系——这种联系不同于小说里的联系：小说里的联系有故事情节"帮忙"，是相互呼应的；此书的逸事则完全没有故事情节作"媒介"而各行其是。逸事颇像一株枝繁叶茂的小树。

人物多：出现在书里的人或人物——著名人物，不很著名的人物、很不著名的人物，完全不知名的人物——超过三百人。作者提到或描述这些人物是"笔到人到""顺理成章"，甚至是"顺水推舟"；译者就无法像她那样潇洒自如了。译者要一一查考。人物颇似一支浩浩荡荡的队伍。

作者提到或引述的著作之多，恐怕也不比人物少。

译得苦，译得累，不能怪作者，要怪也只能怪译者本人的能力有限。

译者

二〇一八年四月一日

于武昌沙湖边

目录
CONTENTS

第一章

西尔薇亚何许人

我父亲西尔维斯特·伍德布里吉·比奇教士是长老会牧师、神学博士，在新泽西的普林斯顿第一长老会教堂任大司祭，为期十年有七。

据《萌昔杂志》上的一篇文章说美国人的家谱形形色色。我父亲的母系一方的先人皆为教士，代代相传，多达十二三代。我的妹妹霍莉对此半信半疑，一番探究之后摸清了真相。她把那教士人数减少为九人，我们都认为此数字更为准确。

我母亲姓奥比森，很像神话里的人物。也就是说，她的某位先人詹姆斯·哈里斯船长在后院里东挖西挖，发现一股绝妙的泉水，就地规划出了阿利格尼山脉的小镇，取名美泉镇，这镇名是哈里斯太太想出来的。我倒宁愿听母亲常给我讲的逸事：拉法耶特[①]上门喝了一杯泉水之后惊呼"Belle

---

① 拉法耶特（1757—1834），法国将军，支持过美国独立战争。

fontaine!"① 只不过，法国人是不大可能要水喝的。

母亲不是出生于宾夕法尼亚州的山间小镇而是出生在印度的拉瓦尔品第，她的父亲是行医的传教士。祖父把全家人接回了美泉镇。他的遗孀把四个孩子抚养长大并在镇上度过余生，在当地，她几乎跟那著名的泉水一样受人尊敬。

母亲上的学校是美泉中学。教拉丁文的教师是个高个子的年轻人，很帅气，刚毕业于普林斯顿学院及普林斯顿神学院，他就是西尔维斯特·伍德布里吉·比奇。当时她年仅十六岁。两人订了婚，不过等了两年才结婚。

父亲的首次传教是去巴尔的摩，我就是在那里出生的。第二次传教任务是去新泽西的布里奇顿，在那里担任第一长老会教堂的驻堂牧师，为时十二年。

我十四岁左右，父亲带全家人去了巴黎——母亲、我的两个妹妹霍莉与西普莉安，还有我。一直有人请父亲去接管所谓的学生会的工作——在拉斯巴大街为在此的美国学生成立更完善的俱乐部则是后来的事。在此的美国学生一有思乡之情，就会在星期日晚上到蒙帕尔纳斯的一间大画室里聚会。当时一些最出色的歌手如玛丽·加登、查尔斯·克拉克，伟大的大提琴家巴勃罗·卡塞尔以及其他艺术家都来为此活动效劳。甚至连萝伊·芙勒②也来了。她不是为献舞而来，而

---

　① 法文："好泉水啊！"
　② 萝伊·芙勒（1862—1928），现代舞蹈的先驱。

是来畅谈舞技的。我记得她是个矮胖、平常的姑娘，从芝加哥来；戴着一副女教师戴的那种眼镜，畅谈她把照明系统与镭元素相结合的种种实验。我也记得她当时在红磨坊表演引起的轰动。当你在红磨坊看到她时，顿时，你所认识的萝伊·芙勒完全变成另外一种状态。她用手里的两根超长的棍子，舞动似乎长达五百公尺的旋转飞舞着的呢绒，看起来宛如火花把她团团围住并将她吞没，到最后，只见灰烬不见其他。

父母亲都喜爱法国和法国人，而我们认识的法国人却很少，这是因为父亲的工作主要是跟我们的同胞打交道。父亲跟法国人相处十分融洽，依我看，他骨子里便是个古罗马人。他学法文可谓竭尽全力。他的一位身为议员的朋友给他上课，他很快便能读能写，十分熟练，至于发音——啊！这就是另一回事了。我们常听见议员在隔壁努力教他发法文"u"的发音。我们先听见议员读的"u"，父亲跟着读的是"OOH"，声音更大，相去甚远，但依然如此这般继续下去。

对母亲而言，巴黎就是乐园，就是一幅印象派画作。她乐于为学生会安排节目，这就是她的工作。她也喜欢前来表演的那些艺术家。

我在巴黎头几年的一件重要事情是结识了我的朋友——我的终生好友卡萝塔·韦尔斯。从这名字看，你当然会认为卡萝塔是意大利人，但这名字的由来纯属意外。她在阿拉西奥出生后，她父亲打算给她取名"夏洛蒂"，在法庭注册时却被翻译成了"卡萝塔"。韦尔斯先生介绍她时总称她为"我们的小意大利人"。这使她十分不快，因为她是坚定的美国爱国者。韦尔斯先生是西方电气公司驻巴黎的代表，开设的分公司遍及欧洲和远东，是这一行业的开拓者，在此领域享有盛名。

韦尔斯一家是我们的同胞，但生活在法国。我是通过卡萝塔及其全家才渐渐知晓法国的。他们在都兰省乡下有房子，坐落在离亲河不远的布赫黑镇，这房子归他们以及他们的几个朋友所共有，在这些幸运的朋友中就有我们比奇一家。韦尔斯先生的消遣活动是办一个顶呱呱的图书馆，能让他在里面躲上几个小时；还要建一个漂亮的酒窖——他可是一位爱酒如命的品尝家。等到卡萝塔长大跟吉姆·布里格斯结婚之后，他家里才有人跟他一起品评葡萄酒。吉姆·布里格斯对各种果酒的了解至少跟他的岳父不相上下，说到法式菜肴，他便更胜一筹了。

小小的亲河，弯弯曲曲；那乡间邸宅在其上游，望出去的景色好似一条古老的法式织锦。两幢房子，一新一旧；花园顺着坡地向下伸延；有围墙的菜园靠近河岸边；那个小岛，你坐平底船便可过河到达。这一切令比奇家的几个小家伙着迷。

韦尔斯家的医生建议他们，卡萝塔该到户外而不是学校，这样一来，她就能有时间跟我相伴了。我陪伴她乃是应邀而为，我们那长久的友情就是这样开始的。卡萝塔是我认识的第一个观赏鸟儿的人。这个身着方格花布衣服、独立、爱嘲讽的小姑娘——韦尔斯家的人都爱嘲讽——花很多时间"落"在某一棵大树上用望远镜窥视鸟群。

我在欧洲短留期间，仅上学几个月。霍莉和我一起在洛桑市上学，掌管学校工作的两位女士的见解十分奇妙，所规定的纪律倒适用于感化院的一伙淘气鬼，并不适用于众多的温顺听话的小女孩。我学了一点点法文的语法，却很辛苦。不久，母亲带我回了家，就在这时我去了布赫黑镇跟卡萝塔一起住。我本来是会过得非常愉快的——如果不是想着霍莉。霍莉要照常上学，一天出外散步两次且必须是两人结伴，除了散步之外她不得跟任何人搭腔，她不得朝窗外看日内瓦湖，唱歌时嘴里要含一块软木塞以使嘴巴保持张开。霍莉真是个苦行僧。

我们从巴黎迁往普林斯顿。父亲被派往普林斯顿，他感到十分高兴，因为他的学生时代是在那里度过的，早把那里视为家了。母亲也很高兴。如果有人问她愿意住在哪个城镇，她会选择普林斯顿。我们在图书馆街的殖民地时期的牧师公馆安顿下来。也许这地名对我日后选择图书生意有影响。普林斯顿，与其说是城镇还不如说是有树有鸟、枝繁叶茂、花团锦簇的公园。比奇一家真是三生有幸。

我的朋友安妮斯·斯托克顿是研究普林斯顿历史的权威。

我曾和她一起乘坐斯托克顿家的马车去参观过战场遗址，拉车的那匹马叫瑞迪，叫洛克的那只德国猎犬挤在我们两人的座位之间。安妮斯还告诉我，乔治·华盛顿部下的马匹曾在第一长老会教堂里大声啃嚼燕麦。安妮斯的先人是《独立宣言》的署名人。挂在斯托克顿家的墙上傲然俯视的，是她的祖辈本杰明·富兰克林和莎拉·巴赫①的肖像。

听父亲布道的会众之中也有已经创造历史和将要创造历史的人：格罗弗·克利夫兰家族的人，詹姆斯·加菲尔德家族的人，伍德罗·威尔逊家族②的人。格罗弗·克利夫兰这个人十分有趣，亲切和蔼，退休之后回到普林斯顿跟家人住在一起。母亲曾见过克利夫兰太太，是位漂亮女人，当时她们都是新娘。他们家的孩子，两男两女，很有教养，这样的人，再也难找了。

至于伍德罗·威尔逊，一副学者派头。他一直向往平静的生活，却事与愿违。他不太健谈，但一开口必引人入胜，吸引众人洗耳恭听。他的女儿十分崇拜他。他爱家顾家；他要是不在，玛格丽特、杰西和埃莉诺都会耷拉着脸，直到他回家来。玛格丽特要唱歌，而威尔逊家里没有钢琴，便去牧师公馆找我的妹妹西普莉安给她伴奏。

―――――――――

① 莎拉·巴赫，本杰明·富兰克林的女儿。
② 格罗弗·克利夫兰是美国第22任和第24任总统，詹姆斯·加菲尔德是美国第20任总统，伍德罗·威尔逊是美国第28任总统。

伍德罗·威尔逊曾提到过一件事：他离开普林斯顿前往华盛顿所乘的那趟专列就被命名为"霍莉·比奇"，实属巧合，却也有趣。

威尔逊一家迁到华盛顿后，也照样把我父亲看作他们的牧师。杰西和埃莉诺出嫁时，他们还请我父亲前去白宫主持婚礼；另外，我父亲还是总统葬礼仪式的主持人之一，这是威尔逊生前的吩咐。

我们住在普林斯顿的那几年，也常去法国访友或长住——有时是全家出动，有时是只去一两个人。我们对法国怀有一种真挚之情。在普林斯顿的一位朋友玛格丽特·斯隆也怀有这种感情，她就是威廉·斯隆教授的女儿，她父亲写过拿破仑传记。某个星期天上午，玛格丽特看见我妹妹西普莉安在第一长老教堂的前排座位坐下，打开一把大扇子，扇子上画的是一只黑猫，正是巴黎一家知名酒馆的招牌（Au Chat Noir），玛格丽特见此情景，高兴得不得了。

本·胡布希先生还记得，有个名叫西尔薇亚·比奇的人大约在1916年从普林斯顿去纽约，向他请教谋求发展之事。我很敬仰他，但这也不能成为占用他时间的借口。他为人十分厚道；据我回忆，在我想开书店的计划尚不明确之际，他鼓励了我。在出版乔伊斯著作这一领域里，我是胡布希先生的晚辈，他和我有一种不可思议的关联性，对此我毫不怀疑。

第二章

皇宫花园

我在 1916 年去西班牙待了几个月。1917 年我前往巴黎。我对当代法国文学早已有特别的兴趣。现在我要认真从头学习了。

我的妹妹西普莉安也在法国，她想当歌剧演员，因为打仗，不逢其时，便转向电影圈。我到法国后，我们一同在皇宫花园住了一段时间。西普莉安有不少戏剧界的朋友，她就是通过这些朋友才发现这个有趣的地方的，那里是演员们常去之处，西班牙人也常去这里。我们住在皇宫花园另一边的旅馆里。我们听说，约翰·霍华德·潘恩①写的《美好家园》完成于此地。不妨想想，他那句沉思般的"沉醉于欢乐与豪宅中"，竟然是在如此简陋老旧的"皇宫"里写出来的！隔壁是皇家花园剧院，在此演出的都是全巴黎最下流的戏剧。

尽管这家剧院和当地一两家书店大都涉及色情业务，不

_____

① 约翰·霍华德·潘恩（1791—1852），美国演员、剧作家。

过这时的皇宫花园还是相当规矩的。我从旅行指南得知，在早年，此处可不是这样：想当年，奥尔良公爵，或者不妨说他的儿子摄政王就住在这里，也在此举行盛大舞会。旅行指南写道，他把绘画师们的画作挂在墙上，沙皇彼得大帝到巴黎时由他出面接待。岁月更迭，皇宫花园却无改进。有拱门的街道上，浪荡子络绎不绝，还有"珠宝店、收费图书馆、卖弄风骚的半裸高等妓女"就不足为奇了。指南最后写着，皇宫花园吸引来的令人讨厌的人实在太多，自当予以"道德重整"，但这么一来便使它大大丧失"兴味与人缘"。我们倒觉得这地方别有风味。

我们房间的窗户外面便是花园，花园正中有一喷泉，远处是一座罗丹创作的维克多·雨果雕像。附近的一些小娃娃在漫天灰沙中，用小铲子挖步行小道。老树上歇满了鸣鸟，盯着这些鸣鸟的正是这花园的真正主人——几只猫。

沿皇宫花园周围是一圈阳台，我们房间的窗户都与阳台相通。如果你很好奇，想看看你的邻居怎么过日子，穿过阳台从他的窗户进去即可——我们遇到的就是这种情况。一天傍晚，我们坐在开着的窗户旁边，一个高高兴兴的年轻人出现在阳台上，伸出一只手，显得十分热诚，迈进了我们的房间。他笑容可掬地做自我介绍说他是隔壁那家剧院的艺术家。我们把这位客人推了出去，关上窗户。我们恐怕没有那么好客。接着，他便消失在响起铃声的那个方向，这铃声是预告下一幕即将开演。我们赶紧换好衣服，向皇宫花园剧院售票处走去。剧院经理虽然很难显得若无其事，却也客客气气地听取我们的投诉。他要我们说说那个冒失鬼长什么样，我们说是"年轻人，留着胡子，皮肤有点黑"，他说这跟他的任何一个艺术家都可能对上号，于是建议我们去最靠前的包厢就座，等那家伙一到台上，我们就把他指出来。我们照办，惊呼"就是那个!"全场观众、演员，包括我们的那位客人都顿时哄堂大笑，是笑我们而不是笑那场戏。我得承认，我们自己也跟着他们一起笑了。

西普莉安实在太美，所以你不能怪罪有人未经邀请破窗而入。不过，这姑娘也挺可怜，她喜欢在巴黎闲逛却不能，因为每次闲逛总有人跟踪她纠缠她。一些小男孩很快就认出她是每周在巴黎各电影院上映的系列影片《法官》里的"美女缪泽特"。她不管走到哪里，总有一群喜欢她的影迷跟到哪里。最要命的一次类似的经历是在巴黎圣母院里，我们是去听一种动听的法国古乐的。合唱队的小男孩们认出了"美女缪泽特"，用手指着她，交头接耳，幸好他们对合唱队指挥还有点恻隐之心——他是我们十分敬重的一位神父。我们起身离去。

诗人阿拉贡①便是我妹妹的仰慕者之一，他在达达运动中是十分活跃的。他曾鼓吹他热爱巴黎一家博物馆里的克娄

---

① 路易·阿拉贡（1897—1982），法国超现实主义诗人。

巴特拉①木乃伊，后来又告诉我，他已转而仰慕西普莉安了。为了追求西普莉安，他常来我的书店，有时为我朗诵他的字母诗，其中的一首名为《桌子》。所谓的"字母诗"也就是朗诵得很慢很慢而已。至于《桌子》，则全篇只有"桌子"一词，从开始到结束，一再重复此词。

在夜间空袭时期，西普莉安和我可以有两种选择，在地下室里感染上流行性感冒，或在阳台上欣赏景色。我们通常选后者。更吓人的是"大贝塔"，即德国人用的一种火炮，在白天用来扫射街头。一天下午——正好是耶稣受难日——我在司法大楼里旁听审判，受审者是坚定的绥靖主义者，是我认识的一位教师朋友。突然间轰隆一声，审判中断，我们冲出去，只见河对岸的圣杰伟教堂被炮火击中。许多从镇上各地赶去听著名唱诗演出的人丧命，这幢美好而古老的教堂惨遭破坏。

艾·莫妮耶的灰白小书坊

有一天我在法国国家图书馆注意到一本书评——我想此书评就是罗·弗赫的《诗与散文》——可以在艾·莫妮耶的书坊买到，此书坊位于巴黎第六区剧院街七号。这店名我从未听说过，对剧院街我也不熟悉。突然间，某件事使我无法

---

① 即"埃及艳后"，绝世美人（公元前约 69—30）。

抗拒地向往那个地点，那里将发生我一生之中无比重大的事情。我过了塞纳河，不久就来到奥登街，街的尽头有家剧院，不知为什么它使我想起普林斯顿殖民地时期的房屋。向前走半条街，左边就是一家灰白的小书坊，在其门的上方就是招牌"艾·莫妮耶"。我盯着橱窗里那些令人激动的书籍，继而往店内看，看见四面墙都是书架，其中的法文书籍都包着闪闪发光的"透明纸"封皮——等到有人买了之后交给装订工去装订，这是要等很长时间的。店里到处挂着一些作家的十分有趣的画像。

桌旁坐着一位年轻女子，毫无疑问，她就是艾·莫妮耶本人。我在门前稍有迟疑，这时她立即站起来开门带我进店，亲切而热忱地欢迎我。这情形在法国倒是少见——法国人对待陌生人通常很讲分寸。不过我也知道这是艾·莫妮耶所独有的特色；如果陌生人是美国人，那就更是如此。我以西班牙式的外套和帽子乔装自己，莫妮耶却一眼就看出我是美国人。"我很喜欢美国。"她说。我回答说我很喜欢法国。我们日后的合作证明我们是说到做到了。

我站在开着的门边时，一阵强风把我头上的西班牙式的帽子吹到了街上，一路滚去。艾·莫妮耶跑去追它，这对一位穿着长裙的人而言算跑得非常之快了；快要追到时，她猛地扑了过去，之后细心地掸去帽子上的尘土，交给我。我们两人开怀大笑。

艾德丽安·莫妮耶身材略胖，肤色白皙，简直就像北欧人，面颊红润，直发从优雅的前额往后梳。最引人注目的是她的双眼，蓝灰色，略微有点鼓，使我想到威廉·布莱克①的双眼。她显得生气勃勃。她的衣着风格跟她本人十分相配，有人说介乎修女风格与农夫风格之间：宽松的长裙下摆一直垂到脚跟，白色的丝质短衫外面罩一件紧身的丝绒背心。衣服的颜色灰白兼有，恰似她的书坊的颜色。她说话的声音很高，她是山地人的后裔，而山地人隔着山头对话是要互相高声呼喊的。

艾德丽安·莫妮耶和我都坐下，谈的当然是书。她告诉我，她一直对美国作品感兴趣。凡是可以获得的译本她都收藏在图书室里——从她最喜爱的本杰明·富兰克林②开始。我对她说，她一定会喜欢《莫比·迪克》③，但是这小说尚未译成法文。（让·乔诺的法译本稍晚才出版，艾德丽安果然喜欢）她没看过当代美国作家的作品，这些作家在当时的法国尚不知名。

对现代法国文学而言，我只是个初学者。当她得知我喜欢瓦洛希④的作品并且有一本《年轻的命运女神》时，她便认为我这个初学者就很不一般了。我们谈妥，都认为我应该

---

① 威廉·布莱克（1757—1827），英国诗人、画家、雕刻家。
② 本杰明·富兰克林（1706—1790），美国政治家、作家。
③ 美国小说家赫尔曼·麦尔维尔（1819—1891）的名著。
④ 保罗·瓦洛希（1871—1945），法国诗人、小说家。

接着读于勒·罗曼①的作品，我在美国时已开始读他的作品；她愿意帮助我阅读克洛代尔②的作品。于是，她吸收我为名曰"书友之家"的艾·莫妮耶图书室成员，为期一年——后来则延续至多年。

一战最后的几个月里，隆隆炮声离巴黎越来越近，我常在艾德丽安·莫妮耶那灰白的小书坊里一待就是几个钟头。一些法国作家时常光临——有的来自前线，身着军服——跟她谈笑风生，其中的一位总是在她的桌旁就座。

还有讲读会，我每次必到，从不错过。图书室成员都受邀前往"书友之家"听作者讲读自己尚未成书的手稿，也可由作者的朋友讲读；纪德③讲读瓦洛希的手稿，就是一例。我们挤进小小的书坊，简直挤得令讲读人动弹不得，我们却屏息倾听。

我们听过身着军服的于勒·罗曼讲读他的诗歌《欧洲》；瓦洛希谈论过坡④的作品《我知道了》；安德烈·纪德也讲读过多次坡的作品。为我们讲读过的还有让·史隆伯杰⑤、瓦洛希·拉赫博⑥以及莱昂－保罗·法尔格⑦。偶尔也有音乐

---

① 于勒·罗曼（1885—1972），法国诗人。
② 保尔·克洛代尔（1868—1955），法国诗人、剧作家。
③ 安德烈·纪德（1869—1951），法国著名作家。
④ 埃德加·艾伦·坡（1809—1849），美国诗人、小说家。
⑤ 让·史隆伯杰（1907—1987），法国著名珠宝设计师。
⑥ 瓦洛希·拉赫博（1881—1957），法国作家。
⑦ 莱昂－保罗·法尔格（1876—1947），法国抒情诗人。

节目，由埃里克·萨蒂①和弗朗西斯·普朗克②负责。再往后——莎士比亚公司加入"书友之家"之后——就是詹姆斯·乔伊斯了。

我相信，发现奥登街并且参与当时当地令人振奋的文学生活者，只有我一个美国人。我开书店的成功，应归功于我在艾德丽安·莫妮耶书坊结识的法国朋友们。

我也间或改变一下我在文学世界里的生活。我干过农场义工的活，干了一个夏季，因为务农的男子都上了前线。收完小麦后我又在都兰省的几个葡萄园摘过葡萄。后来我妹妹霍莉在美国红十字会替我谋到差事。我们到贝尔格莱德去，把睡衣和浴巾分发给英勇的塞尔维亚人，为期九个月。1919年7月，我回到巴黎。

---

① 埃里克·萨蒂（1866—1925），法国作曲家。
② 弗朗西斯·普朗克（1899—1963），法国作曲家。

第三章

自己的书店

我想开书店的想法由来已久，现已成为我难以摆脱的心病。我非常想开一家法文书店，至少成为艾德丽安在纽约的分店。我的目的是促使我无比钦佩的那些法国作家能在我的国家更加广为人知。我不久得知，我母亲愿意把那点积蓄投到我这个生意上，可是靠那点积蓄在纽约开店，那是远远不够的。这个令人神往的计划只好作罢，好不惋惜啊。

艾德丽安·莫妮耶得知我们打算在我的国家开法文书店分店的计划落空后，我以为她会万分失望。恰恰相反，她十分高兴。于是，我也顿时十分高兴，因为转眼之间，我的书店就成了在巴黎的美国书店了。我的资金在巴黎能派上更大的用场，店租和生活费在当时当地也低。

这种种裨益我都看到了。我还得承认，我非常喜欢巴黎，定居在巴黎而成为巴黎人，这诱惑可不一般啊。再者，艾德丽安已有四年的售书经验，开店于战争时期并能经营下去。她答应在我经营之初给出主意，帮我多多介绍顾客。据我所知，法国人很想了解我们美国的新作家。依我看，位于左岸的一家美国书店是会受到欢迎的。

难办的是在巴黎找一家空店铺。如果不是艾德丽安留心到杜皮德杭街有房屋出租，我想找到需要的门面恐怕还得等上一段时间。从这条小街拐弯，走过去就走到奥登街了。艾德丽安忙于图书借阅，忙于出版，自己还要写作，但仍然抽出时间帮助我做筹备工作。我们赶到杜皮德杭街，找到八号门牌——在这个多斜坡的小街上大约只有十个门牌号——是一家店面，百叶窗关着，牌子上写着"店面招租"。艾德丽安说这里原来是洗衣店，她指着门两边的两个词，说一个词是"大件"另一个词是"小件"，意思是说大到床单小到精致的亚麻衣衫统统都洗。胖嘟嘟的艾德丽安自己站在"大件"下面，叫我站在"小件"下面。"你我各得其所了。"她说。

我们找到了看门人，是一老妇，戴着黑色丝带帽，住在两层楼之间的旮旯里，巴黎那些老房子的看门人都这样。她带我们去看房子。我当场决定这就是我要的房子，不必犹豫。有两个房间，当中隔着一扇玻璃门，有台阶通向后面的一间。前面一间有个壁炉，壁炉前放着女工洗烫衣物用的炉子，上面还放着几个熨斗。诗人莱昂—保罗·法尔格尽量按炉子的原样画了一幅画向我炫耀，画中那几个熨斗都是各就各位的。看来他跟洗烫衣物的女工倒是很有交情，这或许是因为洗烫衣物的那些女工都很漂亮吧。他签在画上的姓名是"莱昂—保厄·法尔格"，这是借法文"保厄"（Poil）与"火炉"

（poêle）两字而说的俏皮话。

艾德丽安看着那扇玻璃门，似乎想起了什么事。是的，这扇玻璃门她以前看见过。当她还是个小孩的时候，有一天，她母亲带她去的正是这家洗衣店。洗衣女工们只顾忙着干活，这小孩扒着门荡来荡去，把玻璃门打破了。回到家里之后，她的屁股可挨了好几下。

这事那事——包括人人称之为"格胡斯特大妈"的那位可爱的门房老太婆，后面那间屋外的小厨房，艾德丽安扒过的那扇玻璃门——凡此种种都使我高兴，更不用说房租很低了。我暂时搁一搁，考虑考虑。"格胡斯特大妈"也要让我考虑考虑嘛，考虑一两天，这是法国人的优良风俗。

不久后，母亲在普林斯顿收到我的电报，上面说得简单明了："在巴黎开书店，请汇钱来。"于是她把她的全部积蓄给我汇来了。

开店伊始

我在准备用这个小门面经营书店的过程中，真可谓其乐无穷。我们的朋友赖特·沃辛夫妇在圣父街开了一家名为"阿拉丁神灯"的古玩店，我接受了他们的建议，用粗麻布贴在潮湿的墙上。为我干此活的是个驼背的室内装饰商，他用凹槽装饰填补了墙角，他为此十分得意。书架是木匠打造的，他还把窗户加以改建，作陈列图书之用。给宽约数英尺的正门面上漆，则为油漆工所完成。他称之为"门面"，并保证完工之后，这门面跟他最近的杰作"市政厅百货公司"一样华丽。另有一位"专家"前来，他在店的正面漆上店号"莎士比亚公司"，这店名是我夜间睡在床上时想到的。我的朋友潘尼·奥莱利称，我的这位"合伙人比尔"① 对我的事业甚表嘉许，更何况他的书都很畅销呢。

艾德丽安的朋友查尔斯·温策是波兰籍英国人，他画了莎士比亚肖像当作招牌，准备挂在店外，这不怎么合艾德丽安的意，我却认可了，把招牌挂在了大门上方的一根横木上。到了晚上我把它拿下来。有一次我忘了拿，结果被偷走。温策再画一幅，也不翼而飞。艾德丽安的妹妹另画的那幅莎士比亚肖像，画得有些像法国人。我沿用至今。

如今很多人弄不明白那"书舞"一词是怎么回事②。嗯，竟然是那位专家一丝不苟地全文拼写在"借书处"对面的橱窗右上角的。我让"书舞"保留了一段时间。这"舞"字颇能表明，莎士比亚公司的售书业务就要初登"舞台"了。

那些工匠都对鄙店感兴趣，但干活都想来就来不想来就不来。我不知道，到开张的当天，他们会不会还在赶活呀——装饰、木活、油漆。不过店里挤满了人，至少也算是热闹吧。

---

① 比尔是威廉的昵称，指威廉·莎士比亚。
② 把 bookshop（书店）拼写成了 bookhop；hop 是舞会的意思。

我店里的"办公用具"全是古物，那面漂亮的镜子，那张折叠式桌子，都是赖特·沃辛夫妇送的。其余的全都购自跳蚤市场，当年，你还真能在那里物色到便宜货。

借书处的书，除了最近出版的以外，都来自巴黎的几家存货充足的英文旧书店。这些书也是古物，其中的一些珍贵万分而不供流通。如果我的那些会员不是那么诚实可靠，从书架上消失的书就会很多。证券交易所附近的那家令人神往的波伏与修伊耶特书店，现已不复存在；而在当初，对挖掘者而言，它却是获得发现的大好天地。发掘者们乐于举着亲爱的修伊耶特老先生亲自提供、点燃的蜡烛，走进地下室——这多冒险啊！——挖掘出深埋在层层资料堆里的珍宝。

西普莉安当时在美国，她给我寄来最近在美国出版的新书。我去伦敦，买回满满两大箱英文书，以诗歌居多。阿丽达·门罗太太与哈罗德·门罗经营的诗歌书店，是个好去处。阿丽达·门罗太太为人厚道，给我提供大量有关诗歌出版、发行以及与此相关的消息。我四处拜访出版商。他们大多很客气，对在巴黎新开的这家书店给予鼓励，给我提供各种方便，就算知道我可能是个女冒险家。其实，我确实是。

我前去搭乘联运列车①的途中，在科克大街稍做停留，去找兼营出版与销售的艾尔金·马修斯开的小书店，以便订

_____

① 与船运相衔接的列车。

购叶芝①、乔伊斯以及庞德的著作。他坐的地方像个游廊，书籍浩如烟海，几乎淹到他的双脚了。我们交谈甚欢，他十分友好。我说起我曾见过威廉·布莱克的某些画作——我店里如果能挂上布莱克的某件画作该多好！他当即拿出两幅漂亮的原作卖给了我——据后来看见此画的研究布莱克的专家们说，那售价简直是低得离谱。

我没有给艾尔金·马修斯写下所购书籍的书名——真的，我没有时间，好在我们相互非常理解——给他的是空运订单，订购的是叶芝、乔伊斯和庞德的著作以及他店里可能有的任何画作。几天之后，艾尔金·马修斯寄出的一个大邮包抵达巴黎，有我订购的著作，另有几十本法国人所谓的"夜莺"②，这是对卖不出去的货色的一种富于诗意的说法。这一次，是把这些"垃圾"倒给我的大好时机。除了这些书之外，邮包里还有一些巨幅画像：拜伦的画像有五六幅，其余的是纳尔逊、威灵顿③以及英国的其他历史人物。从这些画像的尺寸看，本该是挂在官邸的墙上的画像。我将画退了回去并狠狠地把艾尔金·马修斯责怪了一通。然而，只因他已卖给我两幅布莱克的画作，我便没有跟他过不去。这位老先生只给我留下了有趣的回忆。

----

① 威廉·巴特勒·叶芝（1865—1939），爱尔兰作家。
② 法文 rossignols，有"夜莺"的意思，另有"陈货"之意。
③ 纳尔逊、威灵顿，抗法的英国将军。

我在伦敦那段时间的另一有趣的回忆，是参观牛津大学出版社。在此处，亨弗利·密尔福德先生亲自向我展示了世界上最大的一部《圣经》，是专为维多利亚女王制备的。此书是无法躺在床上看的。

莎士比亚公司开业

我没有选定开张的日期，而是决定一切准备妥当就开门营业。

这样的一天——我能买得起的书籍全都上了架，有人在店里跳跳舞也不至于撞到梯子和油漆桶——终于到来。那天是 1919 年 11 月 19 日，从 8 月以来投入大量时间才走到今天。几个橱窗里陈列着我们的守护神①、乔叟②、T. S. 艾略特③、乔伊斯等人的著作。另有艾德丽安喜爱的英文书《三人共舟》。店内的书评架上摆放着《民族》《新共和》《日晷》《新群众》《花花公子》《诗文小报》《自我主义者》《新英语评论》以及其他文学刊物。我把布莱克的两幅画作以及惠特曼和坡的照片挂在了墙上。另有两幅奥斯卡·王尔德④的照片，

---

① 指莎士比亚。

② 乔叟（1340—1400），英国诗人。

③ 托马斯·斯特尔斯·艾略特（1888—1965），美籍英国评论家、作家。

④ 奥斯卡·王尔德（1854—1900），英国诗人、唯美主义者。

照片中的他身着丝绒马裤身披丝绒披风，照片和王尔德的几封书信框在一起；那书信则是西普莉安的朋友拜伦·库恩送给我的。展出的还有沃特·惠特曼在信纸背面潦潦草草挥笔而成的手稿，这可是这位诗人送给我的阿格尼丝·奥比森姨妈的礼物呢。阿格尼丝姨妈在布林莫尔女子学院求学时，跟她的朋友阿丽丝·司密斯一起去坎登①拜访过惠特曼。后来阿丽丝嫁给了贝特兰·罗素②，她的姐姐玛利珍嫁给了伯纳德·贝伦森③。她的哥哥洛根·波尔索尔·司密斯在其自传《遗忘的岁月》里描述了这个家庭的某些趣事。阿丽丝的母亲汉娜·惠托尔·司密斯曾送给惠特曼一把扶手椅，阿丽丝和阿格尼丝去了坎登，看见这位老人没坐在门口而是坐在扶手椅里。手稿散落了一地，胆小年轻的阿格尼丝还看见，有些手稿在废纸篓里。她鼓起勇气，抽出几页大多写在信纸背面、字迹潦草的手稿，上面有沃特·惠特曼先生钧启字样。她问她可否予以保存。"当然可以，可爱的小姑娘。"他回答说。我们家获得惠特曼的手稿，其来历就是如此。

　　许多朋友都在等莎士比亚公司开业，开张在即的消息很快传开。我确实没指望在开业的当天能看到谁来。我想，这也没什么不好。我至少还需要二十四小时才能使莎士比亚公

　　①　新泽西西部一镇。

　　②　贝特兰·罗素（1872—1970），英国数学家、哲学家。

　　③　伯纳德·贝伦森（1865—1959），立陶宛籍美国艺术评论家、史学家。

司这家书店成为现实。就在本小店每晚歇业之后都要关上的活动护窗遮板还没有卸下（应由附近一家咖啡店的侍者卸下）之际，第一批朋友已先后出现。从此刻起，二十多年来，朋友们就从没给过我时间去好好地思量过。

我早有预见，在巴黎，借书远比售书容易。价格低廉的英国作家的书只有陶赫尼兹版和康拉德版的；在当年，这两种版本的书也只限于吉卜林[①]和哈代[②]的作品。我们的近代作家的作品都是奢侈品，法国人和那些左岸居民都买不起，把英镑和美元换成法郎，就更加买不起了。因此，我对我的借书处特别关心，凡是我自己喜欢的书我都进货，以便与巴黎的其他人共享。

艾德丽安说我的借书处的管理方式是"美国式的"，她为何这样说，我没弄明白。美国的图书女管理员用惯了目录、卡片索引以及各种机械用具；这里的情形恐怕会使她毛骨悚然的。我这方式对我这样的借书处可谓相辅相成。没有目录——我更主张借书人自己去找所需要的书而不用卡片索引——只能查看所有的会员卡以便知道书的下落，除非你跟艾德丽安一样，记性特别好，能记住把书借给了哪些人。

当然啰，每张大卡上有会员的姓名、住址、借阅日期、借阅数量及押金，当然也有他或她借去的那本书的书名。多

---

① 拉迪亚德·吉卜林（1865—1936），英国作家、诗人。
② 托马斯·哈代（1840—1928），英国小说家。

本亦然。每个会员可借书一本或两本，随时可换，两周有效。（乔伊斯曾借去多本，有的借去的时间长达数年）每个会员都有会员小卡，借期已到或会员手头不便而需要索回押金，便要求他出示此卡。于是，有人对我说，这会员卡跟护照一样管用。

第一批会员里有个医学院的学生，此医学院所在的那条街和杜皮德杭街相通。此学生是黛厄丝·伯特兰，即伯特兰·封丹医学博士①。我总是以振奋无比的心情关注她的成就。她连连通过各种考试，登上了职业的顶峰，获得"医院医生"称号，成为获此殊荣的第一位女性。然而另一方面，她又出身于拥有数位著名男性科学家的家庭。尽管黛厄丝·伯特兰工作繁忙，却依然一本不漏地读完我借书处的所有美国新作家的作品，她作为本借书处的会员直至借书处关门停业。

常来的另一位会员（我妹妹霍莉称他是"招人爱"，此字由"借书人"一词演变而来）②便是纪德。我看见艾德丽安·莫妮耶陪着他从奥登街拐弯处一路走来，仿佛是匆匆赶来鼓励我开业似的。我在纪德面前总是显得十分羞怯，我把此意告诉艾德丽安·莫妮耶时，她对我"呸"了一声。我有些受宠若惊，于是在一张卡片上写下"安德烈·纪德，巴黎

---

① 黛厄丝·伯特兰，她是伯特兰·封丹之妻。
② "招人爱"的英文是"bunny"，与法文的"abonny"（借书人）发音相近。

第十六区蒙莫朗西别墅一号，有效期一年，可借书一册"的字样，写的时候又是涂又是改的。

纪德长得高大而英俊，戴着斯特森品牌的宽边帽①，我觉得他有点像威廉·S. 哈特②。他总是披着披肩，要不就肩披玩具熊外套，加之身材高大，大步走来，那神态着实令人难忘。多年来，纪德对莎士比亚公司及其业主都十分关切。

安德烈·莫洛亚③也是最先向我表示由衷祝愿的人士之一。他给我带来一本新近出版的杰作《布兰勒上校的沉默》。

① 品牌，美国西部牛仔毡帽。
② 威廉·S. 哈特，演早期美国西部片的电影演员。
③ 安德烈·莫洛亚（1885—1967），法国小说家、历史学家。

第四章

朝圣者从美国来

我远离我的国家，跟不上那里的作家们为表达己见而斗争的形势。我在1919年开店时也没有预见到——本书店会因为大西洋彼岸的镇压行动而获益。我认为，镇压和因镇压而造成的气氛是部分原因，所以我感激许许多多的顾客——这些二十年代的朝圣者漂洋过海在巴黎定居并且把塞纳河左岸开拓成了移民地区。

我开书店的消息很快传遍美国，书店是朝圣者们来到巴黎之后要首先造访的地方，这使我惊奇不已。他们都是莎士比亚公司的顾客，其中不少人把书店看作他们的俱乐部。他们经常告诉我，他们早已把莎士比亚公司用作他们的住址了，希望我不要介意。我不介意，这主要是因为来不及对此事另作安排，也只好尽可能有效地完成这一重要的邮件转交任务了。

每天都有我从《小评论》或《日晷》上看过的某作品的某作者欣然光顾，由大西洋彼岸开来的每一艘海轮，都给莎士比亚公司送来更多的顾客。

这些人像野鸟似的从美国飞来，当然不能完全归咎于禁令与镇压。乔伊斯、庞德①、毕加索、斯特拉文斯基②以及多数人来巴黎的原因——此言不妥，因为 T.S. 艾略特去了伦敦——则是跟禁令或镇压大有关联。

我的许多朋友住在蒙帕尔纳斯区，即如今的圣日耳曼德佩区。他们只需穿过卢森堡公园便可到达本店。

我的第一批顾客里的第一位顾客却从柏林来。他就是作曲家乔治·安特尔③。我记得，1920 年的某一天，乔治和他的妻子布约斯克手挽手走进店来。乔治的个子矮胖，亚麻色的头发梳成刘海，鼻子扁平，两眼有趣却显得有些诡诈，嘴巴很大，一笑就是咧嘴大笑。他那样子像美国中学的学生，他或许有波兰血统。布约斯克是匈牙利人，娇小玲珑，浅黑色的头发，那一口英文实在很蹩脚。

安特尔的某些想法使我很感兴趣，他也来自新泽西，我们还真有点缘分。乔治的父亲是特伦顿镇的友情鞋店的业主，此镇跟普林斯顿只有一街之隔，如今乔治即将成为我在巴黎的邻居了。年轻时的安特尔的爱好是音乐而不是鞋子，他十

---

① 埃兹拉·庞德（1885—1972），美国诗人、评论家。

② 伊戈尔·菲·斯特拉文斯基（1882—1971），美籍俄裔作家、指挥家。

③ 乔治·安特尔（1900—1959），美国作曲家。

八岁时，父亲培养接班人的努力落空，年轻的乔治前往费城寻求音乐出路。他十分走运，竟引起爱德华·勃克夫人的注意。她独具慧眼，认定他将来会成为钢琴名家，为他支付学费。他果然成了演奏会的钢琴演奏家，但在德国的一次巡回演出途中，他毅然表示，他更喜欢作曲而不喜欢根据自己的理解与解释去演奏别人的作品，于是偕同妻子布约斯克到了巴黎。布约斯克是来自布达佩斯的学生，是在柏林与他相遇的。

安特尔未能成为名家，显然使他的那位好心的资助人勃克夫人大失所望。他没能拿出证据证明自己的决定合情合理，她便断绝与他来往。乔治作为钢琴家的经历有限，和布约斯克要想尽办法靠他所剩无几的收入过日子。布约斯克的职责就是花几分钱为他们两人提供浓味蔬菜炖肉①。乔治的所有难处，我都有所体谅。

莎士比亚公司的新顾客，常由罗伯特·麦克阿尔曼②相陪而来。这位来自美国中西部的年轻诗人在什么时间来呢？几乎是我们一开门，他就来了。我跟他一起去过"圆屋顶""野狗"③ 以及其他类似的场所。他的永久地址却是"莎士比

---

① 匈牙利菜。
② 罗伯特·麦克阿尔曼（1895—1956），美国作家、诗人和出版家。曾出版海明威的处女作。
③ 酒吧之类的场所的名称。

亚公司转"，他每天至少要逛进来一次。

罗伯特·麦克阿尔曼的家是个大家庭，他是老幺，他称他父亲为苏格兰—爱尔兰血统的"流浪牧师"。另外，我只见过罗伯特的姐姐维多利亚。他很喜欢她。她热衷于政治，显然才华出众，参加了竞选。竞选何职，我就不记得了。

麦克阿尔曼个子不高，两眼又亮又蓝，此外便谈不上漂亮了。然而，他却照样引人注意，我就知道，像他那样吸引人者为数不多。就连那慢声慢气的鼻音也是迷人之处。照他的说法，他无疑是"那一伙"里最受欢迎的一员。不知为什么，不管他出现在哪一群人里，总是独占鳌头。不论他光临哪家咖啡馆或酒吧，你立即就会看到那里高朋满座。他专心致志地把自己的有趣看法告诉朋友们，认真地倾听朋友们谈他们受到挫折的经历并表示同情，却忽略了自己的本行应该是写作。我们这些对罗伯特·麦克阿尔曼感兴趣的人，都期待他对 20 世纪 20 年代的文学创作做出贡献。不幸，他越是想创作就越认为努力也是白费。"让语法见鬼去吧，"有一次他写信对我说，"我早把它扔到窗外了。"他曾告诉我，他要去法国南方找个归宿，离群索居，干点工作。我收到过一封电报："找对了地方找对了房间。"不久后有人说在该处见到过巴布①："他的房间在小咖啡馆楼上，他们都是在小咖啡馆聚会。"

---

① 巴布（Bob）是罗伯特的昵称。

我的工作时间是在白天，时间很长，我不怎么跟朋友们一起去夜总会；不过有醉醺醺的巴布·麦克阿尔曼款待我们，偶尔去逛一逛也是可以忍受的。

庞德夫妇

第一批前来本书店的人当中，有人是过河①而来的；这一次前来的埃兹拉·庞德及其妻子多萝西·莎士比亚·庞德过的却是英吉利海峡。庞德先生向我说明，他们从伦敦出发是被迫逃离，因为河水②猛涨，可能在某个早晨醒来时发现身上长出了蹼足。庞德太太对她的国家的这种局面倒似乎镇定自若。我发现她的母亲就是莎士比亚夫人（这姓氏的字尾少了一个 e），她在英国的文艺沙龙是大名鼎鼎的。

庞德太太担心杜皮德杭这地方难找，建议在借书单背面画个小地图，我欣然同意。许多朋友前来本店就是靠这张署名"D. 莎士比亚"地图的指引，并且把它列为本书店开业初期的珍藏之物。

庞德先生的模样跟他的《早期诗集》与《散文集》③里卷首的画像分毫不差。他的装束——丝线外套和敞怀④衬

---

① 指塞纳—马恩河。

② 似指泰晤士河。

③ 《早期诗集》完稿于 1917 年，《散文集》完稿于 1918 年。

④ 不打领带也不扣领扣。

衫——正是当年英国的唯美主义者的穿着。略有惠斯勒①的那种风采，然而说起话来却是哈克贝利·费恩②的口气。

庞德先生不是谈论自己或任何人的著作的那一类作家，至少是不跟我谈论。我发现这位世所公认的新派运动的带头人一点也不傲慢。在我们交谈的过程中，他确实有些夸耀，不过是夸耀他的木工手艺。他问我店里有没有需要修理的东西，于是修好一个香烟盒和一把椅子。我称赞他的手艺，他邀请我去参观他位于圣母广场街的工作室，那里的家具都是他自己制造的，所有的木制品也都是他上的油漆。

乔伊斯在评论庞德的家具时，表示人都应各守本分；不过，我倒觉得，作家有一把"安格黑的小提琴"③未尝不是幸事。我颇有兴味地从凯瑟琳·卡斯威尔④的著作里得知，只要是 D. H. 劳伦斯⑤洗刷炊事用具，用来擦干这些用具的毛巾也总是干干净净的。我从多萝西·布雷特的书里得知，他⑥在墨西哥时⑦曾把洗手间刷上鲜艳的颜色，并且用一只长

---

① 詹姆斯·A. M. 惠斯勒（1834—1903），在伦敦的美国艺术家。

② 马克·吐温的小说《哈克贝利·费恩历险记》里的主人公。

③ 其间接含义是"另有爱好"。

④ 凯瑟琳·卡斯威尔（1876—1946），英国传记作家、小说家。

⑤ 戴维·赫伯特·劳伦斯（1885—1930），英国小说家、诗人、剧作家、散文家。

⑥ 他指 D. H. 劳伦斯。

⑦ 墨西哥，劳伦斯曾偕同其妻在德国、奥地利、意大利、法国、澳大利亚以及美国短期居留；于 1919 年曾去墨西哥旅行。

生鸟装饰洗手间。

我很少见到庞德，他忙于工作，忙于跟那些年轻的诗人们交往，而且还忙于他的音乐。他和乔治·安特尔在拟订计划，要把音乐进行一番彻底的革新。

从花园街来的两顾客

我开店后不久，两个女人信步来到杜皮德杭街，其中一人相貌端正、身材结实，身穿长罩袍，头上非常适宜的帽子像个篮子的盖儿。与她相伴而来的是一个干瘦、古怪、脸色阴沉的女人，她使我想到吉卜赛人。她们就是格特鲁德·斯泰因①和艾丽斯·B. 托克拉斯。

我很久以前就读过《软纽扣》和《三个女人》②，迎来这两位新顾客，我当然欣喜不已。我欣赏她们接二连三地嬉笑逗趣。格特鲁德常拿我的售书这一行当来取笑我而自得其乐，我也乐此不疲。

格特鲁德和艾丽斯一唱一和的言谈是不可分割的。显而易见，她们是从同一个角度看待事物，正如情投意合者所为。然而在我看来，她们两人的性格则是完全不同。艾丽斯远比

———————

① 格特鲁德·斯泰因（1874—1946），美国小说家、诗人、剧作家、评论家，托克拉斯是斯泰因的知交。

② 《软纽扣》是斯泰因所主张的立体艺术的实验之作；《三个女人》是斯泰因的重要代表作之一，发表于 1909 年。

格特鲁德更善于耍手腕。她是成年人，格特鲁德是个孩子，类似天才儿童。

格特鲁德签名登记，成为外借图书部的会员，却抱怨说馆里的书都索然无味。她气愤地问，美国人的杰作《孤松残迹》和《林勃拉斯特的女孩》① 在哪里呢？这是对图书管理者的羞辱。我拿出格特鲁德·斯泰因的著作，是我当时想尽一切办法才弄到的，我倒想知道，她能否说出，在巴黎还有哪家图书馆有两册《软纽扣》供借阅的。她把她的几本著作赠送给我们，算是对她非难莎士比亚公司的补偿，这些书都十分珍贵。如《在库罗尼亚别墅的玛贝尔·多吉的画像》②，有书名挺吓人的《他们是否已攻击了玛丽：他痴笑：政治讽刺画》③，摄影师斯蒂格里茨④出版的《摄影作品》刊有她评述毕加索·马蒂斯的文章，但是我最看重的是那本头版的《梅兰克莎》⑤，格特鲁德为我在此书上题了词。我本当把它妥善收藏，结果有人把它从店里偷走了。

格特鲁德入会，只是一种友好的姿态。除了她本人的作品外，她对任何作品都没有什么兴趣。但她确实写了一首有

①　原名分别为 *The Trail of the Lonesome Pine*，*The Girl of the Limberlast*，何人所著，不详。
②　简称《玛贝尔·多吉的画像》，1912 年的作品。
③　简称《他们是否攻击了玛丽》，1917 年的作品。
④　阿弗雷德·斯蒂格里茨（1864—1946），美国摄影师。
⑤　《梅兰克莎》是《三个女人》的第二个人物，第一个人物是"好安娜"，第三个人物是"温柔的莉娜"。

关我的书店的诗，1920 年的一天她将此诗带来送给了我。诗的标题是《英文的富与贫》，副标题是"用法文与其他拉丁语表示赞同"。你们可以在《着了色的花边》① 里找到此诗，见耶鲁大学版格氏作品集第五卷。

我跟格特鲁德和艾丽斯常来常往，不是她们来此观察我的经销情况就是我们前去她们在卢森堡公园附近的花园街的"阁楼"。那"阁楼"跟"阁楼"的主人一样令人神往。墙上全是"蓝色时期"② 毕加索的画作。格特鲁德还拿出包括毕加索的画作在内的相片簿给我看，她收集的画作可真多。她告诉我，她跟哥哥里奥已说定全部画作由二人平分。他挑了马蒂斯，她挑了毕加索。我记得，也有胡安·格利斯③的画作。

有一次格特鲁德和艾丽斯带我乘车去乡下。她们开的那辆福特旧汽车戈迪，一路噪声不断。此车是一战时的老战士，也是她们二人在战时进行工作的好伙伴。格特鲁德把戈迪里的最新设备指给我看——可以在车内任意开关的车头灯和一个电动点烟器。格特鲁德抽烟，一支接一支。我爬上格特鲁德和艾丽斯旁边的那个高高的座位，我们便一路呼啸而去，

---

① 诗集的名称。
② 指早期。
③ 胡安·格利斯（1887—1927），西班牙画家。

开到了密尔德雷德·阿尔德里奇①的"马恩省的小山顶"。开车的是格特鲁德，过了一会车胎爆了，补胎的也是她。能者多劳，艾丽斯和我则在路边谈笑自若。

格特鲁德·斯泰因的仰慕者在最初如不做适当的防备，是"吓得"不敢接近她的，后来才发现她是何等的和蔼可亲。所以，这些可怜虫纷纷来找我，我简直成了某家旅行社的向导，都求我带他们去见格特鲁德·斯泰因。

我们的观光由格特鲁德和艾丽斯安排，定在晚上。观光客们受到了总是热诚好客的"阁楼"里那两位女士的大度包容。

最早的观光客中有我的一个年轻的朋友斯蒂芬·本内特②；1919—1920年，他常在莎士比亚公司门前逛来逛去。在本店最早的一批新闻照片里可以找到他的留影，戴副眼镜，盯着一本书，跟书店后面的我及我的妹妹霍莉相比，他那表情可谓一本正经。

应斯蒂芬之求且基于他的可靠程度，我便带他去见格特鲁德·斯泰因。这是在他跟娇媚的露丝玛结婚之前的事，后来他曾带她来过本店。拜访之行十分顺利圆满。我确信，斯

---

① 密尔德雷德·阿尔德里奇，美国人，她是编辑、评论家，格特鲁德·斯泰因的好友，于1928年在法国去世。

② 斯蒂芬·本内特（1898—1943），美国诗人、散文家、短篇小说家。

蒂芬提到过他有西班牙血统；凡与西班牙有关之事，格特鲁德和艾丽斯都喜欢，所以使她们很感兴趣。不过，我认为这次见面并未留下任何痕迹。

舍伍德·安德森

另一位要我带领去逛花园街的"游客"是舍伍德·安德森①。一天，我看见一个兴味盎然的人在门口前的石阶上徘徊，他一眼看到了橱窗里的一本书。此书是最近在美国出版的《俄亥俄·温斯堡》。他当即走进店来，自我介绍说他就是此书的作者。他说，他在巴黎还没见到第二本。我并不觉得意外，因为，我本人早已四处寻找过此书——有一家书店的人说："安德森，安德森？对不起，我们只有他的《童话故事》。②"

舍伍德·安德森经历过的往事可谓多矣：他采取的措施，他做出的在他一生之中都是最为重要的决定。我总是焦急不安地听他讲述往事：如何突然离弃家园和生意兴隆的涂料生意，如何在某个早晨一走了之，永远摆脱体面与安全这一重负的羁绊。

---

① 舍伍德·安德森（1876—1941），美国小说家。其著作《俄亥俄·温斯堡》亦译《小城畸人》。

② 丹麦童话作家姓Anderson，舍伍德也姓Anderson；中国译者把前者译作安徒生。

安德森这个人饶有风趣，我很喜欢他。我认为他是诗人与福音传教士（从不说教）的结合体，或许还有一点演员的气质。总之，他这个人有趣之至。

我知道，艾德丽安会喜欢舍伍德·安德森，他也会喜欢她。于是我带他去她的书店，她果然被他所打动。不久后便请他去吃晚餐。艾德丽安做的菜是一盘鸡肉，是她的拿手菜，鸡肉和烹饪都获得好评。两人十分相投，她一口蹩脚美国英语，他一口蹩脚法语。他们发现他们二人的见解颇为相似。尽管有语言隔阂，艾德丽安比我更理解舍伍德。后来她对我形容说，他很像个老妇，像在炉边抽烟斗的印第安女人——艾德丽安在巴黎看过电影《水牛比尔》①，她从电影里见到过。

安德森初来巴黎时不会说法文，要我跟他一起去找新法兰西评论出版社，即他的出版商，打听他的作品的出版情况。在编辑室门外等了很久，还不请我们进去，舍伍德发怒了，扬言要捣毁整个出版社。看情形，顷刻间我们就会看到一部货真价实的西部大片。幸好门开了，他们把我们请进了编辑室。

舍伍德告诉我，格特鲁德·斯泰因的作品对他很有影响，他对她敬慕不已，问我可否介绍他认识斯泰因。我明知介绍是多此一举，但我欣然同意带他前去花园街。

---

① 《水牛比尔》，当时十分受欢迎的美国西部片。

这次见面可谓非同小可。舍伍德对格特鲁德的作品佩服得五体投地，使格特鲁德大喜过望，显然深受感动。舍伍德的妻子谭娜西是同我们一起去的，她感到很不自在。这两位作家谈得津津有味，她想插嘴却插不上嘴，艾丽斯不让她靠近。作家的妻子在格特鲁德家，必须遵守的种种规矩我是了解的；她们不会被拒之门外——不过，当格特鲁德跟她们的丈夫交谈时，艾丽斯会严格按规矩行事，让妻子们坐冷板凳。谭娜西可不像大多数妻子那样好对付。她坐在桌旁，准备参与交谈；艾丽斯向她示意，要带她去起居室的另一头看一样东西，谭娜西毅然拒绝。不过，他们究竟谈些什么，她连一个字也没听到。我同情这位受挫的女士——我看不出在这花园街有任何必要对作家之妻冷眼相待。不过，我对艾丽斯的防妻之术倒也不禁感到有趣。说来也怪，这规矩只适用于身为妻子者，身为非妻子者则可以参与跟格特鲁德的交谈。

青年作家们对舍伍德·安德森的评价十分轻率；他的追随者日渐减少，他为此十分痛苦。然而他是先驱者，不论他们是否承认，20世纪20年代的这一代人是应该对他感激不尽的。

格特鲁德·斯泰因的无比魅力，在于她的不离口的有些淘气意味而不尽合理的言论，而这类言论并非不着边际的奇谈怪论。她的宗旨往往是取笑某人，也以此自娱，仅此而已。有一次我带艾德丽安·莫妮耶去格特鲁德的家，艾德丽安就觉得格特鲁德并不怎么有趣。"你们法国人，"格特鲁德宣称，"没有文学上的阿尔卑斯山，没有莎士比亚；你们的全部才华都在将军们的那些演说里，一味夸耀。比如'尔曹停止前进!'"

对法国以及其他国家的文学作品，比如乔伊斯的作品，格特鲁德都有她自己的看法，我却无法苟同。我出版《尤利西斯》时，她对我十分失望，甚至同艾丽斯一起来到本店，宣称她们二人已转会到右岸①的美国图书馆。突然失去两位顾客，我当然十分遗憾，但也不能强行挽留。我必须承认，我们是在区区奥登街，与之保持泛泛之交为好。

于是乎，至少在一段时间内是"友谊之花凋谢，友谊也凋谢"②。不过，怨气也渐渐消失。争执因何事而起，已难以记得分毫不差了。但有格特鲁德·斯泰因的著作在，我对它的喜爱与欣赏是雷打不动的。

没过多久，我又见到格特鲁德和艾丽斯。她们来打听我是否有威廉·迪恩·豪威尔斯③的任何作品。格特鲁德认为他是第一流的美国作家，却遭到不应有的忽视。我有他的全集，格特鲁德和艾丽斯就把全集统统搬回了家。

1930年快到年底，有一天我与乔伊斯去参加在我们的朋

---

① 指塞纳河右岸。
② 格特鲁德·斯泰因的名言。
③ 威廉·迪恩·豪威尔斯（1837—1920），美国作家、编辑。

友乔·戴维森①工作室举办的聚会。乔伊斯的"半身像伙伴"② 格特鲁德·斯泰因也在场,她跟乔伊斯从未谋面,征得他们相互许可,我便介绍他们相互认识,看到他们和颜悦色地握手致意。

敬爱的乔·戴维森!他离我们而去,我们是何等地想念他啊。

最近的一次,是我带"吓呆了"的欧内斯特·海明威去见格特鲁德,因为海明威对我说起过,他想跟格特鲁德言归于好,却没有勇气单独前往。我鼓励他照此办理并答应跟他一起去克里斯廷街,格特鲁德和艾丽斯当时住在那里。我又想,还是让海明威单独去见为好,带他一路走到她家门前,祝他一帆风顺后我便离开了。后来,他前来告诉我,他们已言归于"好"。

作家之间的纷争往往一触即发,但是依我之见,到最后,纷争总会渐渐烟消云散的。

---

① 乔·戴维森(1883—1952),美国雕塑家。
② 似暗指戴维森分别为乔伊斯和斯泰因雕塑过半身像。

第五章

《尤利西斯》在巴黎

本书坊开业还不到一年，也就是 1920 年夏，我认识了詹姆斯·乔伊斯。

一个闷热的星期天下午，艾德丽安去参加安德烈·斯派厄家的聚会，一定要我陪她去并保证斯派厄夫妇很高兴的，我有些犹豫。我喜欢斯派厄写的诗，但并不认识他本人。艾德丽安一向一意孤行，于是我们一同去斯派厄夫妇住的地方奈伊里镇。

他们的家在布隆涅森林街 34 号二楼的一间公寓，我记得，房子四周绿叶成荫。斯派厄留着符合《圣经》宗旨的胡子，一头卷曲的长发，像布莱克①；他非常热诚地迎接我们这两个不速之客，之后立即把我拉到一边，在我耳边悄悄地说："那位爱尔兰作家詹姆斯·乔伊斯在此。"

我崇拜詹姆斯·乔伊斯，得知他在此，真是出人意料，

---

① 指威廉·布莱克（1757—1827），英国诗人、漫画家。

惊恐不安，想逃之夭夭。斯派厄告诉我，是庞德夫妇把乔伊斯夫妇带到这里来的——从敞开的门，我们就可以看到埃兹拉。我认识庞德夫妇，于是我走了进去。

埃兹拉果然在，伸展四肢躺在一张大大的躺椅上。《法国信使》刊载的我的一篇文章里说庞德穿的那件合身的蓝色衬衫跟他的眼睛十分相配，他曾立即写信告诉我说他的眼睛根本就不是蓝的。所以，蓝眼睛一说，我收回。

我看见庞德太太了，走过去打算跟她攀谈。庞德太太在跟一位漂亮的年轻女士交谈，她便向我介绍说，这位女士就是乔伊斯太太，说罢便离开我们二人而去。

乔伊斯太太身材很高，不胖不瘦；淡红色的鬈发和睫毛，双眼闪闪发亮；说话带爱尔兰口音，抑扬动听；连那几分端庄的气质也是爱尔兰式的，真是娇媚之至。我们俩都说英文，她似乎也感到十分高兴。大家说的什么，她一个字也听不懂。说意大利文该多好啊！乔伊斯夫妇在的里雅斯特①住过，都懂意大利文，甚至在本国也说意大利文。

斯派厄请我们在一张长桌前就座，桌上已摆好美味的冷餐，我们的交谈便就此打住。我们边吃边喝酒，这时我注意到有一位客人根本没有喝酒。斯派厄一再给他倒酒，他都谢绝，最后他干脆把酒杯倒过来放，才算了事。这位客人就是詹姆斯·乔伊斯。庞德把桌上所有的酒瓶排成一溜，放在乔

---

① 的里雅斯特，意大利城市。

伊斯的餐盘前，乔伊斯红了脸。

晚饭后，艾德丽安·莫妮耶和朱丽安·本达①谈起本达对当时的顶尖作家的看法。一些感兴趣者围在四周聆听，尽量端平手上的咖啡杯。本达的矛头所指，是瓦洛希、纪德、克洛代尔及其他人。

且让艾德丽安去为她的那些朋友辩护，我逛进一间小屋，屋里的书堆得差不多跟天花板一样高。乔伊斯就在那里，待在两个书架间的角落，显得十分消沉。

我问："这位就是了不起的詹姆斯·乔伊斯?"

"正是在下。"他回答。

我们握手，换言之，是他把他的那只柔软无骨的手放在我这粗糙的小爪子上。

他中等身材，瘦，有点驼背，举止端庄。有人注意到，他的手掌很薄；他左手的中指和无名指上戴着戒指，镶着宝石的戒指框子十分厚实。他的深蓝色的双眼透出才华的光芒，漂亮之极。我却看到，右眼略微有点不正常，右边的镜片比左边的镜片略厚。他的头发浓密，沙色，卷曲，由高而有皱纹的前额往后梳到头顶，头也很大。他给人的印象是，那种敏感程度超过我认识的任何人。他的皮肤白皙，有点雀斑，肤色晕红。下巴上略有小羊胡，嘴唇薄、线条美。我想，他年轻时一定非常英俊。

---

① 朱丽安·本达（1867—1956），法国小说家、哲学家。

乔伊斯说话的音调高而甜美，像男高音，令我神往。他的发音格外清晰。他有些字的发音更带有爱尔兰特色，比如"书"（b$\overline{oo}$k），"看"（l$\overline{oo}$k）① 以及以"th"开头的字；除此之外，他说的英文跟英国人说的英文并无任何区别。他表达意思，简单明了，但我也注意到，他对用字与发音特别仔细——毫无疑问，这多少是因为他热爱语言，对音乐具有敏锐的听力，也是因为他教英文已有多年。

乔伊斯告诉我，他前不久才到达巴黎。埃兹拉·庞德建议他跟家人一起迁居巴黎。通过庞德，乔伊斯已同柳德米拉·沙维斯基夫人② 见过面，沙维斯基夫人已将她在帕西的公寓转给了乔伊斯夫妇，为期数周，让他们有时间去找自己的住处。沙维斯基夫人是乔伊斯在巴黎最先认识的朋友之一，她把《一位年轻艺术家的画像》③ 译成了法文（其法文书名是《迪达勒斯》④）。另一位他在巴黎认识的朋友珍妮·布拉德利太太翻译过《逃亡》⑤。

"你干什么工作？"乔伊斯问。我把莎士比亚公司一事告诉了他。这店名，我的姓名，似乎都引起他的兴趣，嘴边露出迷人的微笑，他从口袋里拿出一个小笔记本，正当我担心

---

① 英文应读作 [buk] 和 [luk]。
② 柳德米拉·沙维斯基夫人，法国翻译家，译过不少英文作品。
③ 乔伊斯的作品，于1916年出版。
④ 法文书名。迪达勒斯是《一位年轻艺术家的画像》里的男主角。
⑤ 乔伊斯的剧作。

地注意时，他把笔记本凑近他的眼睛，记下店名和地址。他说他将要前来拜访我。

突然一声狗叫，乔伊斯脸色煞白，开始颤抖。叫声来自街对面。我朝窗外望去，看见狗在追球。我能看明白的是，狗叫声大，没有咬人。

"狗进来了？凶吗？"乔伊斯问我，显得忧心忡忡。他把凶这个字说成了"熊"①。我叫他放心，狗没有进来，一点也不凶，但他仍然担心，狗每叫一声他都惊吓不已。他告诉我，他从五岁起就怕狗，那时一只这样的"牲畜"咬过他的下巴。他指着山羊胡子说，这就是为了把伤疤遮住。

我们继续交谈，乔伊斯的样子极其单纯，在这位当时最伟大的作家面前，我有些不知所措，然而十分自在。从这第一次以及日后的接触中，我都感受到了他的才华，然而，如此侃侃而谈的人，我还从未见过。

宾客纷纷离开，艾德丽安四处找我，要我一起去跟斯派厄夫妇道别。我感谢斯派厄的款待，他说但愿我没有感到厌烦。厌烦？我已跟詹姆斯·乔伊斯见过面了！

翌日，乔伊斯从我们那条很陡的小街一路走来，身穿深蓝色哔叽套装，后脑勺上戴一顶黑色毡帽，瘦小的脚上穿着不怎么白的橡皮底帆布鞋。他挥转着手杖；他见我盯着瞧手杖，便告诉我，这是爱尔兰的梣木手杖，是一艘英国军舰上

---

① 乔伊斯把"凶"（fierce）说成了 feerrce。

的一位爱尔兰军官送给他的礼物，此军舰曾在的里雅斯特港停靠。（我联想到了"斯蒂芬·迪达拉斯至今还留着他的梣木手杖"。[1]）乔伊斯有点不修边幅，却风度翩翩、气度高雅，人们很少注意他的衣着。不论他去何处，都给见到他的人留下深刻的印象。

他走进我的书坊，凝视沃特·惠特曼和埃德加·艾伦·坡的照片，继而凝视布莱克的那两幅画作，最后细看我的那两张奥斯卡·王尔德的照片，接着往我桌旁的并不舒适的小扶手椅上一坐。

他再一次告诉我，是庞德劝说他来巴黎的。他现在面临三大难题：为四口之家找个栖身之处；供他们吃供他们穿；完成《尤利西斯》。第一个难题最急迫。沙维斯基夫人让出她的住处为期两周，到期后他还得为全家另找住处。

还有财政问题。他迁来巴黎，已花完全部积蓄。他请我帮忙设法找学生。但就算我听说有人想上课，我能把他们交给乔伊斯教授？他说他有极为丰富的经验。他在的里雅斯特时曾在伯利兹学院教书多年，还当过家教；他在苏黎世也教过书。"你教过几种语言？"我问。"英文。"他说。"'这是桌子。这是笔'。还教过德文，拉丁文甚至法文。""希腊文呢？"我问。他不懂古希腊文，现代希腊文他可说得流利了——是在的里雅斯特时从希腊水手那里学的。

---

① 引自《尤利西斯》，斯蒂芬·迪达拉斯是此作品的男主角。

显然，乔伊斯以学语言为乐。我问他懂几种语言。他至少懂九种，我们数了数。母语除外，他能说意大利文、法文、德文、希腊文、西班牙文、荷兰文，另有三种斯堪的纳维亚语。为了读易卜生的作品，他学过挪威语，接着学过瑞典语和丹麦语。他也能说意第绪语，懂希伯来文。他没提到中文和日文，大概是留给庞德去学吧。①

　　他告诉了我，打仗之后，他是如何逃离的里雅斯特的，可谓九死一生。奥地利人要把他当间谍予以逮捕，朋友拉利男爵及时为他弄到签证，他全家才得以离开意大利。他们设法到了苏黎世，在那里一直待到战争结束。

　　我弄不明白，乔伊斯哪有时间写小说。晚上，课上完之后，他说。他常感到眼睛过劳；去苏黎世时，眼睛已患眼疾；到了苏黎世，情况严重——患青光眼了。名称如此美妙的疾病，我还是第一次听说。"雅典娜智慧女神长出了灰色猫头鹰之眼。"乔伊斯说。

　　他的右眼做过一次手术，难怪我之前发现他右眼上的镜片厚些。他简略地说了说手术情况（我注意到，对我这种迟钝的学生，他总是要多解释几句的），他甚至画了草图，好让我明白。他认为，在虹膜发病期间做手术是错误的，其结果是右眼的视力减弱。

　　他有眼疾，是不是难以写作呢？他经常口述吗？"从来没

————————

　　①　庞德译过中文诗。

有!"他大声说。他一向用手写，他宁可放慢速度，否则会写得太快。他应该把自己的作品看作按自己的意图一字一字地塑造而成的结果。

我一直想知道有关《尤利西斯》的情况。这时我便问他是否继续在写。"在写。"（爱尔兰人从不说"是的"）这部作品，他写了七年，正力求完稿。他在巴黎定居之后就继续写。

似乎有这么一回事：在纽约名声显赫的爱尔兰裔美国律师约翰·奎因，分期分批地买《尤利西斯》手稿。乔伊斯每写完分期连载的小说的一部分，便复印一份字迹清楚的副本寄给奎因；奎因把共同商定的稿酬汇给乔伊斯——钱不多，却管用。

我提到《小评论》，玛格丽特·安德森想方设法刊登《尤利西斯》是否能实现①? 禁令是否更多? 乔伊斯十分焦急。纽约传来的消息令人惊慌失措。他说，有消息一定告诉我。

他离开之前问起，他怎样才能成为借书处会员之事。他从书架上取下《海上骑士》②，说他要这本书。他说，他曾经把这一剧作译成德文供他在苏黎世组建的小剧团演出。

我写下"詹姆斯·乔伊斯，巴黎圣母升天街五号，借期一个月，押金七法郎"的字样。

---

① 玛格丽特·安德森是《小评论》的主编，因刊登《尤利西斯》，曾吃过官司。
② 《海上骑士》(1904) 是爱尔兰剧作家、诗人、散文家约翰·M. 辛(1871—1909) 的剧作。

从乔伊斯本人那里获悉他多年来的工作情况，我感动不已。

烦莎士比亚公司转交詹姆斯·乔伊斯[①]

乔伊斯现已成为莎士比亚公司家族的一员，最杰出的一员。在书店里常能看见他。他显然很喜欢跟我的那些同胞相处。他向我透露，他喜欢我们也喜欢我们的语言；他的确在他的书里用过很多英语。

他在书店里认识的许多年轻作家，都成了他的朋友：罗伯特·麦克阿尔曼，威廉·伯德，恩内斯特·海明威，阿契伯德·麦克里希[②]，斯科特·费兹杰拉德[③]，还有作曲家乔治·安特尔。乔伊斯当然是他们心目中的偶像，而他们对他都是亲密而非崇敬的态度。

至于乔伊斯，对人则一律平等相待，作家、孩童、侍者、公主、打杂女工都一样。不管是谁，不管说什么，都使他感兴趣。他对我说，他就没遇到过讨厌的人。有时我会发现他在书店里等我时，正入神地听我的门房给他讲冗长的故事。他坐出租车，到了地方，也要等司机把他一路讲的故事讲完，

---

① 比喻的说法，言其关系融洽。

② 阿契伯德·麦克里希（1892—1982），美国诗人、作家。

③ 斯科特·费兹杰拉德（1896—1940），美国小说家、短篇小说家。

他才下车。乔伊斯本人使人倾倒，他的魅力无人能挡。

我喜欢看乔伊斯后脑勺上戴着帽子，挥转着一根梣木手杖，走在街上的那种神态。艾德丽安和我常说他是"沉思默想的耶稣"。这一说法是我从乔伊斯本人那里得知的。另有"不正当的耶稣"一说（他把 Crooked① 这一字里第一个音节读得更长）。

他紧皱眉头的样子使我觉得有趣——在此刻是一副猴子相。至于他的坐姿，我只能说是"松垮"了。

乔伊斯时常感叹（他的女儿给他取的外号是"感叹者"），而他的用词却十分平和，骂人的话、略显粗俗下流的话，他都是从来不说的。他最喜欢用的感叹词是意大利语的"Gia!"② 他时常叹息。

他表达意思的方式是平平和和的，他从不用最高级形式的单词。即使发生了最糟糕的事，他也说此事"讨厌"。连"很讨厌"都不说，就说"讨厌"。在我看来他是不喜欢"很"这个词。有一次我听他抱怨说"为什么说'很漂亮'？'漂亮'就够了。"

他总是彬彬有礼，非常为他人着想。我的那些粗鲁不羁的同胞常来常往是从不打招呼的，好像本店是车站，要向某

---

① "不正当的"。

② 意思是"对啦"或"对啰"。

人打招呼也是说"嘿，海姆"或"嘿，巴勃"①。在这不拘礼节的气氛里，只有乔伊斯最郑重其事——郑重其事得有些过分。在法国文学圈里，是以姓氏称呼作家。尽管有"代斯特先生"和"查律先生"② 这样的尊称，人们却绝不会想到把写这两位人物的作家称作"瓦洛希先生"和"普鲁斯特先生"。如果你是弟子，你便称他们为"老师"。瓦洛希就总是称呼"艾德丽安"，称呼我则用"西尔薇亚"，其他的法国朋友们也都这样称呼我。我知道，这种风俗习惯使乔伊斯觉得莫名其妙。他代用的称呼"莫妮耶小姐"和"比奇小姐"确实堪称范例，却也并无实效。不过称呼他，任何人切不可贸然行事，是只能称"乔伊斯先生"的！

在女士们面前有人提到某些事时，"乔伊斯先生"也显得十分微妙。莱昂－保罗·法尔格在艾德丽安的书店里对男女混杂的听众讲故事，这时乔伊斯总是窘得满脸通红。在女士们都不回避的地方，男士们更是若无其事。我确信，乔伊斯感到懊悔的是，竟然让他的那几位极有教养的女编辑耳闻了那些露骨之谈。只不过，我对法尔格的种种故事聚会早已习以为常了。

然而，把《尤利西斯》交到女士们手上或由女士们出版，

---

① 指海明威和罗伯特·麦克阿尔曼。
② 分别是法国作家保罗·瓦洛希和法国小说家马塞尔·普鲁斯特笔下的人物。

他是绝对不反对的。

乔伊斯每天都到书店来，但我照样要去他家看望他家里的其他人。他家里的人，我都很喜欢：乔吉奥有些粗鲁，总是掩饰或者竭力掩饰自己的感情；露西亚很有幽默感——都成长于陌生的环境，两人都不快乐；诺拉，是妻子也是母亲，责骂两个孩子，连带着也责骂她的丈夫，责骂他们无能。诺拉说乔伊斯是个"不中用的人"，他也引以为乐；这倒是一种解脱，因为别人对他总是毕恭毕敬的。她对他推推搡搡，他也很高兴。

诺拉跟书是没有缘分的，这也使他的丈夫很高兴。她明确告诉我，"那本书"她连一页也没看过。"那本书"指的是《尤利西斯》，引不起她的兴趣去翻开。我本人就能看出，诺拉根本不必看《尤利西斯》，她不就是他的灵感源泉吗？

诺拉说到"我的丈夫"时总是一肚子委屈，说他总是没完没了地胡编乱写……一大早，他还是半睡半醒的，就伸手去够身边地板上的纸和铅笔……是几点钟，他也全然不知！她刚把午餐放在桌上他就离家外出，那她又怎么能雇女仆呢？"瞧他！像蚂蟥一样钉在床上，胡编乱写起来了！"孩子们也一样，袖手旁观，从不帮她干点事。她说："全家都是些不中用的人！"于是，全家不中用的人都捧腹大笑，其中包括乔伊斯，谁也没把诺拉的叱责当回事。

诺拉常对我说，她没嫁给农夫或银行家或捡破烂的而偏偏嫁给了作家，为此十分后悔——提到乔伊斯这种"可恶的人"

时，她歪歪嘴。但是我认为，她看上了乔伊斯，对他而言真是大好事。没有诺拉，他能有何作为？没有她，他的作品会是何种结果？他跟诺拉的婚姻乃是降临到他身上的至高无上的洪福。他的婚姻当然是最幸福的婚姻，绝非我认识的任何作家可比的。

乔伊斯力争成为"关心家庭的人"和可尊敬的市民，也就是舍伍德·安德森所谓的"布尔乔依斯"①，他所做的努力是十分感人的。这跟《一位年轻艺术家的画像》里那位艺术家并不相符，却有助于你理解《尤利西斯》。非常有趣的是，斯蒂芬②引退而渐渐模糊不清；布鲁姆③则脱颖而出，崭露头角，越来越清晰，最后取得了主角的地位。我感到乔伊斯很快便失去了对斯蒂芬的兴趣；而布鲁姆先生则介于乔伊斯和斯蒂芬之间。乔伊斯身上毕竟是有许多布鲁姆的成分的。

乔伊斯对许多事感到畏惧，这是真实的，但是我认为，这种畏惧在一定程度上被磨炼成了针对他在文艺上的无所畏惧的一种抗衡。他似乎害怕受到全能之神的"惩罚"。耶稣会势必已把畏惧上帝这一教诲顺顺当当地传授给了他。雷雨交加时，我曾看见乔伊斯畏缩在他公寓的过道里，直到雷雨过去。他怕高，怕海，怕感染。另外还有他的迷信观念，他全家人都有迷信观念。在街上遇见两个修女就会倒霉（有一次

---

① 此字是 Bur 和 Joice 的组合，前者是布尔乔亚（或资产阶级、商人）一词的前一半，后者 Joyce（乔伊斯）为此姓氏的变体。

② 指斯蒂芬·迪达拉斯，《尤利西斯》里的主要人物之一。

③ 指利奥波尔德·布鲁姆，《尤利西斯》里的主要人物之一。

遇见过，结果他的出租车跟另一辆车相撞）；数字和日期都有吉利与不吉利之别。在屋内撑开雨伞，床上放着男人的帽子，都是不祥之兆；相反，黑毛猫是吉祥物。有一天我去了他们住的旅馆，看见诺拉正想把一只黑毛猫引入她丈夫的房间，而他正躺在里面；他从开着的门里十分焦急地注视着她想方设法的样子。猫不单是吉祥物，乔伊斯还喜欢和猫做伴；有一次，他女儿的一只小猫从厨房的窗口掉了下去，他跟女儿一样，为此事心烦意乱。

狗，正相反，他对狗十分猜疑，老觉得狗很凶。乔伊斯要来之前，我总是赶紧把我那只温驯的小白狗打发到书店外面去。说那位奥德赛式的男主人公①使人想到他，这也没用，那男主人公的狗是义犬，叫阿格斯，因其主人归来，它高兴得送了命。乔伊斯只不过感叹一声"对呀！"一笑了之。

满脑子家长观念的乔伊斯总是以他没有十个孩子为憾。他深爱这两个孩子，从不因自己专心于工作而不鼓励孩子们专心于功课。他总为乔吉奥，或按他母亲的叫法"乔吉"的优雅嗓音而自豪。乔伊斯一家人都能唱歌，乔伊斯总是一再后悔，干了作家这一行而没干歌唱家那一行。他对我说："那样，我或许能干得更好。"我回答："或许，不过，作为作家，你已经干得很出色了。"

---

① 指希腊史诗《奥德赛》的主人公尤利西斯。

第六章

莎士比亚公司鼎力相助

　　此时，乔伊斯最关心的是《尤利西斯》的命运。他仍然在或者说正力争在《小评论》上连载，然而此作品和此刊物的前途都很黯淡。

　　在英国的《尤利西斯》那一仗，哈瑞特·威弗小姐是打了，也败了。正是这位最早的乔伊斯崇拜者威弗小姐，把《一位年轻艺术家的画像》发表在她的评论刊物《自我主义者》上，首次使爱尔兰的新作家詹姆斯·乔伊斯大受赏识。他早已被埃兹拉·庞德发现。庞德是了不起的编剧家，在围着《自我主义者》打转转的那一伙常客里，他是头头，其中包括理查德·艾丁顿①，H. D.②，T. S. 艾略特，温德姆·刘

---

　　① 理查德·艾丁顿（1892—1962）英国意象派诗人。

　　② 全名是希尔达·杜丽特（1886—1961），美国女诗人，1911 年移居海外，结识庞德，成为庞德"文学圈"里的一员，与艾丁顿结婚、离婚。

易斯①这样一些可疑人物②；另外几位也不怎么守本分。

《一位年轻艺术家的画像》在英国造成的影响十分巨大，就连 H. G. 威尔斯③都出面称赞它。威弗小姐打算把"乔伊斯先生"的第二部小说《尤利西斯》推荐给她的订户。1919年，果然在《自我主义者》上连载五期。可也就刊载到"游动岩礁"④ 这一章便打住了。威弗小姐遇到了印刷困难，另外，订户纷纷写信给她，向她抱怨说，此刊物在备有家庭阅读材料的起居室的桌子上已有它的地位，《尤利西斯》对此刊物是极不适宜的。有的订户甚至毅然取消了订阅。

在刊物登载《尤利西斯》既然遭到非议，威弗小姐与其屈服倒不如舍弃评论这一名目。照她的说法是，《自我主义者》在"一夜之间"变成了自我主义出版社。她此举的唯一目的是出版詹姆斯·乔伊斯的全部著作。她宣布"《尤利西斯》即将出版"，然而她却无法落实她的进程表。

威弗小姐打算以书的形式推出《一位年轻艺术家的画像》，但找不到愿意排版的印刷商。英国的印刷商对乔伊斯的大名已畏惧三分。她与乔伊斯在纽约的出版商许布希先生达

---

① 温德姆·刘易斯（1884—1957），英国艺术家。

② 这些人物（艺术家、诗人……）都不太"规矩"，不趋炎附势，有自己的艺术主张与追求，有些另类。

③ 赫伯特·乔治·威尔斯（1866—1946），英国学者型的小说家、史学家。

④ 指第十章，暗指过往船只切不可撞到此暗礁。

成协议，由他把编好的版面寄给她，然后标以"自我主义者"的版权标记予以发行。

英国的出版商为何如此挑剔，威弗小姐向我做了解释。他们小心谨慎是情有可原的。如果当局发现某书遭到反对，印刷商跟出版商一样，是要负责任的，而且要付罚金。可能使印刷商遭到麻烦的每一个小词，印刷商都要审查，这就不足为怪了。有一次，乔伊斯把乔纳森·凯普先生新出版的《一位年轻艺术家的画像》的校样拿给我看，我为页边空白处的那些疑问符号而感到的诧异仍记忆犹新。

威弗小姐十分清楚，设法坚持出版《尤利西斯》，困难实在太大，她认为暂且没有出版的希望。此外，她的朋友们告诫她，她只会给自己带来诸多不快。于是《尤利西斯》漂洋过海到了《小评论》，可再次陷入困境。

《小评论》与美国当局正进行一场大较量。乔伊斯给我带来的战地消息令人不安。

美国邮政局以淫秽为由已三次查封该刊物，这并没有使两位编辑玛格丽特·安德森和简·希普的勇气受挫；但是由禁止罪恶协会会长约翰·萨姆纳挑起的第四次查封，使该刊物走到了尽头。结果，安德森小姐和希普小姐因出版淫秽读物而受到审判。多亏约翰·奎因的精彩辩护，她们二人被罚款一百美元才算了事。这时她们的财力已一蹶不振了。这个当年最充满生气的小刊物就此消失，可悲啊！

乔伊斯前来宣布了这一消息。这对他是一次沉重的打击，我感到他的自尊心受到了伤害，他万分沮丧地说："我的书已出版无望了。"

至少在未来很久一段时期，在说英语的国家出版是完全无望了。詹姆斯·乔伊斯坐在我这个小书店里长吁短叹。

我想到，或许还有办法，于是问道："莎士比亚公司有幸出版你的《尤利西斯》吗?"

他接受了我的提议。他把他的大作《尤利西斯》交给如此不起眼的小店出版，我认为他有些过于轻率了。但是，他显得很高兴，我也就很高兴。我们告别时，我觉得我们两人都感动不已。他隔日又来，听听艾德丽安·莫妮耶对我的计划的看法，要知道乔伊斯是把她看作"莎士比亚公司"的顾问的。我在采取重要措施之前，总是要跟她商量商量。她是十分精明的顾问，也是本公司某种程度上的合伙人。

艾德丽安完全赞同我的想法。她从我这里听到过许多有关乔伊斯的情况，要她对解救《尤利西斯》的重要性深信不疑是完全没有困难的。

隔日，乔伊斯来此。见他兴致勃勃，我十分高兴。至于我，意想不到地成了我崇拜得五体投地的作品的出版人，有多高兴，可想而知。我感到无比幸运。

出版人的资金短缺，经验不足，其他的必要条件也差，但决不因此而受阻。出版《尤利西斯》一事，我当然要尽快办。

第戎的达汉提纳

艾德丽安·莫妮耶的印刷商莫希斯·达汉提纳先生同我见面。他和他那职务更高的父亲都是"印刷行家"。于斯曼①和许多类似的同时代作家的作品,都是第戎的达汉提纳印刷的。我把《尤利西斯》在说英语的国家遭到禁止之事告诉了达汉提纳,他对此很感兴趣。我表示我打算在法国出版此书,问他是否愿意印刷此书。同时我也不掩饰我的财务情况,告诫在先,有了订书款的收入之后才能付印刷费——如果真有此项收入的话。有此谅解,方可成交。

达汉提纳先生同意按此约定承接《尤利西斯》的印刷业务。我必须说,他十分看重友情,光明正大!

乔伊斯现在经常到店里来,寸步不离,关心事态的变化。我征求他的意见,我通常都能接受他的意见,但不也尽然——例如,他认为,如果印好了十多本书,总会有剩余的吧。我断然告诉他,要印上千本呢(一本也不剩)。

印好的一篇内容介绍上说,詹姆斯·乔伊斯的《尤利西斯》将由巴黎的莎士比亚公司于"1921年秋出版","跟手稿一样完整"(此事最为重要)。内容介绍上说,此版本的限量为一千册:一百册用荷兰纸印刷,有作者的签名,售价三百

---

① 约里斯·卡尔·于斯曼(1848—1907),法国颓废派小说家。

五十法郎；一百五十册用拱形花纹纸印刷，售价二百五十法郎；其余的七百五十册用普通纸印刷，售价一百五十法郎。有邮票大小的作者照一帧，瘦削、留须——摄于苏黎世，另有评论家们所撰文章的摘录——当《尤利西斯》首次刊登在《小评论》时评论家们就已见识了。内容介绍背面是一张空白表格，供订购人填写姓名、选购何种版本。艾德丽安本人做过印刷业务，她把有限版本的种种诀窍告诉了我，而我对此完全一无所知。我那内容介绍显得像模像样，十分专业，也要归功于她。你还以为我是这方面的老手吧。达汉提纳先生给我带来了上等纸的样品和他那著名的字体样品，我也破天荒第一次了解到确定精装本的种种标准。

　　然而我只不过处在售书这一行的学徒阶段，我的那个外借图书馆也是如此。年轻的作家们在这里转悠，他们的事业心尚未成熟。突然间，我发现自己也是出版商了，而且出版的是一本何等重要的书啊！是该找个帮手了。可爱的希腊姑娘密辛·摩斯柯斯小姐是会员，她说她愿意帮我。工钱很少，我竭力劝阻她，她到别处工作能收入更好；可她已打定主意，依然要来。莎士比亚公司真可谓三生有幸。

　　乔伊斯得知我有个希腊人帮手，十分高兴。他认为这对他的《尤利西斯》而言是个好兆头。是好兆头也罢，不是好兆头也罢，现在有人帮助我，我就很高兴，何况此人是个极好的帮手。密辛在我身边工作了九年，她这个帮手真是难能可贵。跟我一样，无论对什么活她都感兴趣，也不怕干体力活；而店里有许多活是要靠体力的，对待顾客和了解会员的需求的工作，就更难，也要做得更周到，这一切都需要时时为人着想。

密辛的最大财富之一是她那姐妹众多的大家庭，我们需要时总能求助于她们。摩斯柯斯家的诸姐妹中最年轻的是爱伦娜，她充当了乔伊斯和书店之间的使者。她在早晨出门，提着装满邮件、书、戏票以及其他东西的箱子，回去时提着的箱子也沉得很。乔伊斯等待的是他所称谓的她那"雷声般的脚步声"——对她这么一个小个子而言，那脚步声算是很沉了。她的使者工作完成之后，他会把她留住，要她大声朗读刊物上的内容；不过，他感兴趣的不是刊物上的文章而是她的发音，例如，"达布留·贝·雅茨"（W. B. yeats）①。

密辛的父亲摩斯柯斯医生是流浪医药师，他几乎跟奥德修斯②一样浪迹天涯，他在九个国家养了九个孩子。摩斯柯斯医生介绍我认识了一个人，此人比尤利西斯③更狡猾，只不过他的狡猾使他落得个自食其果的下场。此人是聋子，但也不是一聋到底。到服兵役时，他装聋逃避兵役，为安全起见，他装了一段时间。后来，到了不必继续这一策略时，他

---

① 威廉·巴特勒·叶芝（1865—1939），爱尔兰诗人、剧作家。
② 即尤利西斯。
③ 即奥德修斯。

发现他已完全丧失了听觉，可谓一劳永逸了。我不知道，他是否向法律机构报告了这桩令人震惊的事例；耳科专家会不会信以为真，我不知道，然而是真实的。

密辛有许多来自东方国家的朋友，其中有一位年轻的王子是来自柬埔寨的王位继承人，也是巴黎一所医学院的学生。这个年轻人的名字是利塔拉西，为了向乔伊斯的杰作《尤利西斯》表示敬意，他把名字改为尤利西斯了。

订户缺了一个

《尤利西斯》的订单很快纷至沓来，按国籍堆放。我的全部顾客和艾德丽安的许多顾客都在其中；不订阅就离奥登街而去的，一个也没有。艾德丽安的几个法国朋友承认他们的英文词汇量有限，但寄希望于《尤利西斯》来扩大词汇量，这逗得我直笑。就连安德烈·纪德——在我们的法国朋友里他曾第一个冲进我的书店填写订单——读《尤利西斯》也有困难，尽管他口袋里总有本英文书或别的什么书。不过我也确信，正如纪德一向所为，他当即就来订阅《尤利西斯》，不全是为了表明他对我们这奥登街的任何事业都有一种朋友般的关心。每当必要之时，他总是毅然决然地支持言论自由这一主张。纪德的姿态仍然使我感到惊讶，也令人感动不已。艾德丽安则说这是他的独特之处。

埃兹拉·庞德把一张订单放在我的桌上，那订单上的署名却是威·巴·叶芝，引起一场轰动。恩内斯特·海明威则用现金买了几本。

还有罗伯特·麦克阿尔曼，他从来不辞辛苦，为争取订户他找遍了各家夜总会；每天上午在他回家的路上，他都及时地把一沓署有姓名的订单留下，这是他"心急如火完成的一沓"，有些署名写得歪歪扭扭。《尤利西斯》问世后，我遇到一些感到意外的人，说他们竟然成了订户；麦克阿尔曼向他们做了解释，他们也就欣然认可了。

日月如梭，我渐渐有些诧异，订阅《尤利西斯》的名单上为何没有萧伯纳的名字。我认为萧是会订阅的，理由有二：其一，《尤利西斯》的革命气象应该是投合他的心意的；其二，他不会不了解乔伊斯的境遇，应该以预订这一形式作为资助去帮助一位同行。我有理由认为，萧对这类事情是厚道的。曾经当过他的秘书的戴斯蒙·费兹杰拉德①的太太告诉我，只要有人提出要求，他的慷慨是非同小可的，然而他对此却保持沉默。

我告诉乔伊斯，我打算寄一份内容介绍给萧并深信他很快就会预订。乔伊斯大笑，他说："他绝不会预订。"

但是我认为他会预订。

"你敢打赌吗？"乔伊斯问道。我接受，赌一盒他喜欢的步兵牌小雪茄；他若输了，送我一条丝手绢（用来擦我的

---

① 戴斯蒙·费兹杰拉德（1888—1947），英国政治家、诗人。

眼泪?)。

　　时隔不久，我收到萧的如下来信——请允许我转抄。

　　亲爱的女士：

　　　　我已读过连载的《尤利西斯》的片段。它针对令人
作呕的文明现状做了令人厌恶的记录，然而是真实的记
录。我真打算在都柏林四周布设警戒线，把年龄在二十
岁到三十岁的所有男子圈在警戒线之内，强迫他们把那
用词下流、用心险恶的嘲弄与淫话好好地读一读。作为
艺术，此书可能投合你的心意；你也许（瞧，我还不了
解你呢）是初出茅庐的年轻人，被激奋与热情所迷惑，
而这正是艺术以其炽热的素材所唤起的；对我而言，这
一切都真实得可怕：我在那些街道上走过，熟悉那些店
铺，听过并参与过那些交谈。我二十岁时避开这一切而
去了英国，四十年后从乔伊斯先生的一些作品得知，都
柏林依然是当年的都柏林，年轻人依然咧着嘴说脏话，
跟他们在1870年时一模一样。终于发现，有人对此种情
状深有感触而不顾凶险将其和盘托出，不顾凶险地以他
的文学天才迫使人们面对此种情状，这倒也使人感到安
慰。在爱尔兰，要让猫爱干净，他们的办法是用猫自己
的污物擦猫的鼻子。在人的问题上，乔伊斯先生来了个
如法炮制。但愿事实证明此书是成功的。

　　　　我知道，《尤利西斯》里还有别的特质还有别的章

节，这些就无须我写专门评述了。

内容介绍附有订单，所以我得多说几句：我是年长的爱尔兰绅士，如果你想象任何爱尔兰人都会用一百五十法郎买这样一本书，那么，你对我的同胞就未免了解甚少了，更何况年长者呢。

乔治·萧伯纳

敬上

所以乔伊斯说对了，赢了那盒烟。

我倒觉得萧的来信十分独特而且十分有趣。他那我是"初出茅庐的年轻人，被激奋与热情所迷惑，而这正是艺术以其炽热的素材所唤起的"一说，使我哈哈大笑。在我看来，他不遗余力地表明了他对《尤利西斯》的探讨；至于购书一事，他倒不必勉强。但我必须承认，我大失所望了。

此事就此作罢，因为我忙得不可开交。我从乔伊斯那里得知，埃兹拉·庞德却没有作罢。我从未看过庞德与萧的来往书信，但从乔伊斯让我看的一张明信片中的内容判断，显然是萧最后定夺的想法。此明信片是翻印品，翻印的是一幅绘画《基督之墓》，在基督四周有四位玛丽①含泪而哭。在此明信片的下端，萧写的是"乔·伯·萧②不预订《尤利西斯》

---

① 在正本中，应当只有一位玛丽。
② 乔治·伯纳德·萧，萧伯纳的全称。

之后，詹·乔①就被他的几位女编辑送进了坟墓"。接着问道："凡是你喜欢的，我都得喜欢吗，埃兹拉？至于我嘛，则是小事留意就大事顺利。"

乔伊斯被萧的明信片逗得直笑。

尽管萧是这样，别的"年长爱尔兰人"的确有付一百五十法郎购买《尤利西斯》的。其中有的人甚至愿意付三百五十法郎购买有作者签名的荷兰纸印本。

---

① 即詹姆斯·乔伊斯。

第七章

瓦洛希·拉赫博

　　某日，乔伊斯说他想认识几位法国作家。而让我们引以为豪的是，最受称赞的法国作家之一的瓦洛希·拉赫博，把莎士比亚公司当作教子，所以乔伊斯和拉赫博当然应当相互了解。

　　拉赫博的小说《巴赫那布斯》多少带有自传性，使年轻的一代着迷得不知道自己要当拉赫博的巴赫那布斯还是要当纪德笔下的拉夫卡吉欧[①]，他的另外一些作品也深受年轻一代的喜爱。他的第一部小说用的是西班牙书名，叫《菲敏娜·玛奎斯》，是写他的童年。他去的那个学校里有许多阿根廷人，他便学会了西班牙语，说得跟当地人一样地道。短篇小说集《童稚》或许最能体现拉赫博的本色。许多迷他的人都因"Larbaldiens"或其英文说法"拉赫博迷"这一称号而闻名。

　　───────────

　　① 《梵蒂冈的地窖》的主角。

拉赫博也是讨人喜欢的散文家。希利尔·康诺里说，（确切的说法，我已忘记）他写起来滔滔不绝。

拉赫博在美国没有什么名声，可谓憾事。在南美，他却大受欢迎；我的那些同胞，除少数外，都才刚刚开始发现原来还有个拉赫博。贾斯丁·奥伯伦是早期的拉赫博迷。能讲两种语言①的尤金·约拉也欣赏拉赫博。我知道威廉·杰·司密斯翻译并出版过那位富有的业余作家的诗（指他笔下的人物巴赫那布斯），出版时用了《百万富翁诗集》这一书名。或许，我现在有更多的同胞能欣赏他的作品了吧。他的"特殊风格"使我想到某种法国酒，肯定很难翻译。拉赫博在法国名声大振而在美国并不知名，其原因之一大概就在此吧。

拉赫博这名字跟一处矿泉有关——维希②的著名矿泉之一：拉赫博一圣尤贺矿泉，此矿泉为其父亲所发现。他家的家产便由此而来。他的母亲是一个古老波旁皇室家族的后裔，原籍瑞士，新教徒，拉赫博是这样告诉我的。

拉赫博的父亲去世时，他还年幼，是母亲和姑妈把他抚养长大的。她们二位都不理解他。她们老抱怨他为什么一有时间就看书，找到一支铅笔就写，不像别的小孩到户外玩耍。瓦洛希·拉赫博继续不断地写，真是法国文学的福音。

对美国文学的喜爱把拉赫博和我聚在一起。我的任务是

---

① 指英、法两种语言。
② 法国一个镇子，以矿泉水闻名。

向他介绍我们的新作家，他每次离开书店时都抱走一大堆新作家的作品。他也在书店里认识了这些新一代的鲜活的代表人物。

某日，拉赫博给我带来一件礼物，或者倒不如说是给他的教子莎士比亚公司的礼物。他从薄绢包裹里取出一个用瓷料制作的"莎士比亚住宅"模型，又从标有勒菲弗玩具制造公司这一名牌的盒子里，取出华盛顿和他的参谋人员骑在毛色各异的腾跃的马背上的模型，另有西点军校的学员中队的模型。据拉赫博解释，这个分遣队是保卫"莎士比亚住宅"的。

这些玩具兵是在拉赫博的监督下制造的。他曾去国家图书馆查阅文献，所以件件都制造得十分精确，分毫不差，细到纽扣在内。他亲自给每件玩具兵上漆。他说，给纽扣上漆，他是信不过任何人的。

我常把我们的军队放在店门附近的一个橱柜里，用一根隐蔽的弹簧来加固橱柜的窗框，以防我们的这些小型人遭到我的儿童顾客和动物顾客的掠夺。

像拉赫博这么一位爱好和平的人，却拥有一支庞大的玩具兵的军队，而且日渐壮大，真是够奇妙的了。这支军队日渐挤得没有新成员落脚之地，他满口怨言，却不想办法予以控制。他和他的朋友兼竞争对手的皮耶·德拉吕总指望弄到珍奇之作，便去天涯海角寻找他们所稀缺的款式。他们二人之间相互交换，也跟同行的收集行家交换；他们策划战役；

不时邀请特许的朋友们前来检阅军队。艾德丽安和我十分荣幸，出席过一次这种盛会。我们看到他家的居住情况，也看到拉赫博极不自在的样子，我们也就不感到惊异了。军队已经侵占了他的小套间，士兵到处蜂拥成群。他却叫我们放心，床底下的几个箱子里还装着一大批呢。

那众多兵士或许正好说明他为何还另有业余爱好——颜色。有蓝、黄、白，就连他的袖扣和领带都是这类颜色。每当他在庄宅里，他就让军旗飘扬在屋顶上，不过此事并不常见——因为他喜欢待在巴黎，喜欢四处旅行。拉赫博－巴赫那布斯①是很不一般的旅行者，很不一般的语言学家。他精通英文，能在泰晤士报的文学副刊上，跟研究莎士比亚的学者们探讨莎士比亚对"小丑"一词的用法。

以我本人之见，拉赫博十分可爱、有趣。大眼睛很美而且表情宽厚，体格健壮，头跟肩挨得很近，双手似乎是他的主要美态之一，他引以为骄傲。他引以为骄傲的还有他的双脚，他要把脚硬塞进尺寸小一号的鞋里才觉得舒适。他大笑的样子也是他的美态之一——身子摇动而无声，满脸通红。他引用他喜欢的某行诗句时，又会脸色苍白。

不过，想获得有关拉赫博的最全面的描述，就只好去找一本艾德丽安的散文集《艾德丽安·莫妮耶文集》了。

---

① 把作家的名字拉赫博和他笔下的人物的名字巴赫那布斯结合在一起，前者即后者，后者即前者，是一个人。

拉赫博到书店来时，总问我，他应该看什么样的英文作品。有一次他来时，我问他是否看过爱尔兰人詹姆斯·乔伊斯的任何作品，他说没看过，于是我给了他一本《一位年轻艺术家的画像》。时隔不久他便把书还给了我，说此书引起他极大的兴趣并且愿意跟书的作者见面。

1920年圣诞节前夜，我安排这两位作家在莎士比亚公司见了面。他们很快成为好朋友。拉赫博的友情对乔伊斯意味着什么，或许我比任何人都更有体会。拉赫博对同行乔伊斯的那般慷慨无私，确实十分珍贵而罕见。

不过，拉赫博还得跟《尤利西斯》相识。听说他患流行性感冒而卧床不起，我想，这正是布鲁姆先生①出面作自我介绍的良机。我把刊载了《尤利西斯》的各期《小评论》捆在一起，连同鲜花，统统给病人送去。

隔日，我收到拉赫博的来信，信中说他对《尤利西斯》"欣喜若狂"，自从他在十八岁读惠特曼以来，任何作品都不曾使他如此热情奔放过。"写得精彩！跟拉伯雷②一样伟大！"

拉赫博赞扬了《尤利西斯》，接着便着手宣扬乔伊斯的作品。他病愈之后便匆匆去到"书友之家"跟艾德丽安一起拟订计划。他在寄给我的一封信里说他打算翻译并出版《尤利西斯》的某些章节。他还宣称，要给《新法兰西评论》写一

---

① 《尤利西斯》里的主要人物之一。
② 费朗索瓦·拉伯雷（1490—1533），法国讽刺作家。

篇评论乔伊斯的文章。他接受艾德丽安的建议，准备就此论题在书店做一次讲座。为了说明问题，他还要朗读他本人的译文。他们二人还同意，也应该朗读英文原文。艾德丽安和拉赫博也同意，乔伊斯作品朗读会，或曰"聚会"，应当收费，这是为乔伊斯的利益着想。

大伙要乔伊斯挑选要用英文朗读的段落，他挑选了《莎琳》一章①。我们找到了很有才华的青年演员吉米·莱特——当时在蒙帕尔纳这一带，他是拥护《小评论》那一伙里的一员。他同意朗诵，条件是要乔伊斯指导他，于是，在我书店后面的房间里，常能听见他们两人的朗读声，一再重复："秃头的派特是个听觉不灵的侍者……"

与此同时，《尤利西斯》正在排版之际。印刷工人跟其他的与这一巨著有关的人一样，早已意识到这一巨著正介入他们的生活；他们不仅听从安排，而且日益体会到这一巨著的重要性。他们按我的安排做事，把乔伊斯要的全部清样都给他，他却不知足。每份清样上都有补充的内容。喜爱乔伊斯的人都可以在耶鲁大学看到所保存的经过修改的《尤利西斯》清样，这些清样归我的朋友玛丽安·威拉德·约翰逊所有。清样上洋洋洒洒地布满箭头和无数星号，用以指导印刷工人识别上下左右的空白处的字与句。乔伊斯告诉我，有三分之

---

① 《莎琳》此章是第十一章。莎琳是半人半鸟的海妖，过往船只常受其歌声的诱惑而遭殃。

一的《尤利西斯》是在清样上完成的。

到了紧要关头，不知何故，在第戎吃尽了苦头的印刷工人，要收回这些清样。这些清样都有需要补充的新内容，其中有补正整段的，甚至有补正页码错误的。

达汉提纳先生告诫我，这些清样会使我付出额外的开支，建议我提请乔伊斯先生注意，我有力所不及的危险，而且，乔伊斯热衷于在清样上改写的嗜好或许也该打住了。不行，我不听这一套。

我并不想奉劝"货真价实"的出版社步我的后尘，也不想奉劝作家们步乔伊斯的后尘，这样做是出版业的绝路。我的情况却不同。付出的努力和做出的牺牲，应该跟我干出版工作的高尚性相称才对，这在我看来才合乎情理。

奥登街十二号

值此多事之秋，莎士比亚公司绕过街角，迁往了奥登街。这新址和旧址都是艾德丽安发现的。她注意到，十二号的那个古董商正在物色租户，便匆匆赶来告诉了我。我赶紧去十二号。新找到的这地方在奥登街，而且就在艾德丽安的书店对面，真走运。这是我连想都不敢想的。新店比旧店大，楼上另外两个小房间也算在内。

1921年夏，密辛和我忙着把莎士比亚公司搬到奥登街：所有的书，一筐筐尚未回复、标有"急件"字样的信件，《尤利西斯》和其他与乔伊斯有关的物件，我正打算发行的各种出版物，少许曼·雷①给我们的当代作家所画的肖像，惠特曼的手稿，布莱克的画作。

我们在新店里把东西加以分类，发现阿格尼斯姑母的沃特·惠特曼手稿不见了，对我们打击不小。东西杂乱，无从寻找，我正打算作罢之时，当天上午也来搬东西的霍莉妹妹问我是不是已经各处找遍了。姐妹间总是互不买账的。我当然到处找遍。霍莉却说："你用我的法子就能找到东西。""你的什么法子？"我问，颇不以为然。"那好，"霍莉说，"处处找遍，样样翻遍，你要找的东西就非出现不可。""是这样吗？"我说，根本不理会她。我就看着她用她的法子到处找，真是浪费时间。过了一会，她展示一沓字稿，问道："是这吗？"果然是。我高兴极了。如果沃特弃我们而去，这门牌十二号的书店就会开业不吉了。

于是莎士比亚公司在1921年迁往奥登街，要它全盘美国化。艾德丽安虽然是地道的法国文化代表，不过我们已尽全力兼并了她。

在前萨特—波伏娃时代，只有文人雅士光顾圣日耳曼德佩区的咖啡馆，尽管你也许看到过埃兹拉·庞德去过"双狒"咖啡馆，看到过莱昂—保罗·法尔格去过街对面的"丽普"咖啡馆。除了我们这两家书店常有人来来去去，离圣日耳曼

① 少许曼·雷（1890—1976），美国画家、摄影家、作家。

大道仅数步之遥的奥登街却跟乡下小镇一样安静。只在看戏的人前往奥登剧院或从奥登剧院出来时，才有一点川流不息的气息。那些演出跟这条街一样，也是土里土气的。我记得，安东尼①演过《李尔王》，甚至科波②也曾来过——他的舞台布景十分朴素，莱昂－保罗·法尔格把表演称为"卡尔文教派的时事讽刺剧"。艾德丽安梦想在她住的那条街的"尽头有一幢公共建筑物"，奥登剧院圆了她的梦。

在我决定出版《尤利西斯》后不久，拥有手稿的约翰·奎因前来莎士比亚公司了解情况。此人长得很标致，我对他颇有好感。我欣赏他的品位。他曾经搜集过叶芝、康拉德以至乔伊斯的原稿，搜集过温德姆·刘易斯的画作，他还收集过精美的印象派艺术家的作品——后来在巴黎的卖价甚高。不过我也发现他脾气暴躁容易发火。他第一次来此，发现我们是在杜皮德杭街的一个小屋里做生意，没给他留下什么好印象。没有办公设备也没有其他设备，再加上我是女人，使他多有猜疑，真是可悲。我看得出来，在出版《尤利西斯》这件事情上，他会对我严加防范；还使我觉得只能归咎于我是他说的"另一个女人"③。

_____

① 似指一法国演员。
② 拟指一法国演员。
③ 先前连载《尤利西斯》的《小评论》，两位编辑也都是女性。

乔伊斯和我都喜欢杜皮德杭街的那个小店，还很想念它；不过，约翰·奎因第二次也就是最后一次来访时，我们已搬迁到宽敞一些的住处和宽阔一些的街道，已有更大的空间。他可以边踱边教训我要有责任感，也对所有的艺术品大发牢骚。庞德早已引诱他买下了这些艺术品，特别是"温德姆·刘易斯那些货色"和"叶芝这些垃圾——捡破布烂纸的人都不会看一眼"。他表示，《尤利西斯》不会在那个小屋出版他很高兴，指的就是在杜皮德杭街的那家书店。

胆小可怜的奎因！他直截了当，心眼也好！我高兴的是跟他有此短暂的接触，也耐心地听了他的怨言——我日后听说他那时早已有病在身。

希腊蓝与女妖锡西[①]

几个月过去，远处的订户已经沉不住气了，"1921 年秋"来了也去了，订户的圣诞老人长袜里还没有放进《尤利西斯》呢。莎士比亚公司颇有被控告诈骗公众的危险。订户并不要求退款，因为他们没有付过款，但我收到的几封信，其口气十分强硬，我记得其中一封是 T. E. 劳伦斯的来信，向我要一本应当归他所有的《尤利西斯》。十分不幸，我没有时间向

---

① 女妖锡西，荷马史诗《奥德赛》里的妖妇，把能把人变成猪；《尤利西斯》里有类似的内容。

他解释我本人也在打仗，尽管不是在沙漠里打①。

　　幸亏报刊上几乎每天都有告示，巴黎的订户是了解情况的。我的报界的朋友们，非常正确地把《尤利西斯》之事看作世界范围的重大事件，几乎是体育大事，英国小报《体育时报》竟然登了一篇事关《尤利西斯》的文章，人们把此文看作金玉良言。这当然是此书出版之后的事了。

　　我们的难题之一是用来装帧《尤利西斯》的纸张。乔伊斯早就要把他的著作装帧为蓝色，这才是我们遇到的更为棘手的难题的原因所在。谁会想象到希腊国旗上那种可爱的蓝色竟然无处可寻呢？达汉提纳一次又一次地来到巴黎，我们配制各种蓝色，发现新配制而成的样品跟希腊国旗的颜色并不一致，而那希腊国旗正飘扬在莎士比亚公司外面，向奥德修斯②表示敬意。天哪！只要看那面国旗一眼，我就头痛。

　　达汉提纳去德国找，总算找到了丝毫不差的蓝色——这一次是纸张对不上号。他用石印的方法把颜色印在硬纸板上，解决了问题；封皮内面为什么是白色的，就是这样造成的。

　　在第戎，达汉提纳的印刷厂破旧而可爱，四处布满藤蔓，厂里正在加劲赶活，整夜灯火通明。位于金丘省的第戎是名酒、艺术珍品的产地，有美味之食，盛产黑色无核小粒葡萄干蜜饯，当然还有芥末这一特产。现在又增加了一样——那

----

①　T. E. 劳伦斯即战斗在沙漠的"阿拉伯的劳伦斯"。
②　即尤利西斯。

本"热门"书《尤利西斯》。达汉提纳先生一向喜欢做特色菜，喜欢美酒，总是边吃菜边品美酒。如今他已无闲暇陪那位跟他住在一起的年轻的印刷工朋友在饭桌旁消磨时间，也无闲暇去参观那位朋友收藏的古老陶器或他那颇有价值的图书馆。总之，《尤利西斯》已经把达汉提纳接管了。

不久后达汉提纳先生告诉我，正文供应跟不上印刷。是《女妖锡西》这一章拉了后腿——《女妖锡西》停滞不前了。

乔伊斯也曾设法用打字机把这一章打出来，但也枉然。已有九个打字员打过，都告失败。乔伊斯告诉我，那第八个在绝望中以跳窗相威胁。至于那第九个，她按他的门铃，门打开，她把她已打好的稿子扔在地上便冲到街上永远消失了。"如果她当初把她的名字和住址告诉过我，我也好给她工钱啦。"乔伊斯说。朋友向他介绍时，他没听清名字。

此后，他打消了用打字机打《女妖锡西》这一章的念头。他叹息几声，把他的"作品"交给了我。我劝他不要担心，我能找到志愿者继续这一工作。

第一个自愿为《女妖锡西》工作的是我妹妹西普莉安。她必须整天在制片厂工作，不过她总在清晨四点钟醒来，起得早就能为《女妖锡西》工作几个小时。

西普莉安是《尤利西斯》的崇拜者，专会辨认难以辨认的笔迹，因为她本人的笔迹就难以辨认。于是她来辨认乔伊斯的笔迹，一个词一个词地辨认，慢慢进行，可正在此时她的制片厂突然要带她去拍外景，我又得另找志愿者。我的朋友雷蒙·莉诺西尔接过西普莉安的工作。她一听说我有困难就答应了《女妖锡西》的誊写工作，这有助于她在父亲病榻旁值夜班时打发时间。

虽然后来她也不得不放弃这工作，不过，单就英文不是她的母语而言，她接手后的工作是大有进展的。她很快就找到接替她的人，即第三号志愿者，是莉诺西尔的一位英国朋友，她很体贴人，同意接手干下去。这位女士的丈夫在英国大使馆任职。

我还来不及为此好运高兴一番，雷蒙就惊恐万状，前来宣布大事不好。她那位朋友的丈夫十分偶然地拿起一页她正在誊抄的稿纸，瞟了一眼，就把它扔进了炉火。

我十分委婉地把这一消息告诉了乔伊斯。唯一的办法是，他说，跟纽约的约翰·奎因联系，当他收到手稿之后——现手稿尚在外海的路途上——要借用手稿里我们缺失的那几页。

我给奎因打电话，写信，他都断然拒绝出借手稿；乔伊斯也拍电报给他写信给他，他也一口拒绝。我母亲当时在普林斯顿，我请她跟他交涉。她在电话里向他说明情况；他勃然大怒，所用的言词对我母亲这样的女士而言是很不得体的。很明显，他就是要紧紧抓住手稿不放。

我问他是否可以雇人把我们需要的那几页誊抄下来。他也不允许，最后总算让了一步，把那几页拍摄下来。时隔不久我收到复制品，因为这些复制品是乔伊斯的"清样"的那几页，而不是我们一直在拼命寻找的字迹难认的手稿，所以立即予以誊抄，立即送交达汉提纳。

乔伊斯那曾经是十分清楚的手迹，因其省略符号、难以辨认的记号比比皆是，越来越像欧甘①文字一样难认。在写《女妖锡西》期间，他的眼疾日益加重，所以，此章的某几篇出现难以辨识的手迹。

《尤利西斯》跟乔伊斯的其他所有作品一样，完全是用手写的。他用钝头黑铅笔——巴黎的司密斯店有他要的这一种——用不同颜色的铅笔来区别他写到了何章何段何节。他对自来水笔一窍不通，那笔弄得他手足无措。有一次我看见他挺费劲地给自来水笔灌墨水，弄得满身墨水。多年之后，他确实想到用打字机，要我给他弄一台无声雷明顿。不久后，他以此打字机交换了艾德丽安的那台声音挺大的打字机。但据我所知，两台打字机他都没用过。

---

① 古代英国及爱尔兰人用的一种语言文字。

第八章

乔伊斯的双目

我希望，我们遇到的《女妖锡西》难关已经过去，诸事可以顺利——或者说，至少是比较顺利了。正相反，比以往任何不幸更为严重的不幸降临到了我们身上。乔伊斯用眼过度而损伤了视力，现已患上严重的虹膜炎。

某日，他的几个孩子跑来告诉我，"巴博"——他们是这样称呼父亲的——要立即会见我。我急忙前往大学街，去到他们当时住的那家小旅馆，看见乔伊斯躺在床上，病情严重，痛苦不堪，乔伊斯太太在一旁照料他。她身旁放着一桶冰水，她不停地更换敷贴在他眼睛上的敷布，为时已有数小时，她疲惫不堪。"他痛得无法忍受了，就站起来走动走动。"她说。

我当即看出，他的眼睛虽然痛得厉害，但是他心里另有所思而且为之心神不安。他把他的焦虑不安告诉了我。一位朋友请来的给他做过检查的著名专科医生刚刚离开，这位专科医生说要立即动手术，并已派来救护车送乔伊斯去他的诊所。事不宜迟，所以才叫我前来。他在苏黎世患严重眼疾时曾动过一次手术，现在他决心加以阻止。他不会允许再犯同样的错误。我要抢先找到我的眼科医生——我曾对他说起过乔伊斯的情况——在那位医生把乔伊斯接去他的诊所之前，我得把这位医生送到旅馆去。

我的眼科医生的诊所在女装商店扎堆儿的和平街上，我急忙赶到那里，闯了进去。路易斯·博什医生和我都是美国人，他在左岸为学生和劳动人民开了个小诊所，我曾去那里就医，他为人十分厚道。他满怀同情地听我细说乔伊斯的糟糕透顶的病况；我恳求他立即前往，他却表示歉意，说他不能去医治已另有医生医治的病人。他见我有些失望，便说他可以给乔伊斯治病，但要乔伊斯到他这里来。我告诉他，乔伊斯已经病得不能下床，博什医生仍然坚持不去。"你尽快把他送到这里来。"他说。

于是我赶紧回到旅馆。乔伊斯说："那就去吧。"诺拉和我把这个身体虚弱的人扶下床，下了楼，进了出租车。我们一路搀扶着他走到小镇的另一头，到达医生的候诊室时，他已疼痛得几乎不省人事，瘫倒在一张大扶手椅里了。

我们在候诊室里静候着，身处银色像框里头戴王冠的那些头像的凝视之中——这些头像还附有谢帖，为那架大钢琴增色不少。

终于轮到了乔伊斯，护士搀扶着他走了进去。他知道是青光眼，诊断结果也没有使他感到意外；他只想知道，医生认为何时动手术较为妥当。医生说动手术是必要的，但他的几位同行都不赞同；他表示，还是等到严重的虹膜炎过去之后为好，即使视力因延迟而受影响。在眼睛发炎时动手术，如获成功，是可能恢复视力的；另一种可能，那只眼睛的视力也可能完全遭到损坏。医生说他不愿冒此风险。

这番话正合乔伊斯的意，他大为安心，当即决定把自己托付给博什医生了。等他的虹膜炎病症一旦痊愈就动手术。

博什医生是维也纳的一位著名眼科医生的学生，他本人也声誉卓著。多年来，他对乔伊斯的照料可谓无微不至，收费甚少；乔伊斯给我看过一张博什医生的账单，钱数甚少，致使乔伊斯感到自己被小看了。博什医生尽其所能，止住了病情发展，处理了乔伊斯那可怕疾病的并发症。不过，乔伊斯的视力日渐下降，照某些人的说法，应由博什医生负责——这是极不公平的。

乔伊斯希望保住仅有的视力，于是返回苏黎世请教被认为是"欧洲眼科三大权威"之一的阿尔弗雷德·弗格特医生。乔伊斯对这位医生早有所闻并对我说起过他发明的一种仪器。这种仪器是在柏林特制的，一次只特制一台；每一台仪器都适用于有待进行的特定的手术，使用不得超过一次；每台要花费弗格特医生一百美元；如果他发现某一台稍有瑕疵，他便弃之不用。

乔伊斯对我细谈过弗格特医生的一次处置病例的详情。医生首先绘制一张有待动手术的眼睛图，加以细心研究，直至对其"地形"了然于胸。针对乔伊斯的病症，就是在眼睛上遮一块不透明的幕状物，仪器将其刺透穿一小孔，在一定程度上，患者便可通过此孔而看。

乔伊斯在苏黎世动过手术之后，前来看我。我注意到他能分辨物体的轮廓，走动时也不跌跌撞撞；借助他的眼镜和两个放大镜，他也能阅读字体很大的印刷文字。哀哉，伊尔威克先生①啊！对声音一向敏感得出奇的乔伊斯，今后不得不几乎要完全靠他的耳朵了。

在拉赫博家

在乔伊斯动手术之前，他的虹膜炎有所好转。这时，拉赫博将离开巴黎一个月，他肯定病人住在旅馆里绝对不会感到舒适，遂邀请乔伊斯搬到他的公寓去住。这是他的一番好意，可是对一个十分挑剔的单身汉来说，这也是不可思议的（在这之后他才结婚）。

他的住处在旧式的勒慕安主教街七十一号。这是一条老街，在先哲祠后面，顺此一路下去便是圣热内比耶芙丘，通往塞纳河。穿过一条通道，经过一处长长的走廊便进入绿树成荫的英国式的广场。拉赫博的公寓就在这片树林后面的一

---

① 伊尔威克是乔氏小说《芬尼根守灵记》里的男主角之一，其姓氏 Earwick（伊尔威克）近似 earweak（平弱、听觉很差的意思），跟乔氏今后要靠耳朵一说形成反差，作者借此幽默一番。

栋房子里。这里是与外界隔绝的所在，也是拉赫博要长期隐居和工作的地方，他会警告他所有的朋友，此处将成为"Clôture"——潜伏之地。在此期间，除了他的打杂女工，任何人不得入内。

于是乔伊斯一家就在拉赫博那几个整洁的小房间里安顿下来；那里的地板擦得光亮，有古风十足的家具，有玩具兵士，还有装帧精致的珍贵书籍。

乔伊斯躺在拉赫博的床上，双目包扎着，他听见女儿跟女仆在隔壁房间里说话便面露笑容。所有家务小事全靠露西亚传达，她的法文说得最流利——另外，这女仆对那些跟乔伊斯有来往的人平平常常，而对乔伊斯则是关心备至。

"她提到我时，总是称'他'。"乔伊斯说。"'他现在怎么样？他在干什么？他说什么？他要起床吗？他饿吗？他难受吗？'"女仆说话的语气都很低沉，不过，乔伊斯的听觉灵敏，他是能听话听音的。

你有时会看见罗伯特·麦克阿尔曼坐在乔伊斯的床边，对他大谈有关"那一伙"的最新的风言风语，尤其是他那一口美国话，鼻音很重而且是慢吞吞地道来，都使他高兴不已。在此期间，麦克阿尔曼常和乔伊斯及其一家相伴。艾德丽安的妹夫保罗－艾密尔·贝卡画了一幅乔伊斯和麦克阿尔曼在一起的素描。

把大蒜种在海绵上

给乔伊斯做手术的左岸门诊部是座有两层楼的小房子，在两条街交叉的拐角处。据乔伊斯评说，有些街名可谓恰如其分：rue du Cherche-Midi（"寻找南方的街"，可否请你译一译?）还有 rue du Regard[①]。

朝街的大门通往里面楼下的候诊室，患者坐在长长的木凳上候诊，往往要等很久。等那位医生完成上午的巡诊之后，在他回家的路上顺便来此。可怜的博什医生，他加班加点过度劳累，我真不知道他什么时候才能抢时间吃上一口饭。如果有时间，他一定会大吃一顿吧，因为他跟圣诞老人一样胖。候诊室后面是办公室，比衣橱大不了多少，总算能勉强容得下这位医生、他的护士——此人的块头也不小——还有一名一般身材的患者。

楼上有为住院病人准备的两个小房间，乔伊斯住一间。如果没有诺拉，乔伊斯是任何地方也不肯待的，所以她住另一间。她抱怨，这里没有称心的现代设备，这也在理——这里当然是个离奇的住处。乔伊斯正相反，觉得这地方十分有趣。他喜欢那位医生，他给我学医生那种"美国佬的慢吞吞的腔调"，给我学医生挨近他时说的话："太邪乎了，你的眼

[①] 姑且译作"凝视街"。

睛够呛。"乔伊斯也喜欢他的护士，即那位块头不小的女士。她管理病房，照料病人，做饭，协助医生。"她在一块海绵上种了大蒜，放在窗台上，"他告诉我，"用来给我们的菜调调味。"她对别的病人有时很不耐烦，但是决不会这样对待乔瓦斯①先生。他是她的宠儿病号。这，理所当然啦！我深信，他是她所记得的最无怨言的患者，也是她所记得的最为他人着想的病人。

眼睛手术准是一道可怕的难关，对乔伊斯这种特别敏感的人而言，更是如此。据他对我所说，他神志清醒，眼看着手术进行，那仪器隐隐出现在他眼前，像一把大斧子。

他做完手术清醒过来后，躺着，眼睛包着绷带；一个钟头过去，又一个钟头过去，他没有表现出一丝一毫的急躁情绪。他没有时间去分心、走神儿，头脑里早已呈现诸多的设想与计划了。

像乔伊斯这样具有无穷创造力的人怎能分心、走神儿？何况，他的记忆力是训练有素的。早在他年轻之时就保持着这种训练，这正说明他过目不忘的原因所在。用他自己的说法就是，凡事都能记住。

有一天他对我说："请把《湖上夫人》②带过来。"下一

---

① 是"乔伊斯"的法语发音。

② 《湖上夫人》（1810），苏格兰诗人、小说家瓦特·斯考特（1771—1832）的作品。

次我便带着"夫人"去看望他。"把书翻开，"他说，"给我读一行。"我照办，随便翻到一页。我读完第一行后，停下，他把那一整页及后面一页的内容都背诵了一遍，无一错误。我确信，他记住的不仅是《湖上夫人》，而且是整个图书馆的诗与文。他在二十岁前已博览群书，从此无须费翻书之劳便能获得他所需要的材料。

我经常到诊所去。我把他的信件带给他，给他读信，也带去《尤利西斯》的清样。信，我可以代他回，其实已回了一段时间。至于清样，只好搁置一边，只有他能处理，因为他往往要加进新的内容。我告诉他印刷商方面的消息，向他转达他的朋友们的问候，告诉他莎士比亚公司的情况。这些，他都听得津津有味。

有一天我去到诊所时，他们正按医生的处方进行水蛭疗法。要设法让水蛭粘在眼睛周围——这可不容易——水蛭便可把血吸出而使充血缓和下来。在职的护士不在，由一位更年轻的护士顶班。她和乔伊斯太太正想办法不让这些蠕蠕而动的小生物在地板上跳来跳去，而要让它们在病人的眼睛周围等着，轮班干活。乔伊斯毫无怨言，甘受这一令人难受的折磨。这些水蛭倒使我想起了普林斯顿，那罗塞尔家的游泳池里的水蛭总是吸在我们的腿上。

乔伊斯和乔治·穆尔

一般来说，乔伊斯并不回避任何人。他在手术之后第一次外出来到书店时却说他不希望遇到任何人，我完全理解。这时，有位面孔大、面颊红的高个子正盯着橱窗里的书，继而走进店来，我便离开乔伊斯，走过去跟这位顾客攀谈。

这位顾客自我介绍说他是乔治·穆尔①。我和他都认识的朋友南希·库娜早已说定要带他前来与我见面，但他无法等她，因为他在次日就要回伦敦。我见他一再打量站在书店后面的那个人，但我遵守诺言，没有给他介绍那个人。最后，这位来客朝乔伊斯方向看了最后一眼便离去，颇有些依依不舍。

"他是谁？"乔伊斯问。我告诉了他，他惊呼道："我本该感谢他，承蒙他的好意，为我争取到了英王奖金。"这是他第一次向我提到此事——这一百英镑是在多年前从王室内库拨给他的。

乔治·穆尔回到伦敦后，给我写了一封十分有趣的信，邀请我下次到伦敦时与他去埃布利街共进午餐（去埃布利街进午餐的多封著名的邀请信之一）。他询问，他曾看到的在我

① 乔治·穆尔（1852—1933），英裔爱尔兰诗人、小说家、剧作家、散文家。

书店后面、戴着黑色眼罩的那个人是不是詹姆斯·乔伊斯，是的话，本该跟他见见面的。

于是我明白了，我自以为是信守诺言的错误。他们终于在伦敦见了面，不过我后来才知道，这是第二次见面，但是乔伊斯从未提过此事。

我本人是很想跟穆尔多多见面的，他为人友善之至。他没有为书店里出的那次小误会而责怪我；正相反，他把他的即将问世的剧作《使徒》订正稿送给了我。乔治·穆尔身为作家，我喜欢他；从他的好友南希那里得知他的为人，我同样喜欢他。我尚无机会去伦敦与他在埃布利街共进午餐，他便去世了。

莫妮耶书店的朗读会

在艾德丽安的书店举行乔伊斯作品朗读会的日期定在1921年12月7日——距《尤利西斯》出版还剩不到两个月。

拉赫博担心译成法文的潘妮洛普①片段无法及时准备好，请艾德丽安找人助他一臂之力。常来奥登街的年轻人中有一位年轻的作曲家雅克·班诺瓦斯·玫尚。他和乔治·安特尔在我的书店相识之后，交情甚好。年轻的班诺瓦斯·玫尚的英文非常之好，艾德丽安问他愿不愿意助拉赫博一臂之力，

---

① 潘妮洛普，尤利西斯之妻。

他欣然同意，表示能有机会跟拉赫博一起为《尤利西斯》出力，感到十分高兴，但有一个条件：不能出现他的名字，因为其父是位老绅士、男爵，他是不会认可《尤利西斯》的。

在这拉伯雷①之邦，对20世纪20年代的法国而言，《尤利西斯》过于胆大妄为，真令人不可思议。乔伊斯作品朗读会的日期越来越近，拉赫博本人十分不安，节目单上竟然有以下告诫："Nous tenons à prevenir le public que certaines des pages qu'on lira sont d'une hardiesse peu commune qui peut très légitimement choquer"（兹告诫听众，所朗读之数页文字将是异乎寻常的大胆，可能对听众有所冒犯）。是啊，拉赫博——他来到书店时，书店里已挤得水泄不通，人满为患，他紧张得怯场了。艾德丽安递给他一杯白兰地，他才鼓起勇气走进去，坐在一张小桌子旁边；此处他并不生疏，因为他一直就是艾德丽安"朗读会"的特别受人喜爱的朗读者之一。然而，他确实落了一两段没有朗读！

这次朗读会是乔伊斯的一次巨大成功，也是正值他生涯中最关键时刻的一件厚礼，非同小可。拉赫博的充满热情的赞词，他朗读的法译《尤利西斯》片段，吉米·莱特的半人半鸟的《莎琳海妖》的演绎——都博得了听众的热烈掌声。拉赫博到处找乔伊斯，结果在后屋的屏风后面找到了他，把满脸羞涩的他拉了出来，给他来了个法国式的亲吻两颊，这

① 拉伯雷（1490—1533），法国讽刺作家。

时更是一片欢呼喝彩。我也十分高兴，于是想到，法国人对这位爱尔兰作家的那股热情着实令人感动。

"圣女哈瑞特"

在此前后，《尤利西斯》的作者很犯愁，要想方设法使收支相抵。我本人并不宽裕；莎士比亚公司是小本经营，有时也难以为继。幸运的是我那好心的妹妹霍莉的支票，我亲爱的玛丽·莫立斯表姐的支票，还有她的住在宾州奥弗布鲁克的孙女玛格丽特·麦柯伊的支票，都是照汇不误的。巴黎的房租低，用钱的也只有我和密辛两人，不必担心日常开支，可是书呢？啊！书费极其昂贵！不论付英镑还是付美金，到了付费的时候，莎士比亚公司简直是往岩礁上撞——当然不是梅伊·威斯特①所谓的岩礁。

詹姆斯·乔伊斯经常靠教书自谋生计养家糊口。眼下，为了完成《尤利西斯》，他每天工作十七个小时，却毫无收入。储蓄和馈赠早已花光。我出版《尤利西斯》的任务还应包括作者在此期间不至于一贫如洗。可以想象，这个既卖书也出书的小小书店，能给予他一家四口的帮助十分有限，但是乔伊斯依旧另无他人可求。

乔伊斯对钱的问题是非常谨慎的。有例为证：人们只需

---

① 此人曾一度在好莱坞鼓吹"性解放"。岩礁暗指性暗示。

看一看他求学时住在柯奈伊旅馆时用的笔记本即可。这位年轻的医学院学生，在笔记本里记下了所借款项的总数以及出借人的姓名。笔记本还表明所借款项已还清，往往是在次日就还清的，即使还钱对他无异于饿肚子——不妨看看他当年在巴黎照的那张照片吧。不过，在次日，他又记下他从同一位朋友那里借了同样数额的钱。这即使不那么令人揪心，恐怕也是很有趣的吧！

乔伊斯把笔记本给我看时，面带腼腆的微笑。如今是方式照旧而另有朋友了。莎士比亚公司的钱柜与乔伊斯的口袋之间总有小额款项来来去去。借款字条向我表明，"詹·乔的金库"里又是空空如也，而借款字条依然记录在案。数额一般很小。借款人尽力使自己的要求顺应我的财力，这是十分哀婉动人的。

这情形持续了一段时间，只要以"有借有还"为基础，倒也行得通。随着乔伊斯的开支增加，我不胜惊慌地注意到，我们的常规有所改变，金额已有去无来。事实上，这是因为以预支的方式把钱花在《尤利西斯》上了。一般说来，还能有比这更平常的方式吗？尽管我无比地钦佩《尤利西斯》，但在我看来，人是胜过文艺作品的。我肩负出版人的任务，必须出版《尤利西斯》一书；然而我又经营一家书店，看来我们二人即将破产了①。

----

① 兼含"失信于人"之意。

有一天，正值这祸不单行之际，乔伊斯露面了，他为所得到的音信而激动不已，宣称他从哈瑞特·威弗小姐那里得知，她将寄给他一大笔钱，他说其总数够他用下半辈子！

　　我们二人都为这一奇迹而高兴：他高兴是因为威弗小姐的慷慨之举消除了他最棘手的难题之一；至于我，则是为他而高兴也为我而高兴。现在我可以把出版《尤利西斯》一事继续下去，而莎士比亚公司也摆脱了累赘。

　　诺拉太太告诉我，威弗小姐——也就是她所称呼的露西亚——给乔伊斯的钱足够别人用半辈子，在乔伊斯却不然。前不久，他又手头拮据，威弗小姐又伸出援手。不过，我们总算得了片刻的安慰。

第九章

最佳顾客

我们喜欢的而且不给我们添麻烦的顾客是个年轻人，他每天上午待在莎士比亚公司的一个角落，看杂志，看马里亚特船长[①]的作品及其他作品——这位就是恩内斯特·海明威，我记得他是在1921年末来到巴黎的。他自称是"最佳顾客"，对此称号，是毋庸置疑的。他不仅常来而且花钱买书，乃是博得图书小店业主喜爱的一大特点；对这样的顾客，我们自当十分尊重。

哪怕他在我店里一文不花，也照样博得我的青睐。从我们相识的那一天起，我便对恩内斯特·海明威怀有最热诚的友情。

舍伍德·安德森在芝加哥就已把他的介绍信交给了他的"年轻的朋友恩内斯特·海明威先生暨太太"，继而转交给我，我保存至今。信上写道：

[①] 弗雷德里克·马里亚特（1792—1848），英国航海小说家。

写此便笺介绍你认识我的朋友恩内斯特·海明威。恩内斯特·海明威太太也随其而行。他将在巴黎定居，故请他到达巴黎时邮递此函。

恩内斯特·海明威是美国作家，他本能地关心在此发生的一切有价值之事；我知道，你会发现恩内斯特·海明威先生暨太太都很讨人喜欢……

不过，在海明威夫妇记住了要出示安德森的介绍信之前，我早已跟他们相识很久了。有一天，海明威径直走进店来。

我抬头一看，只见一个身材高、皮肤黑、留着小胡子的年轻人，听见他说他是恩内斯特·海明威，那声音十分低沉。我请他坐下，总算得知他的原籍是芝加哥。我也得知他曾在一家陆军医院住院两年，治疗腿伤。腿出了什么问题呢？呃，他说他在意大利作战时①，膝盖受伤，他那口气充满歉意，像个孩子为打架而认错似的。我问我能看看吗？他应允，于是莎士比亚公司只好暂停营业，以便他有时间脱鞋脱袜。我看见他腿上、脚上的可怕的伤疤，膝盖伤得很重，脚好像也伤得不轻；他说，是榴霰弹炸伤的。他住院时，有人认为他已经完蛋，甚至问他是否要行最后的圣餐礼。经他勉强同意，把圣餐礼改为洗礼——"以防他们的话不幸而言中"②。

---

① 当时海明威是志愿人员，给红十字会开救护车。
② 应该是海明威的原话。

于是让海明威受了洗礼。受了洗礼也罢没受洗礼也罢——不管海明威会不会向我开枪我都要说①——我总觉得他的宗教意识过于强烈。海明威是乔伊斯的密友，有一天乔伊斯告诉我，海明威自认为是硬汉，而麦克阿尔曼则把自己冒充为神经敏感的榜样，这都是十分错误的。他认为事实正好相反。所以乔伊斯把你看透了啊，海明威！

海明威向我吐露，在他离开中学之前还是个"穿着短裤的小男孩"，这时他的父亲突然去世，处境悲惨，留给他一支枪算是唯一的遗产。他发现自己已是一家之主，母亲、兄弟姐妹都要靠他为生。他只好辍学，自谋生计。他参加拳击比赛，赚得第一笔收入。但据我推测，这一行他也没有干多久。他每说起童年，总是悲伤不已。

辍学之后的生活，他对我谈得不多。他为了谋生，干过种种活计，包括新闻工作，后来去加拿大当兵。因年龄小，要入伍就只能谎报年龄。

海明威年轻而多闻博识，对许多国家甚为了解，懂多种语言，这都不是在大学里学到的。在我看来，他比我认识的任何年轻的作家都走得更远、更快。尽管他还带有几分孩子气，却格外博识也格外自立。海明威，他人在巴黎，却当了多伦多《星报》的体育记者。毫无疑问，他已打算初试写小说的身手了。

---

① 海明威很喜欢打猎，这里是戏称。

他带他年轻的妻子哈德莱前来拜访我。她俊俏，非常讨人喜欢。我当然带他们二人去与艾德丽安·莫妮耶见面。海明威的法文知识十分出众，他腾出时间，把所有的法文刊物和我们出版的刊物都阅览过了。

海明威干的是体育记者这一行，有体育比赛他必到场。他的语言学识便包含行话。海明威的书店好友艾德丽安和西尔薇亚从未见过体育世界的世面，不过我们准备找人加以开导，不妨让海明威来开导我们吧。

我们的学习从拳击开始。一天傍晚，我们的两位教师海明威和哈德莱顺便来此带我们乘地铁去莫尼勒蒙唐山区，此处的居民多为工人、运动员、二流子。我们到了贝勒将军站之后，爬上陡峭的阶梯，已身怀六甲（腹中孩子本比，即约翰·哈德莱·海明威）的哈德莱已是上气不接下气……靠她丈夫搀扶着。海明威带领我们去那个很小的拳击场，要翻过一个后院才能到达。我们发现，座位很窄又没有靠背。

拳击赛和对我的指导就此开始。在几场预赛中，小伙子们上下左右挥动拳头，鲜血直流，我们担心他们会流血过多而丧命。海明威叫我们放心，说那不过是用力过猛，打得鼻子流血罢了。我们学到了某些比赛规则。他还告诉我们，那些面目不清，进进出出，根本不看拳击手一眼，相互间商量事情的人，就是经纪人，来此是为了物色有出息的新人。

到了好戏开场之时，我们的教师忙着看那一记又一记的重拳都忙不过来，哪里还顾得上提示、指导我们，他的学生们就只好自己看，也不管他了。

最后一场比赛引发了加时赛——裁判的判定引起了观众争议，坐着的人都站了起来，向别人冲过去——那场面就如货真价实的西部片。拳打脚踢，大喊大叫，推来搡去，我担心我们也被"搅和进去"，也怕混战之中哈德莱会受伤。我听见传来"警察！警察！"的叫声，这显然不是警察在叫喊。因为不论在高级的法国国家剧院还是在这莫尼勒蒙唐的拳击场，警察值勤乃是义不容辞的责任。我们听见，海明威那表示制止的喊声高过了喧嚣声："找警察，快去公共厕所！"

接着，艾德丽安和我在海明威的指导与影响之下又开始了骑车运动；不是我们自己骑车，而是跟我们的教师去"六日赛程"现场，为期六天的"冬季自行车赛场"，那场面热闹得好似走马灯一般，很可能是巴黎赛季中最受欢迎的大事。像猴似的年轻车手弯着腰骑在车上，在赛场里慢慢绕圈或突然冲刺，不分昼夜。四处一片烟尘又颇具戏剧明星在场的气氛，扩音器哇啦哇啦响个不停，车迷们看着看着，越看越来劲。我们尽最大的努力听懂教师对我们所言，但在喧嚣之中，也不知道他说的是什么。可惜，艾德丽安和我只能腾出一个晚上看比赛，尽管我们感到比赛引人入胜。不过，有海明威为伴，还会有什么事是不引人入胜的呢？

另一件更令人激动的大事正等着我们。最近以来，我有种印象，就是海明威正孜孜不倦地写小说。有一天他告诉我，他已写完一篇，问艾德丽安和我愿不愿意赐教。我们求之不得，这是大事，与我们息息相关，因为艾德丽安和我跟那些在贝利港拳击场游来荡去而且面目不清的人一样，在物色人才。对拳击，我们也许知之甚少，至于写作嘛——那又是另外一回事了。这是恩内斯特·海明威的首场比赛。想想看，我们是何等的高兴啊！

于是海明威给我们读了《在我们的时代》里的一个短篇。深深打动我们的是他那极具特色的个人风格，熟练的技巧，简洁，讲故事的天赋与戏剧感，创造能力……唉，我还可以说下去，还是艾德丽安概括得好："海明威具有真正作家的气质。"

如今，海明威当然是公认的现代小说之父。在法国，在英国，在德国，在意大利，或别的国家，只要你翻开一部小说或一个短篇故事，你都会看到海明威早已超出了这个范围。他已走进教科书，带给孩子们的欢乐胜过带给孩子们的欢呼，他们真幸运！

谁影响了这个作家那个作家的问题就从来没让我操心过，成熟的作家不会在难以入睡的时候去思考是谁影响过他。但是话又得说回来，我确实认为海明威的读者们应当清楚，是谁教会了他们写作：是恩内斯特·海明威。他跟所有的货真价实的作家一样，知道想要把作品写"好"——按他的说法就是，你就得干。

艾德丽安·莫妮耶是第一个法国的海明威迷，首先以法文出版他的一篇短篇小说。《打不垮的人》① 刊登在她的刊物《银舟》上，引起该刊物的读者的极大注意。海明威的读者第一次接触到他就被争取了过去，这已是常有的事。我记得乔纳森·凯普对海明威的第一部作品的那番热情。凯普先生是劳伦斯上校②也是乔伊斯在英国的出版商，他来巴黎时曾问我，他应该出哪个美国人的书。我说："得了，去读读海明威吧！"凯普先生就是这样成为海明威的英国出版商的。

海明威无论干什么事，向来认真而称职，照看婴儿也是如此。哈德莱和海明威在加拿大短期逗留之后返回，带回另一个"最佳顾客"约翰·哈德莱·海明威。一天上午我顺便去他家拜访，看见他给他的婴儿本比③洗澡，他那手艺之麻利令我吃惊，海明威老爸得意扬扬说是理所当然的，于是问我，他当个照看孩子的保姆是否前途有望。

本比会走路之前，是莎士比亚公司的常客。海明威小心翼翼地抱着他的儿子，儿子头朝下也无妨，海明威照样阅读最新出版的杂志。我得说，这是要靠本领的。至于本比，只要是跟他喜欢的爸爸在一起，怎么着他都无所谓。海明威把儿子刚开始学着走路的那几步称为"西尔薇亚步"。我能看见他们父子二人手牵着手从街上走来。坐在高凳上的本比，一

① 《打不垮的人》，海明威的短篇小说，大致与《大双心河》《在另一个国家》等短篇同时问世。

② 凯普，美国人，《阿拉伯的劳伦斯》里的人物。

③ 本比，小名，即约翰·哈德莱·海明威，海明威之子。

本正经地看着老爸，不急不躁，终于等到他爸把他从高凳上抱下来，有时得等很久很久。然后我看到他们离去但不是回家，他们要等到哈德莱把家务做完才能回去。他们去了街角的一个小咖啡馆，面前放着饮料，本比的饮料是石榴汁，他们二人把一天来的种种疑问回味一番。

当时，人人都去过西班牙，所得印象却各不相同。格特鲁德·斯泰因和艾丽斯·托克拉斯觉得西班牙很有趣。另外一些人是去看斗牛，看得毛骨悚然，没看完就离场了。有人从道德和性的观点写斗牛，写成色彩鲜艳的比赛，写得逼真之至，凡此种种，不一而足。西班牙人自己通常发现，外国人对斗牛的言论是使人无所适从的，就专业而言，也是不足为据的。

海明威与众不同，他以他惯用的严肃、驾驭自如的风格去写斗牛。于是我们有了《死于下午》，堪称论述斗牛的论文。我的一些十分挑剔的西班牙朋友都承认它是杰作，里面收入了海明威的某些佳作。

真正的好作家是如此之少，以至我只能尽力指出，是什么使他们真实可靠而且值得欣赏。有谁能一语道破创作的奥秘呢？

海明威能接受自己对自己提出的任何评论，他就是他自己严厉的评论者，但也跟他所有的同行一样，对别人的评论极度敏感。有些评论家擅长的是用锐利的笔尖往作家身上扎，扎得他辗转不安，评论家就高兴。温德姆·刘易斯就把乔伊斯扎得辗转不安。他写了文章评论海明威，题目是《沉默无语的牛》，我很抱歉，他是在我的书店想到这个题目的。这一下可使海明威怒不可遏，把作为生日礼物的三十六株郁金香的顶梢统统打落，瓶里的花都被抛撒在一些书上。事后，海明威在我们桌旁坐下，开出支票给西尔薇亚·比奇，赔偿损失，数额足足多出两倍。

别人只是翻阅书而不在意其他，我是书商又是图书管理员，所以更加注意书名。我认为，不论举行何种竞赛，海明威的书都应获书名一等奖。每个书名都是一首诗，对读者产生不可思议的力量，为海明威的成功做出了贡献。他用的书名，其自身便具有生命力，使美国语言的词汇大为丰富。

第十章

最先出的《尤利西斯》

谣传说，《尤利西斯》可能即将问世，《潘妮洛普》这一章的校印本已在我手上。

乔伊斯的生日二月二日已日渐临近，我知道他打算在同一天隆重庆祝《尤利西斯》出版这件大事。

我跟达汉提纳交谈过一次。他说印刷工人已尽最大的努力，但《尤利西斯》还得再等一段时间，不可能在二月二日完成。我请他多多费心，为这不可能之事想想办法，至少印出一本《尤利西斯》，在乔伊斯的生日当天送到他手上。

他没有做出许诺，但我是了解他的，所以二月一日那天我收到他的电报时并不感到意外——要我在次日上午七时去接车，是从第戎开来的快车，乘务长将把两本《尤利西斯》交给我。

那天我站在月台上，我的心跟火车头一样咚个不停。从第戎开来的快车慢慢停下，我看见乘务长走下车来，手里拿个小包，东看西看在找人——是在找我。没过多久，我已在乔伊斯家门口按响门铃并且把第一本《尤利西斯》交给了他。那天是1922年2月2日。

第二本送给了莎士比亚公司，我把它陈列在橱窗里，那真是大错特错。消息在蒙帕尔纳斯区及其附近地区迅速传开，到了第二天，书店还没有开门，买书的人已在店前排队，纷纷用手指着《尤利西斯》。我解释说《尤利西斯》还没有出版，现在只有两本，任我怎么解释都不管用。若不是我眼疾手快，把那本书转移到安全之地，他们似乎准备而且一定会把《尤利西斯》从橱窗里抢出来，把书拆散让大伙分的。

乔伊斯写来便笺，对此生日礼物表示感谢。"你一年来为我的书操尽了心劳尽了神，若不感激你，"他写道，"我今天是无法安然而过的。"他写了一首诙谐的小诗献给出版人，以祝贺《尤利西斯》问世。诗曰：

> 西尔薇亚何许人，
> 作家们夸她夸不停？
> 是美国佬，勇敢又年轻。
> 西欧要她把速度加快，
> 诸多著作便印出来。

> 她富有而且勇敢，
> 谁说她只认财富而无视勇敢？
> 人潮涌，力竭声嘶，

为的是买到一本《尤利西斯》。

签字买下后却默然沉思。

给西尔薇亚唱一番,

歌唱她卖书真大胆。

凡尘事物她都卖,

远比说话惹人烦。

买书人快劝她回头是岸。

詹·乔

(威·莎改写)①

　　终于问世的《尤利西斯》,希腊蓝的封皮,白色字母书写着书名和作者的姓氏。"完整本"共有七百三十二页,每页的印刷错误平均为一个到六个,出版人在每本书里夹进一纸条,上面写着为印刷错误表示歉意,云云。

　　此书问世,随后的那段时间真是令人兴奋,乔伊斯寸步不离出版人,唯恐出纰漏。他专心致志地帮我们打包。他甚至发现每本书的重量为一公斤零五百五十克,我们把包裹扛到拐角处的邮局时便已注意到了这个重量。他把地板、标签,

---

　　① 詹·乔,即詹姆斯·乔伊斯;威·莎,即威廉·莎士比亚。表示改写自莎士比亚的诗。

还有他的头发上弄得都是胶水；还催促我，如果某人已经付过款，应立即把书给此人寄去；他还认为："寄往爱尔兰的所有通知单应立即寄出，因为，邮政部长是新上任的，治安委员会已由神职人员掌管，遇上了他们，日复一日，无法知道会出什么事。"

我们设法用我们的"脱膜剂"把乔伊斯头发上的胶水去掉一些。在官方察觉之前把这一批《尤利西斯》安全送到英国和爱尔兰的订户手里。在美国的奎因及另外一两个订户已收到此书，还得要让余下的书尽快脱手。第一批已寄出，其余的随后即寄，但这时我发现所有书都在纽约港被没收。我停止了船运，可怜的订户都白等一场了。我只好四处救助。

米涅瓦①—海明威

说男主人公尤利西斯在天国有的是朋友，倒不如说就一位朋友——女神米涅瓦，这已经不是什么秘密了。女神时而化装成这个人时而化装为那个人，这一次她化身的不是别人的而正是恩内斯特·海明威。

我希望以下披露不至于使这位诺贝尔文学奖得主跟官方发生纠纷——官方当然不会找诺贝尔奖得主的碴——不过我的多本《尤利西斯》能进入美国，则是海明威的功劳。

---

① 米涅瓦，罗马神话中司智慧、学问、战争的女神。

108

我把我的问题向米涅瓦—海明威摊开。他说："给我二十四小时的时间。"次日他来时已胸有成竹。他有个乐于助人的朋友在芝加哥，是某位伯纳德·B.，因为他援助有方，我称他为圣伯纳德[①]，他将告诉我如何完成这一任务。

　　他来信告诉我，他将做些准备，要迁往加拿大，问我是否愿意出钱租下多伦多的一间小公寓，我当然立即同意。他给我寄来他的新住处的地址，要我把所有的书都装上船运到该处，我照办。《尤利西斯》在加拿大并未遭禁，于是安全到达。他接下来的任务，就需要莫大的勇气与机智了，他必须把几百本沉重的书运过边境。

　　事后他对我描述说，他每天把一本《尤利西斯》塞进裤子里。当时贩运私酒成风，到处是些身体变得奇形怪状的人，但是受到搜查的风险也更大。

　　事情就如此这般进行，他已着手处理最后所剩的十几本书；这时他觉得港务官员有些生疑，开始注意他。他担心过不了多久港务官员就会更加严密地盘问他干的究竟是什么买卖——说不定是搞烟酒买卖的呢——忙得他每天来来去去。他找到有个朋友愿意帮他，于是两人每天乘渡船，每人携带两本，为加快进行——一人在前，一人在后，看上去真像有病在身的一父一子。

　　我们的这位朋友把最后一本沉重的书带过了边境，心里

---

　　① 圣伯纳德，一种义犬。

的包袱才算落了地！如果乔伊斯预见到这种种困难，他当初或许会写一本更轻的著作吧。

不管怎么说，《尤利西斯》的美国订户应当明白，当某一天美国运通快递公司把那个大包裹放在他们的门前时，他们应当感谢海明威和海明威的那位朋友。

同时，乔伊斯和《尤利西斯》已经接管了奥登街的书店。我们办理乔伊斯的信函，是他的付账人，是他的跑腿的勤杂；为他安排约会，为他争取朋友，安排在德国、波兰、匈牙利、捷克斯洛伐克出版他的译本的一切事务。他每天中午到书店来，他和他的出版人都顾不上吃午饭。他如果有事要办，常常到傍晚才回去。

乔伊斯的名声日益大振，越来越多的朋友、陌生人、乔伊斯迷以及媒体记者都要追访乔伊斯。对这些人予以鼓励，或厉言阻止，视情况而定；不过，好歹都得在书店里跟这些人打交道，必要时还得防止这些人接近这位大人物呢。

当然，我完全可以不干这些事务。可我干与乔伊斯相关的杂务，则是因为我乐意为之。

布鲁姆先生的照片

我从《尤利西斯》的作者那里得知布鲁姆先生是什么模样。一天，乔伊斯问我愿不愿意给霍尔布鲁克·杰克森先生去封信，请他寄给我一张他本人的照片；此人是伦敦的一家小刊物《今日》的编辑。我知道这个刊物，它曾登过文章介绍艾德丽安·莫妮耶的书店，对乔伊斯的作品抱有好感。乔伊斯没说他跟杰克森早已相识，但据我推测，早在乔伊斯第一次去伦敦时他们已经相识。总之，两人已相识多年，相互关心。

照片寄到，我拿给乔伊斯看，他仔细端详一番，显得十分失望，又把照片递给我。他说："如果你想知道利奥波尔德·布鲁姆①是什么模样，这位就很像他。"不过，他接着说："照片拍得不像。不怎么像书②里的那个布鲁姆。"总之，我把照片妥善保存起来，它毕竟是我仅有的一张布鲁姆先生的照片嘛。

"我的粗制滥造之作"

这封没有注明日期的信一定是乔伊斯在我外出之时所写，因为用的是莎士比亚公司的信纸。部分内容如下：

亲爱的比奇小姐：

你为我的那些粗制滥造之作花费了数百法郎的邮资，你可能希望获得《都柏林人》的手稿，等手稿寄来，我

---

① 利奥波尔德·布鲁姆，《尤利西斯》里的人物。
② 指《尤利西斯》。

便把它送给你。我只能出售第一版的打样稿。我认为《都柏林人》的部分内容就是写都柏林。在此之前我竟然忘记我还有一堆手稿留在的里雅斯特，共约一千五百页，是《一位年轻艺术家的画像》的初稿（跟成书完全不同）……

能否仍将印版上的这些歌词略作删节而置于欧·吉亚尼[1]作曲，阿·海姆斯[2]作词之后（如同《爱尔兰大众》(Phoblocht)[3] 所唱的那样）。

［第二个惊叹号（难以辨认）颠倒了］

即颂　安康

你忠实的

詹姆斯·乔伊斯

我认为此信写于 1922 年 1 月，因为乔伊斯问我，把他要加进《尤利西斯》的内容"略做删节"是否为时已晚。他提到的"留在的里雅斯特的一堆手稿"包括《男主角斯蒂芬》，也就是他所说的《一位年轻艺术家的画像》的初稿，以及《艺术家的画像之速写》，他把此作写在了他妹妹玛贝尔的复

---

[2]　①②这两人与《芬尼根守灵记》有关。
[3]　③似指一报刊。

写簿里。在他的各种手稿中，我最珍惜的就是这部手稿。

乔伊斯还把《室内乐》的原稿给了我，他说他是在最大最精制的纸上写下此作的，以便大声向叶芝朗读。至少，他是这样告诉我的。此稿并不完整，有三首诗下落不明：第二十一首、第三十五首及第三十六首。我小心翼翼地注意到，乔伊斯把此手稿交给我，是在十月五日，他把其他手稿赠送给我时，却忘记写年份和日期。不过，在他认为是最重要的作品《艺术家的画像之速写》上，他却写了题词和日期以及送此礼物的缘由。

乔伊斯早已注意到，对待他的手迹，即使是零零碎碎，我都当作珍宝保存。当然啰，他认为没有谁像我这般赏识那些手稿礼物。他的看法是对的。

莎士比亚公司深感遗憾……

《尤利西斯》在英语国家的正规出路被禁绝，但乔伊斯在不久之后便因此书获得了稳定的收入。此书是禁书，而其名气倒给销路帮了大忙。令人悲哀的是，竟然有人把此著列入色情书的目录，并且认为它跟《范妮·希尔》《芬芳的花园》①，还有不朽的卡萨诺瓦②的作品，当然还有《轨道强奸

---

① 古时的波斯人所写。
② 吉奥凡尼·卡萨诺瓦（1725—1798），意大利冒险家、作家。

案》这种十足的色情作品并无二致。一位爱尔兰教士在买《尤利西斯》时，问我"还有没有别的辣书？①"

很多好作家也写过色情书，但将此主题写得趣味盎然的却很少，波德莱尔②和维尔伦③这两位算是。约翰·克利兰靠他的那本有趣并且赚大钱的《范妮·希尔》还清了债务。乔伊斯写《尤利西斯》当然无此居心。他不过是普通医生而非专科大夫——《尤利西斯》里写了身体的所有部位，他还哀声哀气地说："写那个部位还不到十分之一哟。"

《尤利西斯》获得成功之后，成群的作家拥来莎士比亚公司，他们想当然地认为我将专门从事色情书籍的出版。他们还给我带来了他们最得意的色情作品。更有甚者，一定要给我读几段，他们相信这几段是绝不会不使我这样有鉴赏力的人发生兴趣的。例如，一位留着络腮胡的小矮个，赶着马车来到书店——据他事后承认，是临时租用的双马四轮大马车，为的是给我留下好印象。他那两只长胳膊在身前摆来摆去，像猿似的。他走进店来，把一个小包放在我的桌上，有点像手稿。他介绍自己是弗兰克·哈里斯④。我曾喜欢过他的著

---

① 即淫书。

② 夏尔·皮埃尔·波德莱尔（1821—1867），法国现代派诗人，《恶之花》是其代表作。

③ 保尔·维尔伦（1844—1896），法国象征派诗人。

④ 弗兰克·哈里斯（1854—1931），爱尔兰籍美国作家，他的某些作品曾被禁多年。

作《莎士比亚其人》，我也曾喜欢过他评述王尔德的那本书，尤其是萧伯纳所写有关王尔德的巨大畸形症的序言——乔伊斯也曾喜欢过。我问哈里斯，手稿写的是什么。他打开小包让我看《我的生活与爱情》，向我保证此作远远胜过乔伊斯。他自称他才是唯一的已"抓住了女人的心"的英语作家。

在当时，弗兰克·哈里斯写的关于王尔德的逸事已开始受到批判，跟王尔德那些逸事一样，或多或少是剽窃的。再者，英国政治家们的"性病"对我而言也并不重要。哈里斯读诗的样子十分有趣，当他放弃对我推销《我的生活与爱情》而从书架上取下《日出之歌》读上几行之后，这时，他十分惹人喜爱。然而我就是想不明白，他独具慧眼，娶娇媚的纳莉·哈里斯为妻，怎么会低俗到写出《我的生活与爱情》这种地步。

我建议他去找杰克·卡罕试试，此人一直在物色"热销书"①，于是《我的生活与爱情》在方尖塔出版社②找到了归宿。

我对弗兰克·哈里斯的回忆录并不热心，所以他对我十分失望，但也依然友善。我说服乔伊斯接受哈里斯的邀请去恰瑟姆吃午饭。恰瑟姆是一家饭店，是英国人常去之地，以其菜肴和窖藏葡萄酒而闻名。另外还有一位客人，此人是哈

---

① 指色情书。
② 似指杰克·卡罕的出版社。

里斯的一位英国新闻界的朋友。乔伊斯怀疑哈里斯及其好友是设下了圈套要采访他——他对采访一向是躲之唯恐不及的——在进餐的整个过程，他闭口不言。对哈里斯及其好友的那些淫秽故事，乔伊斯不做丝毫反应。

我是有点刻薄，但是我实在无法抗拒给弗兰克·哈里斯开个小玩笑的诱惑。有一次，他急着赶火车去尼斯，到书店来找本书以便在长长的路途上看，让我推荐一本能给人提提神的读物。我的眼睛沿着书架上放着的陶赫尼兹版的书扫了一扫。我问他看过《小妇人》没有。他一听这书名便跳了起来。这书名对他这种鬼迷心窍的人而言，其法文的意思就只能是 petites femmes①。他一把抓住路易莎·阿尔柯特②的这两本"色情书"便离开，向车站奔去。

后来见到他时，我不禁有些后悔。他并未提起我戏弄他之事，不过一向快快活活的他显然有些不快，我也对我刻薄待人的方式有所领悟。

后来我不得不拒绝的一本书是《查泰莱夫人的情人》。我并不喜欢此书，在作者的作品中，最没有趣味的就是此书，但是，对劳伦斯给予援助的要求，却难以拒绝。

劳伦斯的两位朋友前来请求我出版《查泰莱夫人的情人》，据他们说此书面临穷途末路。其中一位是理查德·艾丁

---

① "小女人"之意。

② 路易莎·阿尔柯特（1832—1888），美国作家、改革家。

顿，此人我早已认识；阿尔多斯·赫胥黎①和我是初次见面。他个子很高，我们走过低矮的门道去商讨他肩负的使命时，他不得不弯腰。我认为，他屈尊来到詹姆斯·乔伊斯的大本营，是为他的朋友做出了牺牲的，因为他对《尤利西斯》颇有非议。《查泰莱夫人的情人》已在佛罗伦萨出版，由戴维斯先生与奥丽约里这对有趣的英国—意大利夫妇出版发行，精装版本的行家都熟悉他们二人的名字。

不幸的是，《查泰莱夫人的情人》跟《尤利西斯》以及其他流亡海外的著作一样不受版权的保护。盗版一拥而上，无限制的、廉价的、未经许可的版本在巴黎畅行无阻，作者无利可获。劳伦斯深切希望我在巴黎出一种廉价版本以杜绝盗版行为。

他的两位朋友来访，商讨告吹，于是劳伦斯亲自来找我。带他来书店的是他和我都认识的一位朋友贝弗利吉小姐，她是英国艺术家，在西西里时当过他的秘书。在莎士比亚公司，劳伦斯看到了他那张她给他画的画像的复制品，他便在画像上为我签上他的名字。他还说，他希望我能有一张斯蒂利茨给他拍的照片并请拍照人把照片寄给我。

弗雷达·劳伦斯太太是个高个子的金发女郎，她陪同她的丈夫一起来访过几次；来访时，她不过是看看书，而劳伦斯则和我商讨他的要务；所以，她和我几乎没有交谈过。

---

① 阿尔多斯·赫胥黎（1894—1963），英国文学家。

D. H. 劳伦斯极具个人风采。这么一位有非凡天赋的作家却似乎没有能力创作出让读者对他抱有期望的作品，常常是令我百思而不得其解的问题。作为一个男子，他很有风趣，极有魅力，劳伦斯的朋友们对他的热诚、四海的女人对他的追随，这些我都能理解。

拒绝劳伦斯的《夫人》[①] 是可悲的，尤其是我上次见到他时，他已有病在身，带病来到书店，脸红、发烧。要我解释我为何无法出版除《尤利西斯》之外的任何书籍，这是令人苦恼的：缺资金——你都无法使任何人相信莎士比亚公司没赚到钱——而且缺空船，缺人员，缺时间。告诉他我并不想获得色情书籍出版人的名声，这也很困难；告诉他我只想要成为只出一本书的出版人，这也是不可能的——在《尤利西斯》出版之后，我已经不想出其他书了。

劳伦斯来信，再次问我是否已经改变主意，我按他说的法国南部的地址回信。既然在他出版的一些书信中提到说他没有收到我的回信，那么大概是我的信没有寄达吧。

弗兰克·布根先生是我的朋友也是乔伊斯的朋友，他参加了在威尼斯举行的劳伦斯葬礼，给我寄来几张临时用的坟地的名片，拍下了在坟地上方的墙上显现出坟地上的"凤凰"[②] 劳伦斯，他现在已化为道教门生，一切踪迹都似乎已

---

① 《夫人》，即《查泰莱夫人的情人》。
② "凤凰"的劳伦斯作品中一再出现的意象。

烟消云散。我认为，应当立一块牌子标明此处是他的安息之地。

几乎天天都有人带着稿子来访，有时是赞助人。前来者阿利塞斯特·克罗利，是个亚麻色头发、娘娘腔的男子，热衷于党派之争。

阿利塞斯特（发音是阿利斯特）·克罗利十分怪异，正如某些传闻所说，当然也正如他本人的著作《吸毒魔王》里所展现的独特风格。他那泥土色的脑袋已秃顶，只剩一小撮黑发从前额盖过头顶，再往下延至脖子的颈背。那撮头发好似黏在头皮上的，有风吹来也不会吹乱。他那种自作木乃伊状的样子令人厌恶。我跟他只有一面之交。看他那模样，我还真不知道我的某些英国朋友所暗示的是否真实——他在情报处工作，我倒认为，或许应该挑选不怎么引人注目的人为好。

阿托斯山上的修道院的修道士，安魂弥撒等——在克罗利的一些书里都一应俱全。我希望，公山羊与牛津学生的邪行则是别人虚构的，他并未提及。

令人十分惶惑的是，看到这个金发、娘娘腔的男子打开公事包，取出一份作品简介，上面写着"《阿利塞斯特·克罗利回忆录》即将出版"，用的是我的版本标记，还备妥了一份与莎士比亚公司的合同草案，只需签字画押。样样都考虑在先，真是周全；甚至拟好条款，莎士比亚公司将此书所获的百分之五十付给克罗利先生，还要把我们的顾客通信名单交给他！

一天上午，帽子上有"玛克西姆"的标记的小男孩，在书店门前从自行车上下来，递给我一张便条。便条是那家著名商店的侍者领班写的，宣称他愿意向我的公司提供他的回忆录。在他那年代，无论何人，人人他都了解——头戴王冠的，戏剧名流，一流的名妓，政治家。他可会讲这样的故事啦！他认为这可能是多年来的文坛上最令人振奋的大事——暗示他的回忆录大有超过《尤利西斯》之势。他希望莎士比亚公司勿错过这一良机。

大约在此同时，我收到某位代表班克海德小姐写来的信，问我是否有兴趣出版她的回忆录。班克海德小姐可能发育过早——从这封信的日期看，她也才刚刚长大成人。班克海德手稿从来未出现过，如果允许我看一看，我是不会加以拒绝的。然而，书店事务，一个作者的出版事务①，还要关心所有的评论杂志，与出现在我周围的新的小出版社合作，已使我忙碌不停。莎士比亚公司如果接受任何书稿，那都是那些作品真正的不幸。

第二版

《尤利西斯》出版后不久，威弗小姐来信，希望我同意，

---

① 暗指为《尤利西斯》而奔忙。

按第一版的铅字制成印版，由她付费。我立即给了她，尽管我感到意外的是，这第二版来得有些仓促。对乔伊斯的这位女恩人，只能是她有求我必应；而且，我知道，这计划是乔伊斯的计划。《尤利西斯》出版后不久，他曾赶往伦敦，慌慌忙忙地把这件事安排妥当；而我当时正设法克服困难，把这第一版的书运送给在美国的订户——如前所述，曾得到我那"最佳顾客"的帮助。我曾告诉乔伊斯，我印了一千册，他不以为然。"那本无聊的书，"他说，"你一本也卖不出去。"正相反，他看到初版的一千册还满足不了需要时，他一定会后悔，多印些就好了。他听说这批高价的书，销路极好，便决定补充一批新货以阻止投机，这样一来，能让此书的作者而不是那些投机商获益。《尤利西斯》是他的一大笔投资，他要尽可能多地从中获益，乃是再自然不过的事。

第二版跟第一版一样，是在第戎印的，版式跟第一版相似，也是蓝封皮，有附注："出版人：约翰·洛德克；出版社：自我主义者出版社"。印了两千册。一部分用船运到了多佛，被扣押，即刻"化为灰烬"——威弗小姐称，这就是当时的说法。她告诉我，她知道被扣押之事便立即赶往多佛，看见她的那一本本《尤利西斯》已化为烟尘。发到美国的书也送了命——可能跟纽约港的许多小猫一样淹死了，但是其中的一些肯定已经游上了岸。根据我一再收到的信函判断，两种版本极为相似，所以容易被搞混。与此同时，许多巴黎书商对我颇有怨言，他们听说出了第一版之后不久便出第二版，使他们十分愤怒，认为这违犯了限量版管理法的规定。他们当然只能怪罪我了，尽管这第二版并不是我出版的。

确实是我的过错，他们有怨言，理所当然。都怪我经验不足。我早就该想到，在发行另一个版本之前，这些书商还来不及把手头的限量版本存货抛售出去。威弗小姐和乔伊斯显然认为这一过程并不稀奇，因为乔伊斯从威弗小姐那里得知巴黎的书商颇有怨言使他惊奇不已。

第二版的命运反倒把事情澄清了，为在英国出版《尤利西斯》所付出的努力，从当前来看，是枉费心机。在尚无人士出面压制防范罪恶协会之前，要在我的国家出版此书，也是毫无希望的。所以，莎士比亚公司奋力跳越英吉利海峡和大西洋失败之后，又回到了奥登街。

《尤利西斯》落了户

莎士比亚公司版的《尤利西斯》，一次又一次地印——四版、五版、六版、七版……乔伊斯说这接二连三的情形使他想到接二连三的罗马教皇的称呼。(说到教皇，倒想起，有个年轻人在去罗马途中，在本公司买了本《尤利西斯》。他来信告诉我，教皇为《尤利西斯》祝福，因为他站在梵蒂冈的人群里面的时候，是把书藏在大衣里的，当时教皇完全不知情。)乔伊斯有些沮丧，因为有的印成了白色封皮，像白衣侍者，这是因为在第戎印刷时，蓝色封皮已用完，为节约起见，有些就印在吸墨纸上了。

　　印到《尤利西斯》第八版，我更换了字体。我曾为之道歉的《尤利西斯》第一版里的错误已被删除。或者说，我们认为已经改掉了。我想，是弗兰克·哈里斯把清样交给他在《每日邮报》工作的朋友进行校对的。此人是校对高手，仔细校对过数遍。我也曾过目，但不能算数，因为我不是行家。第八个印本送来后，我拿了一本交到乔伊斯手上。他戴上两副眼镜，外加一个放大镜，热切地细查细看——我听见一声惊呼：第一页的错误已有三个！

　　尽管《尤利西斯》里有排印错误，销路却很好。起初，是卖给右岸的英美书店。随着它名声渐大，所有的法国书店，不论以前是不是卖过英文书籍，都发现了《尤利西斯》——对它的需求非常之大。从市镇各地派来取货的人，都聚集在书店里，所谈内容往往是书，当然，主要是谈书的重量，凡此种种使我十分感兴趣。我后悔，我们的书太重；他们则羡慕我出了一本畅销书。他们把一块绿色方块布铺在地上，把大约二十本《尤利西斯》码在布上，将布的四角合拢，打一个结，再把这重重的一大包甩到肩上。然后，他们接着挑别的书。干这种活的人常去小酒馆喝酒。其中的一人总是忍不住要嚷一声"乔利斯一本"①；有一次，递给我的订单上赫然

_____

　　① 把 Joyce（乔伊斯）说成了 Joylisse（乔利斯）。

写着"詹姆斯·乔伊斯写的百合花一本"①。

我们把书寄往印度、中国和日本，马六甲海峡各居留地也有我们的顾客，我看，在沙捞越把砍下敌人的头当作战利品的那些人当中大概也有我们的顾客吧。如果要把书直接卖给本书店的英国顾客或美国顾客，就要在书上做点手脚，改名为《一卷本莎士比亚全集》，或《欢乐童话》，或其他名目，只要尺寸大小和护封能对上号即可。游客们为了把《尤利西斯》偷运到美国，花样翻新，手法高明。但想带进英国，那就难多了。

《尤利西斯》在巴黎销售，生意兴隆。如果能在英语国家的正规市场上发售，书的作者及出版社便可获得更多的收益。在非英语国家，销量就极为有限了。

---

① Lily（百合花）的读音与 *Ulysses*（"尤利西斯"）里的 ly 的读音相近似。

第十一章

布莱厄

　　布莱厄，布莱厄，这个有趣的名字的主人会不会到书店来，我还真不知道。我早已认识她的丈夫罗伯特·麦克阿尔曼。布莱厄讨厌城市，把城市称作"商店成排"。她躲避人群，不去咖啡馆，不喜欢交际。不过我也知道她爱巴黎和巴黎的一切。我希望她不要对我的书店视而不见，因为我的书店就在讨厌的"成排"之中。

　　有那么一天对莎士比亚公司而言可谓意义重大，罗伯特·麦克阿尔曼带布莱厄来到书店——一位羞涩而年轻的英国姑娘，服装讲究，帽子上的两条飘带使我想到水手帽。我目不转睛地看着她的双眸：无比的蓝——比海水比天空更蓝，甚至比卡普里岛①的蓝色洞穴更蓝。更美的是布莱厄那双眸的神情，不瞒你说，她的双眸，至今还印在我脑海中。

　　据我记忆所及，布莱厄不说话，几乎是不出声，这在英

---

　　① 位于意大利南部。

国并不是不常见的。从不闲聊——按法国人的说法是"让别人为交谈付费"①。于是，说说谈谈成了我和麦克阿尔曼两个人的事，布莱厄则观望。她以她那种布莱厄式的方式静观一切。伦敦遭到大规模的空袭时她常去"火盆"茶楼，也是如此这般地静观一切。而且，她细心之极，《贝尔伍夫》②便是证明。

这跟大多数人是大相径庭的，大多数人都是来去匆匆，把自己裹得严严实实的，活像邮寄的包裹。

布莱厄对莎士比亚公司的关心是真实的、保护性的。她的关心与保护始于她来的那一天并持续至今。

布莱厄这名称是西西里群岛中的一个小岛的名字，她幼年时常去那里度假。她的朋友们对她一直以布莱厄相称，但是她的家人以及在她年幼时便已认识她的所有人都以温妮弗雷德称呼她——我确信她的全名是安妮·温妮弗雷德。她的父亲约翰·埃勒曼爵士是金融巨头，也是乔治五世时代的英国最出众的人物之一；除此之外，他年轻时，是著名的阿尔卑斯山的登山者。

小温妮弗雷德的父母非常疼爱她，但对她那古怪的性格又不知如何是好。她不喜欢像别的小女孩那样穿漂亮的连衣裙式的长衣、系上饰带，也不喜欢把头发弄卷。哦，对了！

---

① 言外之意是：她金口难开，置之度外。
② 《贝尔伍夫》，写小狗贝尔伍夫的故事。布莱厄的作品。

还有衬裙，一层又一层，到了冬天还得穿法兰绒的裙子，这都让她讨厌！《巴斯特的猫》① 里写的那些趣事和她写的航海、历史故事让她兴味盎然，她无法忍受的是伴随她的那位家庭女教师和戴着白手套的男仆给她端上的一餐又餐的膳食！她那仁慈的双亲哪里知道到他们的孩子打算逃往海上，这个小小的"汤姆·索耶"，等到一有机会就想跳窗而去呢！

布莱厄第一次随父母去巴黎游览，她以此写了一本小书《一九〇〇巴黎》。父母带她去过著名的世界博览会，那会儿她五岁，从年龄看，她个子偏小。她也是狂热的英国人，若有法国人对她的国家和"布尔人"——当时正值布尔战争——说东道西，她便以拳头相待。

双亲带她去埃及时，她的年龄也没多大。在埃及，这孩子对象形文字着了迷。她觉得埃及的故事有趣得多，相比之下，别的孩子们在读初级读本里的猫猫狗狗时要费劲地边拼边读，真是索然寡味。开罗可谓趣味盎然。有一天，她的父母骑骆驼外出，把她留下，她把床上的所有床单和枕头套拉下来穿在身上，出现在仆人们面前，把他们吓了一跳——他们以为她是鬼——惊叫而逃，于是旅馆里连一个仆人也不剩。

随着布莱厄渐渐长大，她和家人之间的误解也有增无减。她的自传性小说《发展》有几个系列，其中之一写到她的婚

① 巴斯特是埃及女神；希腊人认为她就是阿特米斯（月亮女神）。此女神把猫看作神物。其书的作者是乔治·亨逊（1832—1902）。

姻，写到她无法使自己顺应生活而遭到的悲剧性的失败，只有在上击剑课时，她才感到愉快，当然，阅读时亦然。她十岁刚出头时，亨迭和航海故事被法国诗歌所取代，马拉梅①成了布莱厄心中的英雄。

布莱厄通过诗歌，终于摆脱了曾经成为她绝望的根源的境遇。后来她遇到的希尔达·杜丽特成了她终身的好友。通过希·杜，她走进了自己的天地，那就是作家的天地。在所谓的意象派诗人中，希·杜是最受推崇的诗人之一，另外还有埃兹拉·庞德、约翰·高尔德·弗莱德②等人；在当年，这些人都会聚在伦敦。

布莱厄最好的朋友是美国人，所以她对我的国家产生了极大的兴趣，决定前往。按照布莱厄惯有的说法是，布莱厄和她的这位向导希·杜启程"远走美国"。

布莱厄的这次远行，跟玛丽安·穆尔③和其他诗人初次见面，除此之外的最大事件便是她跟明尼苏达州的年轻作家罗伯特·麦克阿尔曼喜结良缘。他们二人在相识一天之后就成婚了。布莱厄没告诉他，嫁给他的是何许人。她担心的是，她那不为习俗所约束的作风遭到反对，故而把结婚之事向父母保密，等到她和丈夫一起回英国时再向父母介绍他，到那

---

① 斯特凡·马拉梅（1842—1898），法国象征派诗人、散文家。

② 约翰·高尔德·费莱德（1886—1950），美国诗人、评论家、传记作者。

③ 玛丽安·穆尔（1887—1972），美国诗人。

时父母要反对也为时已晚。而报界却披露了内情，次日，麦克阿尔曼才知道他娶的原来是约翰·埃勒曼爵士的女儿。

布莱厄的双亲获此新闻，倒也欣然，他们很喜欢这位女婿。他们全家，包括布莱厄的弟弟在内，统统都喜欢他。

布莱厄对"那一伙人"、对城市都敬而远之。麦克阿尔曼的时光大多是在巴黎度过的，上左岸的咖啡馆，和朋友们相聚。他的才华使他成为20世纪20年代最有趣的人物之一。他阔绰，在那一群像波西米亚人的朋友里可谓独一无二，这对他出名所起的作用是不小的。喝酒总是他请客，他本人也嗜酒如命。现在，手头有可以支配资金的罗伯特成了出版人。他以交际版这一版式出了不少非常成功的著作。麦克阿尔曼深受朋友们的喜爱。但是，就他个人而言，就文学而言，他却过于无拘无束。正如他亲自对我所说："我不过是个醉翁而已。"

布莱厄很少来巴黎，尽管我们有时设法引诱她来——就算一年一次也行啊。若她真的来了，那可热闹啦，艾德丽安请我们的某些法国朋友去迎接她。有一次她来到书店，看见一些莎士比亚公司的顾客挤在一起，从壁炉台上的一堆信件里翻找他们的信件。莎士比亚公司还真的成了左岸艺术家们的美国快运公司啦。我们有时也办理银行业务，我常说书店是"左岸银行"。布莱厄认为我们的邮政业务很重要，应当设立一个邮箱。从此便有了一个很漂亮的大箱子，隔架分类，按字母标明信件，真是一大乐事。

对莎士比亚公司而言，最受人们喜爱的礼物当然是我们的守护神威廉·莎士比亚的半身像——彩色的、用斯塔福德郡陶瓷制成，是埃勒曼夫人在布赖顿①为我们物色到的。麦克阿尔曼从伦敦带来一个用报纸包着的包裹②并将此礼物端端正正地摆在壁炉台上，从这一天开始，它一直是我们最珍贵的装饰物。我总是感到，此礼物给我们带来了好运。

布莱厄虽然不太愿意我提起往事，不过，她的作为我比任何人知道的都多。在两次大战期间她维护国际的联系，使她那个分散在多国的知识分子大家庭分而不散。在战争中，在和平时期，她都关注他们，她写的信可谓多矣。

布莱厄不喜欢"慈善家"这个字眼，但从她为遭难的人所尽之力来看，我实在想不出别的什么字眼来形容她了。比如，她在这方面的最卓绝的功劳，是救出了几十位遭到纳粹迫害的人。她巧用妙计使他们虎口脱险，最后漂洋过海去到美国，照料他们，直到他们在新世界安顿下来，我是这一切的见证人。布莱厄的一生该是一个何等具有历史意义的故事啊。现在，她依旧在继续书写这个故事呢，庆幸庆幸。

---

① 布赖顿，英国城市。
② 暗指：包裹里装的是莎翁半身像。

第十二章

杂务忙人

喜欢独自待在角落里幻想、看书、沉思的人，会觉得莎士比亚公司的生活闹哄哄的。有些人退出各种活动而选择过沉思的生活。我则相反，沉思在前而忙乱在后。刚从维也纳来的弗洛伊德的一名学子说："你是完美的外向性格的典型。"

首先，书店有书店的一套正规的日常工作，书店里要做的事务可谓多矣。恰如《南西·贝尔的韵文》① 所云，我是兼"厨师和堂堂船长于一身"。我是学徒、老板、工作人员的结合——直到密辛来当我的帮手为止。不妨想象一下，除了卖书借书，还要记账！我要管三家银行的账目，面对的是美元、法郎、英镑三种不同的货币，要细算到一分一毫一厘，这是使我伤透脑筋的一桩苦差。我那独特而怪异的算法使得跟我们有生意来往的人焦头烂额。照此行事，我白费了许多

① 《南西·贝尔的韵文》，英国诗人威廉·S. 吉尔伯特（1836—1911）的作品；南西·贝尔是船名。

时间也浪费了大张大张的纸。有一次，我无意中向我在普林斯顿的老朋友杰西·萨耶提到我的困难，她是伍德罗·威尔逊①的第二个漂亮的女儿，她过访巴黎时对我的书店颇感兴趣。杰西建议我在某个晚上去她的旅馆，她要当即教我学会一种算法，她曾用此法教会了她的几个落后的学生，十分管用。晚饭后，我们到她的房间开始工作。萨耶一家——说来也怪，她丈夫的长相酷似她的父亲——将在翌日离开巴黎。杰西离开，信心十足，认为我已通晓此法。我不愿使这样的朋友失望，所以没有告诉她，我已故态复萌，又用大张大张的纸算账了。

艾德丽安·莫妮耶的书店给人的印象是闲适而宁静，你一走进店里便会放慢脚步。不过呢，艾德丽安书店却没有那么一位乔伊斯，而且我们美国人本来就是个爱喧喧嚷嚷的民族，莎士比亚公司就是喧喧嚷嚷的。我父亲在普林斯顿时，在同班同学中的绰号就是"杂务忙人比奇"，这同他的在巴黎开书店的女儿，可谓一个半斤一个八两。

从上午九点钟开始，在巴黎大学②讲授盎格鲁－撒克逊族语的余雄先生到店里来，为他的英国籍的妻子找一本轻松

---

① 伍德罗·威尔逊，美国第二十八届总统。
② 在16—17世纪名叫巴黎大学神学院，现在名叫巴黎大学文理学院，泛称巴黎大学。

的小说。这开始到半夜之前的一段时间，进进出出的有学生、读者、作家、译者、出版人、旅行推销员以及仅仅是朋友的人。我格外喜欢借阅乔伊斯和艾略特作品的人，其他人当然也有权受到尊重。我为说话喊喊喳喳的七个小家伙的妈妈提供全套《浪人的行李卷》①系列故事；法国人非要看不可的查尔斯·莫根②的作品，我也拿得出来。我十分喜欢跟我一样爽直的读者。如果没有我们，作家怎么办？书店呢？

帮客人"试书"就像鞋店店员帮客人试鞋一样困难。我们有的顾客要买美国或英国的稀奇古怪的玩意儿——比如，每年必来一次的那位要借《拉斐尔星历年鉴》的顾客。他们为何不干脆买一本《男童的志向》③，偏要来借我的库存所缺的玩意儿？

我的顾客中有一半当然是法国人，我的任务包括给他们讲点非正规的美国文学课程，让他们对新情况有所了解。我发现，他们之中，从未听说过我们的新作家的为数颇多。

我的一位"遭人爱"④是培根的信徒，我的店名触怒了他而使他不依不饶。他一口咽下火腿鸡蛋早餐之后便来到莎

---

① 《浪人的行李卷》，作者是英国小说家赫伯特·詹金斯（1876—1923）。

② 查尔斯·莫根（1894—1958），英国小说家。

③ 《男童的志向》，美国诗人罗伯特·弗罗斯特（1874—1963）的诗集，这里兼指此书流传甚广、很容易买到。

④ 参阅前文《皇宫花园》的有关内容。

士比亚公司，竭力阻止我给堆积颇多的公函回信，这些公函都是寄给莎士比亚公司的。他甚至把《忧郁的解析》①和别的一些书从书架上使劲抽出来，把该书翻到某一页，以此页证明莎士比亚的作品都是培根写的。②这位"遭人爱"着实凶狠。有一天我发现他两眼盯着火钳，不用说，他已打定主意要在我的地盘向莎士比亚公司的业主动手了。幸好常在上午来书店的海明威走进店来，我总算安了心。

我更喜欢少年"遭人爱"。他们到店里来，坐在红圆桌旁的一把年久失修的小扶手椅上，读布莱厄写的《图解儿童地理书》。布莱厄认为，书应当大还应该平展，便于人们坐在书上。我常常乐意把不怎么重要的事放下，给他们看看拉赫博收藏的那些西点军校玩具兵士，给他们看看放在后屋橱柜上的那些玩具，还得把他们一个个抱起来看才行。

我最喜欢的是哈丽特·瓦特菲尔德。她的父亲戈登·瓦特菲尔德在写有关他的女祖辈达福·戈登夫人的书，一本非常有趣的传记。我愿意向没有看过这个引人入胜的故事的人推荐此传记。

哈丽特五岁，她对她的母亲说过："你知道西尔薇亚·比奇是我最好的朋友。"我对哈丽特也有同感。有一天，我们本

① 《忧郁的解析》，罗伯特·伯顿（1577—1640）的著作。伯顿是英国牧师、作家。

② 戏剧研究史上确实有人主张"莎士比亚"是培根的笔名。

当处理事务,她却带我去布隆涅森林动物园。时值春天,一些四处游荡的动物幼崽十分驯服;不过,它们可能突然袭击你并且咬掉你最好的外衣上的纽扣,就令人讨厌了——妈妈可是嘱咐过,别把衣服弄坏了啊。我们遇到大象则松了一口气,这种动物跳不起来。哈丽特说:"下次来,我们就直接来看大象。"

有一天,有个身穿白衣、一头金发的小姑娘随其父亲一起来到书店,她坐在那张小红桌边看儿童书。她名叫凡奥莲,是克洛代尔的教女,用的是克洛代尔的剧本《小姑娘凡奥莲》中女主角的名字。她的父亲昂瑞·欧伯诺是诗人也是大使,更是我的挚友之一。凡奥莲和她的母亲艾伦娜·欧伯诺以及她的父亲,都刚从北京回来。

这小姑娘的英文几乎比法文还好。那天我跟她的父亲交谈,她埋头看凯特·格林纳威①的作品。二十岁时,她已是法国抵抗运动的女英雄,功绩卓越,在纳粹看来可谓危险之至。

莎士比亚公司的成员中还有那么一两只狗,我的小狗泰迪对其他狗可不总是客客气气的。

说说泰迪这只狗吧。它原先的主人是我的顾客,是位俊俏的年轻女子。它是个金毛小猎犬,很讨人喜欢。它常来书店,脖子上戴着布鲁克林当局发的狗牌;这牌子,它是决不

---

① 凯特·格林纳威(1846—1901),英国童话作家。

让任何人取下来拿走的。有一天它的女主人告诉我，她虽然非常喜欢泰迪，但无法继续养它，要我收养它，算是礼物吧。我对她说，我既要照应詹姆斯·乔伊斯还要照管书店，无法养狗。"那就算了，"她说，"泰迪可是要有人哄着才肯睡觉呢。"

听到这儿，我反而被激起兴趣于是同意收养泰迪试试，只要茅斯接受它，就让它留下。茅斯是浓毛的大牧羊犬，是艾德丽安·莫妮耶在乡下的父母家里养的，我们常去乡下过周末。泰迪的女主人把泰迪连同它的皮带、有关它的健康的详细说明、食谱（使莫妮耶一家人吃惊不小的是，特别强调要吃罐头装的大马哈鱼）、它的习性、它的把戏——这是女主人不辞辛劳教会它的——以及它听得懂的语言都交给和告诉了我。泰迪的把戏把许多小孩逗得乐滋滋的，在任何时候让它在马戏团干活，它都能自谋生路。它能够站着转圈圈；平躺在地上；等你喊到"三！"把一根棍子平平稳稳地顶在鼻子上，再把棍子抛起，等棍子落下时，它用嘴把棍子接住。

我担心换了女主人，对泰迪会是一种打击。没想到它不仅接受了新主人，而且，以前的女主人到书店来，它根本不走过去跟她打招呼，也许是因为自尊心吧。

接下来的一个周末，艾德丽安、泰迪和我去乘火车，服务员拦住我们。"不能带狗上车，"他说，"狗不戴口套，不能上车。"我们没有口套，也没时间去买，这又是最后一趟车。艾德丽安向来有办法，她掏出一块大手绢套住泰迪的上下颚，服务员还来不及开口说什么，我们急忙上了车。火车一路向乡下开去。

茅斯是山犬，像只幼犬，是我从萨瓦省给艾德丽安的父亲带去的。就连它的主人也不敢斗胆地给它刷毛——山犬对这种有伤它的体面的行为是绝不顺从的。有一次，也是唯一的一次，艾德丽安的妈妈打算把它一身乱成团的毛梳理梳理，茅斯夺过梳子，把从它身上刷下来的毛咬在嘴里一口吞了下去。

我确信，茅斯见到泰迪不会相安无事；然而，经过首次猛烈的遭遇战之后，它们成了朋友。正如莫莉·布卢姆①所说"灵魂转世"②了。艾德丽安认为，它再投胎时会是一名邮差。她的父亲曾在邮局工作过，她的这番话表明了她对泰迪的尊重。我喜欢泰迪现在的样子，泰迪也喜欢我——我深信，为了我，它已经舍弃了狗的生活。

当然啰，只要乔伊斯到书店来，我还是照样赶紧把泰迪支开。胆小的乔伊斯啊！艾德丽安和我有了一辆车，他很不以为然——他认为只允许官员有车——现在，莎士比亚公司

---

① 即《尤利西斯》里的布卢姆之妻马里恩·布卢姆。

② "灵魂转世"的希腊文是 metemPsychosis。在《尤利西斯》中，乔伊斯将此字分解、换词并另行组合而成了书里的 met—him—pike—hous（其中心意思仍为"灵魂转世"）。乔伊斯对文字的巧用和妙用，此是一例。

却有了这只"饿犬"①。

乔伊斯不喜欢泰迪，却对莎士比亚公司的那只猫十分赞许。它一身的黑毛如墨，名叫"好运"。有人把两只好端端的手套放在桌子上，后来发现手套的指部都被好运咬掉了，因此十分恼火；乔伊斯从来不戴手套，所以那猫的这种胃口对乔伊斯并无妨害。你无法使好运明白它的这种行为错在哪里，我只能立个牌子提醒顾客当心手套，以防不测，帽子亦然。好运曾把海明威崭新帽子的帽顶弄皱了，我真为它害臊。朋友们在艾德丽安家里吃茶点，好运把睡房里所有手套的指部都咬掉了。乔伊斯太太为别人的手套而歇斯底里，直到她离开之后才发现她也是受害者。

来宾与朋友

来宾们从世界各国来到莎士比亚公司，在二十年代之初有位客人来自当时称作俄国的国家——塞吉·爱森斯坦②，他是伟大的艺术家，对电影这一论题可谓满腹经纶。他当然是我见到的最有趣的人物之一。爱森斯坦紧跟当时的文学运动，是乔伊斯热烈的仰慕者。他本想把《尤利西斯》拍成电

---

① 乔伊斯说话，有时带爱尔兰口音，"饿"应为"恶"。
② 塞吉·米哈伊洛维奇·爱森斯坦（1898—1948），俄国著名导演及制片人。

影，但他告诉我，他对原著推崇备至，不能为了电影而牺牲原著。

后来，爱森斯坦返回巴黎，邀请艾德丽安和我去俄国大使馆，给我们看了他的新影片《总路线》，并且把对此片主题的某些想法告诉了我们。他的主意太多，在有限的片长内，要表述这么多主意也不可能；若要尽善尽美，片长又太长了。

我和爱森斯坦达成协议，我给他提供新的英文作品，以交换当代的俄国作品。从他赠送给我的作品来看，当时的俄国似乎还没有出版过卓越的作品，或许也是因为缺少译本吧。

李特维诺夫①全家也来过本店。伊薇·李特维诺夫太太是英国人，她的丈夫差不多也算是爱尔兰人，因为他和在都柏林的乔伊斯在同一所大学求学。我本就有一些幼年顾客的照片，又有了李特维诺夫家的几个孩子的照片。我特别记得的是塔妮亚。

我的顾客与朋友中包括一位中国人，他是语音学博士（有一对双胞胎孩子）；还有柬埔寨人，希腊人，印度人，中欧人以及南美人。大多数当然是美国人、法国人或英国人。

后来改用笔名珍内的珍妮特·弗兰娜②是我最早的美国朋友之一，在二十年代常来常往。有一次，她坐出租车去车

---

① 李特维诺夫，外交官。
② 珍妮特·弗兰娜（1892—1978），常驻巴黎的美国记者。

站乘火车去罗马，途中在此短留，不辞辛苦，就为了把一件礼物送给莎士比亚公司图书馆——两本极佳的艺术著作。艾德丽安把这两本书借去，对书里的插图爱不释手，在她还书之前总要对插图凝视一番。

珍妮特·弗兰娜常出差在外，去伦敦去罗马或去别的地方，是个四处流浪的作家。她才气焕发，也是个实干者。我可以证实，她总为他人着想。有一次我送给她一本《尤利西斯》，书里夹有一小页作者的手稿，几年过去后，乔伊斯身价百倍，她想把此书卖给一家著名的图书馆，问我是否有异议——卖书所得归我而不是她。这就是珍妮特·弗兰娜。

我觉得《生活》杂志的一位摄影师真有眼光，他在 1944 年，解放在即之际，在奥登街十二号为我的两位顾客留影——珍妮特·弗兰娜和恩内斯特·海明威。

早年的朋友中的另外一位就是约翰·多斯·帕索斯①，他总是马不停蹄。我是在《三个士兵》出版后、《曼哈顿渡轮》出版前②的这段时间碰见过他，当时他疾步而过，我只瞟了他一眼。我看见他常跟海明威在一起。有一次我午休后再开店门之时，发现有一样被偷偷塞在门底下的东西——约翰·多斯·帕索斯的照片。我曾对多斯说过——我们就这样称呼他——他一定得送我一张照片以便我陈列在照片走廊里。

①　约翰·多斯·帕索斯（1896—1970）美国小说家。
②　《三个士兵》出版于 1921 年，《曼哈顿渡轮》出版于 1925 年。

桑顿·威尔德①来莎士比亚公司,大致是在海明威来的那段时间。过去他与年轻的海明威夫妇见面颇多,也常来本店。在我的朋友们里,他为人处世堪称典范。他很羞怯,有点像教区牧师,他的身世与巴黎那些与他同一代的人不同。我喜欢他的《卡巴拉》,继而喜欢他的《圣路易瑞之桥》②;我觉得他十分谦虚,没把他的成就与成功放在心上。法国人很推崇他的《圣路易瑞之桥》,几乎把它看作他们自己的作品,它在很大程度上遵循了法国传统。二十年代,我的一些朋友们之间的差异,比如威尔德与麦克阿尔曼之间的差异,实在难以一语道破,除非你还记得我们那个辽阔的国家本来就存在差异性和多样性。

没过多久,我遗憾地注意到——因为我一向喜欢并且钦佩的桑顿·威尔德——似乎已从奥登街消失而朝克里斯丁③方向而去。但我丝毫不觉得我们的友谊已经淡漠,他不过是事务在身而另有去处。歇伍德·安德森亦然,常去克里斯丁那个方向,即斯泰因那个方向。

艺术家曼·雷④在一段时间里,有其学生伯尼斯·艾伯特协助他,他们两人是"那一伙人"的正式摄影者。书店四周墙上挂着他们的摄影之作。如果有出自曼·雷和伯尼斯·艾

---

① 桑顿·威尔德(1897—1975),美国小说家、剧作家。
② 《卡巴拉》出版于1926年,《圣路易瑞之桥》出版于1928年。
③ 格特鲁德·斯泰因住的地方。
④ 曼·雷(1890—1976),美国超现实主义画家、摄影家。

伯特之手的照片，便意味着已把你看作有身份的人了。然而，据我推测，曼·雷感兴趣的并非摄影技术。他早已在前卫活动中享有盛名，而且是达达派与超现实主义派的一员。

1924年4月，美国的书商和出版商注意到《出版商周刊》上的一篇谈到莎士比亚公司的文章，对莎士比亚公司很感兴趣，要在他们来巴黎之时参观本店。我们获得这一正式机构的青睐，甚为得意。此文的作者是莫瑞尔·柯迪，写过有关重要人物"酒吧服务员吉米"的书，由恩内斯特·海明威作序。他跟我其他二十年代的巴黎的朋友一样，对美国与法国的关系做出过而且仍在做出很大贡献。

"那一伙人"

朱娜·巴恩斯①，爱尔兰人，漂亮而有才华，在二十年代来到巴黎。她属于《小评论》和格林威治村②那一派，也是麦克阿尔曼那伙人的朋友。她的第一部小说出版于1922年，取名为《书》，这书名取得简单而独特，她从此走上作家这条路。她的作品往往具有奇异、忧郁特色——跟她的欢笑形象对比——令她跟当时别的任何作家大不一样。再者，她从不自吹自擂。幸运得很，T.S.艾略特独具慧眼，十分欣赏

---

① 朱娜·巴恩斯（1892—1982），美国女诗人、作家。
② 在纽约市，许多作家、艺术家居住于此。

她并带她获得了她应当获得的地位。尽管如此，从对当时作家的评论而言，这些评论似乎对她是不公允的。我认为，她无疑是最有才华、二十年代巴黎最具魅力的文学人物之一。

开店的头几年里有位美国艺术家常出现在本区一带，他就是马斯顿·哈特利，他的《诗二十五首》是麦克阿曼以交际版出版的，他并不常住巴黎。点头之交中，我发现他引人注目，不过有点意气消沉。

玛丽·伯茨红面颊红头发，跳进跳出，是二十年代巴黎的有名人物，她从来不意气消沉，至少在我认识她时是这样。她是《无信仰者的陷阱》的女作家。科克托①为她画的像，酷似当年的她。不过，她的一生很悲惨，她本当大有希望的创作，因去世而突然中断。她已经问世的著作都怆然谢世了——她去世之后，其著作都已绝版，只有几部小说问世。其中之一是《竞技场的艾许》，是交际版；另一本是《克娄巴特拉女王》②，玛丽·伯茨把克娄巴特拉看作一位知识分子，近乎女才子。

在"那一伙人"中，有三位绝代佳人，她们是一家人，这真不公平——女诗人敏娜·洛伊和她的两个女儿乔拉与法比（毫无疑问，此名的拼写有误）。她们美艳之至，不论走到哪里，人们总是目不转睛地盯着她们看，她们早已习以为常。

---

① 让·科克托（1889—1963），法国诗人、小说家、画家。
② 即通常说的"埃及艳后"。

如果投票，敏娜会被选为三人之中的最美者。跟别人一样，也能看出门道的乔伊斯说，从总的标准看，乔拉是一美女——金发、眼睛、肤色、仪态都很漂亮，所以乔伊斯投了她一票。法比虽是个小姑娘，却美而有趣，对她，谁都不会不一饱眼福。

走进敏娜的公寓，一路穿过放在四处的灯罩——她制造灯罩以供养两个孩子。她的衣服也是自己缝制的，孩子们的衣服恐怕亦然。她的帽子很像她的灯罩，或许应当说那些灯罩很像她的帽子。

她有空闲便写诗。麦克阿尔曼推出了她的一本小小的诗集，书名《月亮旅行指南》，具有独特的敏娜·洛伊风格。（注意，Baedeker① 一字拼写有误——麦克阿尔曼）

麦克阿尔曼有一位日本朋友，是左岸那伙人里的一员——佐藤建，他写的《神怪故事》也是麦克阿尔曼出的，用英文写成，那英文之离奇，就跟传说纪德的祖先是来自日本一样奇怪。

这些人之中有一人，对我的书店和艾德丽安的书店都抱有极大的兴趣，此人就是我的同胞娜塔利·克里福德·巴妮，亦即雷米·德古芒② 在《书信》里提到的"亚马孙女战士"。巴妮每天早晨在布隆涅森林里骑马，因此有所美名。她写诗，

---

① 应为 Baedecker（旅行指南）。

② 雷米·德古芒（1858—1915），法国小说家、评论家。

她的沙龙在法国文学界享有盛名，但她对文学事业是否严肃认真，我不得而知。人称"亚马孙女战士"的巴妮小姐却不尚武；正相反，她娇媚可爱，一身白衣，金色的头发，引人注目。我相信，别的女性对她也必然持同样的看法。每逢星期五，巴妮小姐在雅可布街的楼阁里接待客人；在17世纪，妮农·德伦柯曾经在此"接待客人"，但是不是在星期五，我就不得而知了。雷米·德古芒去世后，她的兄弟成了巴妮小姐家的常客。她认识的作家大多给《信使文学期刊》撰稿，她可能因此而跟埃兹拉·庞德偶然相识，庞德的朋友大多是《信使文学期刊》的成员。经庞德安排，巴妮小姐在她的沙龙为乔治·安特尔举办过一场音乐会。

一天，我去雅各布街，帮助巴妮小姐找从我的图书馆借出的一本书。她把我带到装满书籍的橱柜前，打开柜门，一本书掉在地板上，是庞德的《煽动》。她说："你如果找不到你要的书，就把这本书拿去吧。"我坚信此书珍贵，是作者送给她的，而且书上有题词——她一定要我收下。她只读诗，其他的一概不读，她的藏书中根本就没有其他的书，她说。

尽管巴妮小姐本人极具女性的娇柔，但有人在她家遇见过几位穿高领上衣、戴单片眼镜的女士。可惜得很，我错过了在她的沙龙里跟写《寂寞的源头》的女作家相识的大好机会。这位女作家在此书中说道，同性如能在圣坛面前结为一体，他们的一切问题都能获得解决。

我认识多莉·王尔德，是在巴妮小姐家里，多莉长得很像她的奥斯卡叔叔①，不过更漂亮。多莉在威尼斯不幸去世后，巴妮为她发表了令人万分感动的悼辞。巴妮小姐的另外一位朋友死得突然也死得很悲惨，那就是女诗人若内·薇薇安。

巴妮小姐却从来不用悲伤的眼光看待世事，她总是兴高采烈，讨人喜欢。她为客人们准备的点心，尤其是科隆食品厂的巧克力蛋糕，可谓上乘佳品。

据说一位匿名的作者——可能是朱娜·巴恩斯——小有名气的杰作《淑女年鉴》一书，写的就是巴妮小姐。

有位女士去过雅各布街之后一无所获，便带着巴妮小姐的信来到本店。她显得十分兴奋，在我耳边悄悄地问："写那些不幸的人的书，你还有吗？"

---

① 即奥斯卡·王尔德（1854—1900），爱尔兰诗人、剧作家。

第十三章

费兹杰拉德、尚松和普雷沃

艾德丽安跟我一样，都对进出我们书店的美国作家感兴趣，他们都是我们共同的朋友。如能在奥登街修建一条地下隧道，乃是最好不过了。

我们的好友之一是斯柯特·费兹杰拉德——不妨看看我为坐在莎士比亚公司门前石阶上的他和艾德丽安拍的那张照片。我们非常喜欢他，又会有谁不喜欢他呢？他，蓝蓝的眼睛，很帅气，关心他人，任性而放荡不羁，具有沦落天使的魅力。他飞快地跑过奥登街，那劲头在顷刻间使我们眼花缭乱。

斯柯特崇拜詹姆斯·乔伊斯，却不敢接近他，于是艾德丽安做了美味的晚餐，邀请了乔伊斯夫妇、费兹杰拉德夫妇、安德烈·尚松及其妻子露西。我的那本《了不起的盖茨比》①里有一张斯柯特给诸来宾画的一张画——乔伊斯坐在桌边，

———————

① 《了不起的盖茨比》，费氏的代表作，出版于1925年。

头上顶着光环，斯柯特跪在乔伊斯旁边，艾德丽安和我的头和脚画成了美人鱼（或女妖）的样子。

可怜的斯柯特靠写作赚了一大笔钱，他和翟尔达①便在蒙马特区挥霍无度，喝香槟酒已成为家常便饭。他用出版社付的一次付清的稿费，给翟尔达买了珍珠项链。有个黑人小姑娘曾和翟尔达一起在该区的夜总会跳过舞，翟尔达竟然把这个项链当作礼物送给了黑人小姑娘；不过，黑人小姑娘在翌日早上把此项链还给了她。

斯柯特和翟尔达总把钱放在他们所住之处的大厅中的盘子里，有人带着账单或为索要小费而来，便可自行从盘子里拿钱。斯柯特挣的钱就这样全部花光，他早把前途置之脑后了。

我通过斯柯特认识了好莱坞的金·维多②，而斯柯特认识年轻的法国作家安德烈·尚松，则是通过我。

我跟好莱坞时而投缘时而不投缘。一天，金·维多来到书店，问我是否认识任何年轻的法国作家，他想由这某作家出作品，他把作品搬上银幕。我立即想到了安德烈·尚松的第一部小说《路》。此故事动人、富于戏剧性，而且真实。故事的地点是尚松的山区老家，即塞文山区的艾戈洛山；故事是写修筑一条道路。作者笔下的那个山脚下的村落正是作者

---

① 费兹杰拉德的妻子。
② 金·维多（1894—1982），好莱坞制片人。

出生长大的地方。这位年轻塞文人讲述的这个触目惊心而美丽的故事正是尚松本人经历过的往事。

于是我向金·维多推荐《路》，把故事内容讲给他听了。"当然，正合我意。"他说。应他之求，我把尚松请到店里来。

维多偕同埃莉诺·博德曼返回，跟尚松一起写电影脚本。他不懂法文，尚松不懂英文，我充当他们的翻译。电影脚本日渐成形，我高兴不已。当时维多在欧洲很有名气，作为名人，他没有令我失望——他沉稳，冷峻，通情达理。

有关《路》的规划，大约进行到一个月时，有一天，维多的那辆很大的汽车没有照常把他送到书店来。一张写得潦潦草草的字条通知我，他被突然叫回美国，仅此而已。这是我们获悉的有关他的最近消息。

自那以来，尚松和我曾多次笑着谈论维多答应过——要让尚松成为有钱人的——尽管我们当时并不觉得好笑。他指望这个年轻的作家放弃在法国的所有工作，随他去好莱坞——在好莱坞，尚松一定会大发其财。幸好，尚松出身于有智慧而古老的家族，家族所说的"忘本"之事，他从来不干——这就是说，他没有偏离正道。他问过维多："工作的事，我怎么办？"尚松有份好工作——在下院，给一位政府议员当秘书——他不打算放弃他的职位。

我也为此事丢了面子，更糟的是，让我的国家也丢了面子。至于斯柯特·费兹杰拉德嘛，他惶恐不安。但他对这一切的态度是十分和善的，尽管我们使尚松大失所望，但尚松也没有把这事放在心上。

尚松夫妇对我说起过，斯柯特在半夜光临他们位于先贤祠后面的小公寓，带去一瓶装在桶里的香槟酒，酒当然是从某个夜总会弄来的。斯柯特与朋友们共饮香槟之后躺在沙发床上过夜，露西把毯子盖在他身上。片刻之后他变卦了，另有打算——向松夫妇要想拦住他像跳水似的从阳台往街上跳，可真难办——六层楼高呀。后来尚松总算把斯柯特扶下楼，一步一步，慢慢扶上了出租车；斯柯特打算把口袋的钱全都付给司机，尚松把他拦住，司机本人也赶紧回绝。司机说："Ça ferait des histoires."（"那样，我就惹麻烦了。"）出租车司机还都很诚实。

尚松，前程似锦，大可不必为当初未竟的不着边际的愿望而惋惜。他当上了凡尔赛宫博物馆馆长，是有史以来最年轻的馆长。目前，他任小皇宫美术馆馆长兼另外两家国立博物馆长，被选为法兰西学院院士。

二十年代中期，艾德丽安和我时常遇见安德烈·尚松和让·普雷沃，他们二人交情弥笃，却完全不同。尚松稳重、好学、多才多艺、头脑冷静。普雷沃乖僻、浮躁、喜怒无常。普雷沃是语法学家，有哲学头脑；尚松是艺术品鉴定家、史学家，有政治头脑。

有一段时间，普雷沃是艾德丽安·莫妮耶办的评论小刊物的助理编辑，有不少时间花在我们两家书店里。他的好友是安德烈·莫洛亚，他对莫洛亚忠心耿耿，莫洛亚对他关怀备至，他经常谈起莫洛亚。

艾德丽安和尚松都了解山，各有各的心爱的山。尚松的山在塞文山区，叫艾戈乐山；艾德丽安的山在萨瓦省贝希市，是高山，叫荒漠山，高耸于贝希文和艾克斯雷班山之上，位于贺瓦峰与泥涅列十字峰之间。

为核实尚松所言，我们驱车去塞文山区，一探他的艾戈乐山的究竟后，不得不承认他所言完全属实。那山高耸，树木繁茂，流线型的溪流纵横，山下是幸运谷。那条蜿蜒而上、通往尚松那山顶之路——参看他的小说《路》——我必须说是一大成就。当你登上艾戈乐山的最高一"层"，放眼望去，那塞文乃至地中海都尽收眼底。然而，艾德丽安认为尚松的山，尽管美景宜人，若跟她那萨瓦的苍劲而纯朴的阿尔卑斯山相比，只是个山丘而已。

普雷沃可谓脑袋结实①：我不是指商业观念而是取其字面的意思；他的头具有磐石之固，为证明此事，他以头撞书店里的铁管子，把铁管子撞得直颤，把我吓得直抖，而他本人却毫发无损。他参加过拳击比赛，他还说过，重拳打在他头上，他根本不在乎，毫无感觉。别人一个重拳打在普雷沃头上，也就是打在铁管子上了。我为他和海明威这两位斗士安排过一场拳击比赛，结果海明威打折了自己的拇指。普雷沃体格结实、强

---

① 作者在此巧用"hardheaded"一词，此词一语双关，既有脑袋结实（字面意思）之意，也有"精明强干"（商业观念）之意。

壮，酷爱体育比赛，每逢星期天必去打橄榄球。

普雷沃是师范学院的毕业生。有一天我们三人——艾德丽安、普雷沃和我坐在艾德丽安的书店里，有一长相有趣的中年男子在外面停下来，看橱窗里的书。普雷沃说："是埃里奥。"说罢他就冲了出去，以师范学院所特有的方式（有伤风化，恕不引述）向埃里奥致意，埃里奥便随他走进书店。我喜欢爱德华·埃里奥①。他作为法国最优秀的政治家之一，令我钦佩。此处，他喜欢我的国家。我跑过街，去了莎士比亚公司，拿来了那本《诺曼底森林中》，他欣然为我签名。

普雷沃对感冒或胃痛之类的小病十分注意，对死却毫无畏惧。他牺牲在抵抗运动的战斗中。

阿·麦克里希

在莎士比亚公司这个大家庭里，阿达和阿契伯德·麦克里希是我十分喜欢的两个美国成员。《美满婚姻》和《泥罐》的这位作者在 1924 年来到书店，也可能更晚一些，是哪一年，我没有把握。阿契把这两本著作里的第一本题赠给我，是在 1928 年，但在 1926 年我们就已经是朋友了。他是乔伊斯的朋友；他和路德维希·卢维松②共同撰文，对非法出版

---

① 爱德华·埃里奥（1872—1957），曾任政府总理。
② 路德维希·卢维松（1882—1955），美国犹太（德裔）小说家。

《尤利西斯》提出抗议。

我记得，麦克里希和海明威曾在书店碰面，商量援救哈特·克兰①——哈特·克兰不知何故跟法国警方发生了纠葛。我们的某些朋友，酒喝得太多，法文懂得太少，就出了这种事嘛。幸好，在此危急之时，有麦克里希和海明威出面。

某日晚上，艾德丽安和我在麦克里希夫妇那个雅致的小住所里进餐，那里位于布隆涅森林路，现已改名为福西路。夫妇二人带有几分歉意地解释说，这房子，还有戴白手套的仆人，都是朋友借给他们的。

晚餐后，阿契给我们朗诵一首尚未完成的诗；阿达唱歌，她的嗓音真美。乔伊斯夫妇在场，乔伊斯很喜欢阿达的演唱。她的演唱会，我们都出席了。在演唱会之前，乔伊斯从他的保留曲目中选出几首爱尔兰歌曲，用来指导她。

《机械的芭蕾》

有一阵子，莎士比亚公司跟音乐颇有缘分。我们迁往奥登街之后，乔治·安特尔与其妻布约斯克住在书店楼上的两居室里——这正好，因为乔治爱书如命，把我图书馆的书都读遍了。顾客们看着墙上的照片，总会不约而同地问，曼·雷拍的那张照片是何人——留着刘海的那位。就在此时此刻，

---

① 哈特·克兰（1899—1932），美国诗人。

图书馆的侧门或许就开了，此人抱着一大堆书进场了。为了使我的书容易脱手，乔治向我提出过宝贵的建议。他主张给橱窗里的书一律另取更具刺激性的书名，他说这样马上就能卖出去。我听到他提出的一些难以说出口的书名时，我就想，有了这些书名，或许会好卖些吧。

如果乔治忘了带钥匙而布约斯特又不在家，他便借助莎士比亚公司这招牌攀爬而上，爬进二楼的窗户。过往行人停下看热闹。这俨然是我的顾客们上演的又一部西部片，他们常吹着口哨在街上忙来忙去，有的人甚至穿得像牛仔。我的门房是个老太太，因忠于职守四十年而获得一枚奖章，她喜欢美国人，她常说"我们美国人"，她觉得我们几乎跟赛马会一样有趣。在她当门房的前些年，她的丈夫是往隆尚赛马场开长途汽车的司机，至于她，将一个皮包斜挂在她肩上，坚守在摇晃而行的车上收车费。她常说的"那个美国人"是指我的狗泰迪，它身上的狗牌是布鲁克林发的。她倒是特别喜欢乔治·安特尔，但此事除外：他若回来得很晚，还得起床给他开门。

就《尤利西斯》而言，乔治对它的喜爱和我对它的喜爱颇为相似。乔治认为"此书管用"。他说起《尤利西斯》时，似乎把它看作一种机械方面的发明。《尤利西斯》使他顿生灵感，于是他梦想写一部歌剧，不幸未能如愿。

有关《机械的芭蕾》一事，艾德丽安和我从一开始就参与了。乔治在创作时，没有钢琴可用，艾德丽安让他用她公寓的钢琴，因为她整天都在书店里。乔治弹钢琴时，或者说在捶打钢琴时，你得到的印象是——钢琴成了打击乐器。给艾德丽安打扫房间的打杂女工常常斜靠在扫帚上，听她所谓的"消防队员"干活。她觉得那声音怪里怪气的，却也激动人心。

我们万分激动地关注这一创作的进展。此作大功告成之后，我们应邀前去普雷耶音乐厅，听乔治用自动钢琴弹奏。听众有三排，艾德丽安，有乔伊斯，罗伯特·麦克阿尔曼，我，当然还有布约斯克及其他一些人。经演奏者一番努力演奏之后，需要布约斯克把他全身擦干——他已全身湿透。

乔治说《机械的芭蕾》是为自动钢琴谱的曲，因为从技术上说，人的双手是不可能弹奏的，他和钢琴都花了很大的功夫。我们大家，包括乔伊斯在内，都很喜欢《机械的芭蕾》；不过乔伊斯引以为憾的是，自动钢琴未能消除"钢琴技术上的曲解"。

在布莱厄的母亲埃勒曼夫的帮助下，乔治才能坚持到底，完成了《机械的芭蕾》。伯克太太[1]给他寄来一张支票，支付演出的花销。租下了香榭丽舍剧院，对乔治的音乐有极大兴趣的弗拉吉米尔·戈尔施曼[2]，同意指挥《机械的芭蕾》，并将此排在节目单之首。

与此同时，埃兹拉·庞德先生与太太邀请我们出席一场

---

[1] 美国编辑艾德华·伯克（1863—1930）之妻。

[2] 费拉吉米尔·戈尔施曼（1893—1972），法裔美国指挥家。

专场音乐会，听听庞德和乔治的几首乐曲。这两位音乐策划人的这场音乐会在普雷音乐厅的一间小室里举行。艾德丽安和我跟乔伊斯及其儿子乔吉奥并排而坐。乔伊斯带儿子来，是希望儿子把兴趣转向现代音乐。为此目的，庞德和安特尔的作品未必是最佳选择。玛格丽特·安德森①和简·希普还有朱娜·巴恩斯和恩内斯特·海明威也在座。

节目单上标有："美国音乐（独立宣言）：演奏者——奥尔加·罗吉②和乔治·安特尔。

《机械的芭蕾》于1925年在香榭丽舍剧院的演出是二十年代的一件大事。"那一伙人"全部到场，挤在那个大剧院里。音乐会尚未开始，我们就已到达；虽已经满座，场外还有许多人争先恐后要进场。要去到我们的座位还真是难上加难，仿佛是在土耳其人的"陵庙"之中，"里面是人满为患"。但我们有的是时间，因为，乔治·安特尔的燕尾服被蛀虫咬了个小洞，他的朋友艾伦·泰纳忙给他打补丁，我们这位首席钢琴家不到场，音乐会是无法开始的。乔伊斯夫妇坐在包厢里。难得一见的 T. S. 艾略特风度翩翩，穿着大方，跟他在一起的是巴锡亚诺公主。在顶层楼座，是一群蒙帕尔纳斯区的朋友，他们的核心人物埃兹拉认为，乔治·安特尔受到了公平的对待。管弦乐队里有一位身穿黑衣、相貌不凡的女

① 玛格丽特·安德森（1893？—1973），美国编辑。
② 奥尔加·罗吉（1895—1996），美国小提琴演奏家。

士向观众鞠躬，姿态优雅。有人私下说她是皇族，艾德丽安却惊呼道："是你们的门房。"

《机械的芭蕾》对听众产生的影响十分奇怪，音乐被四处的大喊大叫声所淹没。一楼的人大喝倒彩，二楼的人则大声叫好。埃兹拉的嗓门比谁都大，压过了别人的嗓门。有人说，他们看见他在顶层楼座，是头冲下听音乐的。

你看到人们互扇耳光，你听到一片喊叫声，却听不见《机械的芭蕾》的鼓点乐音，但从演奏的动作来看，《机械的芭蕾》是从未中断过的。

然而，按照总谱的要求，飞机的螺旋桨转动起来，刮起一阵风。据斯图瓦·吉尔伯特说，这风吹掉了他旁边那人头上的假发，一直吹到了屋背后。愤怒的人群便突然平静下来。男士们拉起衣领，女士们围上围巾，颇有几分寒意。

尚且不能说《机械的芭蕾》已听取各方意见，不过乔治·安特尔至少"热闹了一场"，从达达主义的观点看，也很不错了。

在我看来，乔治·安特尔现在应当埋头工作。别人则劝他大肆宣扬，从而赚更多的钱。乔治告诉我，庞德建议他背着他的猫"疯狂"徒步去意大利作巡回演出。但乔治不愿步行，更不愿背着"疯狂"步行。至于"疯狂"，它倒更喜欢沿着阳台，前去看望隔壁的那些女性朋友。

乔治·安特尔为"寻求韵律"，终于销声匿迹于非洲丛林之中，他发现那里某处的乐曲"只有棍棒别无其他"。后来他音信全无。我的图书馆里曾有一本《非洲沼泽地》，我为让他看那本书而懊悔；我颇为乔治担心。他的父亲也很担心，看到新闻报道后，发电报问我是否有他儿子的消息。我店里的电话响个不停，正当我焦急之际，真幸运，乔治出现了。

卓越的美国作家兼作曲家维吉尔·汤姆森是乔治·安特尔的朋友，是我的朋友，也是格特鲁德·斯泰因的朋友。他的作品在巴黎的多个沙龙，特别是著名的杜伯斯夫人的沙龙演奏过，斯特拉文斯基[①]和"六人集团"[②] ——还有安特尔——的作品也在此沙龙演奏过。

1928年，在巴黎的一位美国人光临莎士比亚公司买了一本《尤利西斯》，此人就是乔治·格什温[③]。格什温俊俏、可亲。有一位我从未谋面的女士为格什温夫妇接风，也邀请了我。众多来宾纷纷走出电梯，去这位女士的公寓，还要连推带挤地向坐在三角钢琴旁的乔治·格什温走去。这时，谁也无法认出人群之中谁是这位女士，所以，根本用不着跟这位女士握手。格什温的哥哥埃拉，漂亮的妹妹弗兰西斯，都站在他身旁，他的妹妹唱了几首他写的歌。乔治也唱了，并且弹了几首钢琴曲。

---

① 伊戈尔·费·斯特拉文斯基（1882—1971），出生于俄国的作曲家。

② 因袭19世纪俄国的"五人集团"（亦称强力集团）之名称；因有六人，故名"六人集团"。六人皆为法国作曲家。

③ 美国作曲家（1898—1937），《蓝色狂想曲》是他的代表作。

第十四章

《银船月刊》

　　20 年代中期，法国读者对美国作家特别感兴趣，艾德丽安则大大地推广了这种兴趣。1925 年她在《银船月刊》上刊载了最早的《普鲁福洛克之歌》① 的法文译本，是我们一起翻译的，译得并不很好，但至少是友爱②之作，尚未听到我们的"受害者"③ 有何怪罪之言。到了 1926 年 3 月，艾德丽安出了一期美国专辑，其中的首篇是沃特·惠特曼的《第十八届总统》，这篇政治演说，是名叫让·卡代勒的年轻法国教授发现的，他相信此文可能惠特曼未发表过，或许是吧。这篇演说由艾德丽安和我译出，是诗人在当年亲自所印——字体小，我读此文时几乎把眼睛都看瞎了。我只好去找乔伊斯的眼科医生，那天正好是乔伊斯的生日，于是我去参加了他

---

　　① 《普鲁福洛克之歌》，诗人 T. S. 艾略特的作品。

　　② 她们的"友爱"类似格特鲁德·斯泰因与艾丽斯·托克拉斯的"友爱"。

　　③ 自谦的说法，指读者。

的生日聚会。你瞧瞧，乔伊斯和他的出版商的一只眼睛都戴着黑绷带。

艾德丽安的美国专辑里，除了惠特曼的演说，她还刊出了"四位年轻作家"的作品——威廉·卡洛斯·威廉斯①、罗伯特·麦克阿尔曼、恩内斯特·海明威、爱德华·E. 柯敏斯②。这些作家的作品以法文译文问世还是头一回。另有威廉斯的《伟大的美国小说》摘要，译此摘要的是《尤利西斯》的法文译者奥古斯特·莫赫尔；有海明威的短篇《打不败的人》；有柯敏斯的《硕大无棚的房间》的精选，亦即篇名为《斯普利斯》的那一章，译者是乔治·杜伊普雷；还有麦克阿尔曼的短篇《广告员》，译者是艾德丽安和我。

这一期还包括艾德丽安的《美国作品书目提要》。她承担了一项颇不容易的工作——编出已经译成法文的全部美国作品目录。在此之前，她已编出与此类似的英国作品目录。说来也怪，此前竟不曾有过翻译目录。

惠特曼在巴黎

大约也是在此同时，我办了一次纪念沃特·惠特曼的展览。他是从不讲究笔法的。"那一伙人"不买他的账；T. S. 艾

---

① 威廉·卡洛斯·威廉斯（1883—1963），美国诗人、小说家。
② 爱德华·E. 柯敏斯（1894—1962），美国现代派诗人。

略特宣扬了他对沃特的看法之后，"那一伙人"就变本加厉。唯有乔伊斯、法国人、还有我，守旧有余，尚能跟惠特曼相安无事。我稍加注意就能看出惠特曼对乔伊斯的作品的影响——他不是曾在某日对我朗读过惠特曼的短诗吗。

乔·戴维森①听说我要办纪念沃特·惠特曼的展览，便来告诉我，他打算在纽约的炮台公园竖立一座沃特·惠特曼的雕像。雕像将与一条林荫大道相通，大道两侧有长椅，人们在午餐时间可在此走走看看。乔·戴维森受当局之委托制作雕像——是步行时的惠特曼，以此象征路途开阔——而且他要求我在展品中加进跟雕像一模一样的复制品。曼哈顿当局打算纪念沃特·惠特曼，我为把办展览的门票收入捐给正在筹集的基金而感到无比高兴。

乔·戴维森给我带来了他制作的雕像复制品——还有许多有趣的沃特照片。我也有办法借到许多有价值的复制品——早期版本书、书信及其他资料。这让我了解到法国人收集的有关惠特曼的资料究竟有多少，真是一件令人惊奇而到感到意外的事。莎士比亚公司当然也有自己常备的惠特曼资料——其零散的手稿——是我姨妈阿格尼丝·奥比森去坎登时从废纸篓里抢救出来的。

展览已准备就绪，只差一面尺寸合适的美国国旗，既用来遮住书架，也增添几分爱国情调。沃特·惠特曼经常激起

---

① 乔·戴维森（1883—1952），美国雕塑家。

我的爱国情怀。我想到，国旗本当是 E.B. 怀特①笔下的那一面"狂傲的国旗"才对，碰巧我的那面国旗是巴黎最大的一面，是在罗福百货公司买的减价货。它奇大无比，是一战期间的遗物，在沃特·惠特曼展览上十分显眼。

过了几年我有了第二面巨幅美国国旗，是我从一幢大楼——巴黎的全国现金出纳机公司弄来的。当时，离解放的日子已经不远，德国人投炸弹把这大楼炸了。遭此不幸之后的一天上午，我从早已消失的这座大楼附近的巴黎圣母院出来，遇见一人，拿着我见过的最大的两面旗，一面美国国旗和一面法国国旗。我向他打听之后——在此情况下，打听是合乎常理的——得知此人是全国现金出纳机公司的雇员，正打算把这两面国旗送去安全之地。他当即将此重任转嫁于我，我只好拿着这两面大国旗一路走去——想遇到更加离奇的事，那就得在解放后的巴黎啦。

还是回到惠特曼展览的话题，展览可谓成功之至。我在一本山羊皮的、篇幅跟《尤利西斯》不相上下的名册里，保留了许多前来参观的人的签名，第一位是保罗·瓦洛希。

交际版与三座山出版社

巴黎的一些小出版社出版英文书，莎士比亚公司跟这些

---

① 埃林·布鲁克斯·怀特（1899—1985），美国散文家。

出版社接触甚密。其中，罗伯特·麦克阿尔曼的交际出版公司是首屈一指的；他在 F. M. 福德①主编的《大西洋西岸评论》上宣布了他的种种计划：

> 每隔两周到每隔六个月或每隔六年，我们要推出不同作家的著作，而这些作家的著作因商业或立法之故而出版无望。……每种著作只出三百本。推出这些书，仅因书已写成且我们甚为青睐，故此出版。有兴趣者，请与交际出版公司联系，地址：巴黎，奥登街十二号。②

在纽约，麦克阿尔曼与威廉·卡洛斯·威廉斯已在他们所称的"交际运动"中携手合作，已出版《交际评论》一到两期，后来，麦克阿尔曼才移居巴黎。我一直不太明白何谓"交际运动"，但是麦克阿尔曼以交际版出版的书却不同一般。比如，那本蓝色小书《三篇故事与十首诗》，为名叫海明威的新作家所写。此书被一抢而光，使海明威和交际版遐迩闻名。另有麦克阿尔曼自己的短篇集，书名是《性急的伙伴》，颇具作者的特色。我认为这是麦克阿尔曼的第一本文集，尽管他的诗集《探测》早已由英国的自我主义者出版社出版。

---

① 福德·麦多克斯·福德（1873—1939），美国小说家。
② 正是莎士比亚公司的地址。

交际出版社推出了布莱厄的《两个自我》和 H. D. ① 的《羊皮纸》。另一本是玛丽·伯茨的小说《竞技场的艾许》，此书跟她的其他出版物一样，人们趋之若鹜；但愿有朝一日能出版玛丽·伯茨的全集。约翰·赫尔曼的作品《出了什么事》写一鼓手，故事十分有趣。格特鲁德·比斯利的《我的前二十年》，是写得克萨斯三十岁的一个一点也不傻的教师。当然还有第一批交际版作品之一的《匆忙的人》，其作者是诗人伊曼纽尔·卡尼瓦里，在意大利，他卧病在床，得到"那一伙人"的照应。其他交际版的书名有佐藤迷的《离奇的故事》，马斯顿·哈特利的《诗二十五首》，威廉·卡洛斯·威廉斯的《春与万物》，敏娜·洛伊的《月亮旅行指南》（据我所知，此书将在美国出版），埃德温·兰姆的《水手无牵挂》，罗伯特·科特斯的《蚕食黑暗的人》，麦克阿尔曼的另外两本短篇小说《必读之书》和《后青春期》——那最后一本我最喜欢。最后，是选集，即《交际版当代作家集》，收集的是摘录，摘录则选自作家们在当时动笔创作时的偶然所得，是我见过的最有趣的文集；包含首次出版的《芬尼根守灵记》的一部分，用的标题是《选自"创作中的作品"》以及那段时期的值得一提的所有作家的文稿。

投给交际出版社的稿件都交给待在园顶咖啡馆的麦克阿尔曼审阅；他对我说，他在这家或那家咖啡馆里发掘的作家

---

① 即希尔达·杜丽特（详见前文）。

挺多。

　　麦克阿尔曼的朋友兼同行是威廉·伯德，此人把闲钱和闲暇都花在三座山出版社的数量不多却极具个性的出版物上。他从一同行那里得知，有一台手摇印刷机放在圣路易岛上一间小小的办公室里，可以使用。有一天我前去找他时他正忙着印一本书，于是不得不出来在人行道上与我会面。据他解释，因为他的"办公室"只容得下手摇印刷机——他既当印刷工又当编辑。但是伯德对珍版十分在行，可谓嗜珍版成癖，他的出版物可谓众望所归——字体俊秀，纸张上等，版面开阔，均为限量。尤其是伯德出版了庞德的《篇章》和《轻举妄动》，海明威的《在我们的时代》，福德·麦·福德的《男男女女》以及其他作品。他也是品酒行家。他的出版物中唯一没有用大版面的是小册子《法国美酒》，其作者便是他本人。

杰克·卡亨

　　出版业里的另外一位朋友兼同行是杰克·卡亨，来自英国的曼彻斯特，退伍老兵。我喜欢他开朗的性格，藐视虚伪的态度。凡东出版社和方尖碑出版社都属他所有，除辛辣类的作品之外，他几乎不把时间花费在别的事情上。他本人就为此推出了"塞西尔·巴尔"（杰克·卡亨的笔名）丛书，他称之为"我的鲜花"，冠以"水仙花"之类的书名。除"鲜花"外，他也是《吃草的山羊》的作者。卡亨娶了一位法国女子，家大口阔，抚养孩子完全靠此"鲜花"。他来莎士比亚公司跟同行们聊天，总是开一辆瓦桑牌敞篷车，那车就像四周镶着玻璃的铁路卧车呢。他常问："上帝还好吧？"（指乔伊斯）。他说，是我发现了《尤利西斯》这么一本"淫书"，为此"非常钦佩"我，而且，他从未放弃过说服我有朝一日让方尖碑出版社接手此书。与此同时，他认为乔伊斯的新作《处处有孩童》①摘录缺乏性的趣味，但他也只能接受。卡亨和他的合伙人巴布先生推出了非常精美版本的 H.C.E②，稍后又有非常精美版本的《诗，一便士一首》，其手抄的正文和种种装饰，均出自乔伊斯的女儿露西之手。这一切都使人想到她父亲特别喜爱的《凯尔斯福音书》③，你可以看出此书对《诗，一便士一首》的影响。乔伊斯得知我拥有《凯尔斯福音书》，喜出望外。在他看来，唯有这部有插图的古书写得诙谐而有趣。

克罗斯比夫妇

哈利·克罗斯比与卡蕾斯·克罗斯比也想要出版一部分

---

① 《处处有孩童》，出自《芬尼根守灵记》。
② 是《处处有孩童》的英文缩写，是乔氏所作。
③ 《凯尔斯福音书》，凯尔斯是爱尔兰古镇，《凯尔斯福音书》是该镇的古物。

《创作中的作品》，我在某天去向他们了解"舍恩与肖恩的两则故事"①的进展。他们的黑日出版社坐落于一条古老的小街，即枢机主教街，离日耳曼德佩斯区仅有数步之遥。夫妇二人是鉴定精版书籍的行家，更是鉴定精致手迹的行家。他们出版了哈特·克兰的《桥》，阿契伯德·麦克里希的《爱因斯坦》及其他作品。他们出版的作品中有亨利·詹姆斯的《致瓦尔特·伯利的书信》，注意到此书的人少之又少。亨利·詹姆斯的这些书信，写得有趣，却带几分凄凉。他当时正值弥留之际，毅然将一件礼物——精制的手提箱拒之门外，因为他已经用不着它了。我确信，哈利·克罗斯比是瓦尔特·伯利表亲或堂兄，他们都妙趣横生。

克罗斯比版的《口述舍恩与肖恩的故事》中有我最喜欢的《笨蛋与牢骚鬼》《蟋蟀与蚂蚁》，这些故事可以说是这位词汇大师的语言技艺高超的表演，其诗意之魅力就更不在话下了。

所谓"笨蛋"者，乃是温德姆·刘易斯。此人在其评论文章《敌人》中进行抨击乔伊斯，乔伊斯则给予心平气和的反驳。兹举一例，乔伊斯受到攻击时总是婉言反驳，充满乔伊斯式的气氛——半开玩笑、有点独出心裁的，几乎是耳语似的，并不明说的风格，却毫无恶意，几乎可以说充满深情——真不可思议。

---

① 《芬尼根守灵记》中的两个人。

那第三则故事，讲的是克罗斯比夫妇请布兰库齐①给乔伊斯画一幅像，用作《舍恩与肖恩的两则故事》的卷首插图。乔伊斯坐着，画像完成。画像跟那位坐着让人画的人倒是一模一样，出版商却扫兴不已。布兰库齐再画，这次他画出的是经过精炼后最具本质性的乔伊斯，大获成功——布兰库齐真行！

我很守旧，更喜欢跟乔伊斯一模一样的那一幅。前不久布兰库齐对凯塞琳·杜德利提起此事时还大笑不已。布兰库齐告诉她，他愿意把原先的那一幅画像送给我。《舍恩与肖恩的两则故事》的那幅画像对我来说太重要了。

哈利·克罗斯比在业余时间学开飞机，他为死亡痴迷，他认为因飞机失事而死或许比别的死法更酷。他喜欢看埃及的《亡者之书》，把此书的精致的一册复印本赠送给了乔伊斯——确切地说，不止一册，因为此书共有三卷。他是个神经过敏的小伙子，我认为他太神经过敏而不能开飞机，即使这种死法对他很有吸引力。他常在我的书店进进出出，进来了便钻进书架，像只蜂鸟采花蜜；或者在我桌旁踌躇片刻后对我说，他早在某一天就已经告诉卡蕾斯：她的名分就是他的妻子。于是两人手牵手去镇公所，使他们的结合得到法律的认可。一天，他给我带来他们两人在飞机前面的照片，那

①　康斯坦丁·布兰库齐（1876—1957），出生于罗马尼亚的雕塑家。

是他拿到驾驶执照的当天。他很少把他的诗拿给我看，他为人谦虚，待人处世十分随和、可爱，非常厚道。

他与乔伊斯的交往，可以说，他在处理乔伊斯事务时，总是慷慨得很。

我跟出版《创作中的作品》中的几篇作品的出版商商定所有事情，还要尽我所能为作品着想，这一切都是我的职责。我对事关乔伊斯的种种大事，都是很抠门儿的，都说我做生意是精明到家了。在我们左邻右舍，尚无人对此话题抱有半点幻想。乔伊斯已给予莎士比亚公司代言人的权利处理他的事务，我从中无利可图，服务是免费的。因此，出版商们常以一本特别精美的书相赠，乔伊斯则在此书上题词："不胜感激"。

简朴版

在第二次世界大战之前的几年里，格特鲁德·斯泰因和艾丽斯·托克拉斯，在她们住的地方花园街二十七号出版过一些书，称为简朴版。她们推出的几种格特鲁德的书中，包括我最喜欢的《亲切的露西·丘奇》①《歌剧与剧本》，著名

---

① 原文是 *Lucy Church Amiably*。笔者曾将它译作《露西教堂真可爱》（见《格特鲁德·斯泰因自传》，P. 200；中国文联出版社，2002年1月，北京）。二种译法都只是字面翻译，很肤浅。然而，斯泰因的某些作品的书名，看似"简单"，实则"意在言外"，用意极深极妙。《软纽扣》（*Tender Buttons*）便是一例。

的《三幕剧四圣人》——维吉尔·汤普森①（莎士比亚公司从前的顾主）为此剧谱曲并在纽约上演；那时，此书的需求量大增，而且脱销。简朴版图书可谓引人注目，极受我的那些斯泰因书迷们的欢迎。其印刷和纸张都很讲究，这些精巧的小本本，使我想到二十年代的先驱——罗伯特·麦克阿尔曼的交际版。

说到巴黎的那些小出版社，应当提到芭芭拉·哈利森小姐的哈利森出版社。哈利斯小姐得到专家门罗·惠勒的帮助，推出了一些精美的版本，其中有凯塞琳·安妮·波特②《哈辛达》和《法国歌集》。如今，这些书都算是稀珍的书籍了。

《滴水嘴怪兽》与《大西洋两岸评论》

要了解 20 年代的文学动态，最好的办法是靠各种各样的评论小刊物，它们虽然短命，却妙趣横生。莎士比亚公司不曾发行过这种小刊物，因为照应朋友们发行的那些评论小刊物已够我们忙乎了。

我认为最早的这类刊物可能是阿瑟·莫斯的《滴水嘴怪兽》，跟他合作的编辑是福罗伦斯·吉利姆。《滴水嘴怪兽》

---

① 维吉尔·汤普森（1896—1989），美国作家曲、评论家，多次为斯泰因的作品谱曲。

② 安妮·波特（1890—1980），美国女作家。

的封面上有一只"吐火女怪"。据一位法国专家提醒我，此物与滴水嘴怪兽是大有区别的，法国人可不愿意别人把他们的爱兽①的身份给搅混了。《滴水嘴怪兽》没出几期便寿终正寝，内容却妙趣横生。

另外，就是《大西洋两岸评论》。《英语评论》这一令人振奋的刊物的前编辑福德·麦多克斯·胡弗受人怂恿来到巴黎，他常常忘记用他姓氏中的胡弗这一部分，此后就成了福德·麦多克斯·福德。一战时他曾遭毒气袭击，但并未影响他的活动。他为人随和而豪爽，在作家同行中很有声望。当现款别无来路时，他因自掏腰包给《英语评论》的撰稿人付稿费而美名远扬。

福德以一艘海船作为《大西洋两岸评论》的标志，还用了巴黎名言的前半句"随波逐流"，但是漏了后半句"从不沉没"，可谓考虑得周到。

他和妻子斯泰拉·博温做的最重要的一件事，是邀请"那一伙人"参加聚会，地点在他们租用的一间很大的工作室。有人拉着风琴，有人随着手风琴跳舞；啤酒、奶酪及其他点心都很丰盛。福德邀我跟他跳舞时首先就要我脱鞋——他已经是光着脚了。跟福德跳，与其说是起舞还不如说是蹦是跳。我看见乔伊斯站在一旁，有滋有味地注视着我们。

另外一次是福德和斯泰拉请我共进晚餐。当时他们在一

---

① 指滴水嘴怪兽。

个更小的工作室里刚刚安顿下来，里面有个小厨房，餐桌已经摆好。福德亲自下厨，做的是火腿煎鸡蛋，也美味可口。晚饭后，福德一边踱步一边向我朗诵他刚写成的一首诗。是一首写天堂的诗，很有趣，至少我听过之后的感觉是如此。我一直在打瞌睡，我希望福德没有注意到就好，因为，我早晨起得太早，所以到了晚上听诗歌朗诵，不管那诗是长是短，很快就把我哄睡着了。真不凑巧，因为他向我朗诵的是他的新作，可能他指望莎士比亚公司能予以出版，虽然他尚未向我提出这一要求。据我看，有些作家并不赞同我只出乔伊斯的作品而不顾其他，他们哪里知道，就为了这独一的作家，几乎把我累得上气不接下气。

福德在《大西洋两岸评论》第一期里，刊登了 T.S. 艾略特的一封十分有趣的信函。第四期里登了乔伊斯的《四老人》①。我记得，不久后他资金短缺，我们这位编辑横渡大西洋去美国，设法筹措资金，使他的"船"浮而不沉。在他外出期间，把指挥大权交给海明威；待到福德返回时，刊物已经大有起色。

尽管《大西洋两岸评论》的编辑和撰稿人都妙趣横生，但它还是"沉没"了。它的读者都非常惦念它，当年在海外为它撰稿的众多作家也都非常惦念它。

---

① 见《芬尼根守灵记》。

恩内斯特·沃什与《拉丁区》

一天，克拉里吉旅馆给我送来一张便条，写此便条的是个名叫恩内斯特·沃什的年轻人，附有芝加哥的某人写的介绍信。沃什本人未能前来，为此表示歉意，他的病情很重，只能卧床。他把他的处境告诉了我，他的现款已经花光，如果无人相助，他只能离开克拉里吉旅馆了。

我不知道，遇此情况，能指望莎士比亚公司有何作为。我又忙得抽不出身来，只好请一位朋友代劳前去，看能不能替沃什想点办法。这位朋友发现，我们的这位诗人正躺在旅馆里一豪华套间的床上，确实病得不轻；在医生和日夜值班的护士的照顾之下，仍然病卧在床。

我的朋友还发现，沃什在船上认识的两个年轻可爱的姑娘，随他一起来到了这里。他跟她们一起去布隆涅森林公园兜风，招了寒，之后姑娘们不辞而别，大概是去找别的大款了吧。沃什已把钱花光。我的朋友注意到，餐桌上放着有金色瓶盖的威士忌酒瓶，一件华丽的晨衣就这么扔在椅子上，衣橱的门开着，里面全是高级衣服。

这家旅馆在此前经营有方，很能通融，但现在开始不通融了；房客不付费便不能住下去，甚至扬言要跟美国大使馆联系。

沃什很走运，他持有庞德先生的介绍信，而埃兹拉·庞

173

德一向以援助诗人为己任，他到场了。不久后，我听说我们这位诗人的财务问题已获得解决。一个跟他十分亲近的女人陪他来到书店，我便知道他已痊愈。他的这位女恩人伊瑟尔·穆海德小姐是苏格兰女诗人，曾经是战斗性十足的妇女参政运动的支持者，炸毁过好几个邮筒。她随后要进行的最具爆炸性的冒险当是资助恩内斯特·沃什了。大约在此前后，他们两位已决定创办评论刊物，准备取名《拉丁区》。沃什不适应巴黎的气候，所以打算在里维埃拉①出版。

我非常喜欢他们两人，我钦佩他们的勇气和对诗歌的那股激情。他们落实了一些计划，已出版的几期十分有趣而生动。第一期是埃兹拉·庞德作品专辑，第二期的内容包括选自乔伊斯的《创作中的作品》的"舍恩"②，另有许多其他作家的来稿，这些作家几乎全是美国文学史上那段令人鼓舞的"巴黎时期"的作家。

后来，凯·波伊尔③协助恩内斯特·沃什编《拉丁区》。就写作才华和母性而言，波伊尔是20年代逸事中的有趣人物之一。

我刚认识她时，她正在创作她的早期作品《受夜莺之害》，此小说取材于她的第一次婚姻，另一部小说是《前年》。

---

① 法国东南部沿地中海的假日游憩胜地。
② 指"舍恩与肖恩的两则故事"。
③ 凯·波伊尔（1903—?），美国女作家。

我们后来才知悉，恩内斯特·沃什知道自己只能再活数月，便决定来巴黎，跟他所钦佩的作家们相处，以此度过他的余生。他作为诗人，总是梦想有成名之日，这就难为他了。恩内斯特·沃什有某种纯朴的品质，他生气勃勃，他英勇果断。

《变迁》

在20年代，评论刊物《变迁》问世是巴黎的文学生活中的一件大事。

我们的了不起的朋友尤金·若拉，热心于现代文学运动的法美混血的年轻作家，前来告诉我，他要离开在巴黎的《先锋论坛报》，另办评论刊物——当然是用英文，而且就在巴黎办。

真是好消息。各种评论刊物，已是办办停停，现在另起炉灶，真是恰逢其时，更何况其编辑是这么有能力的若拉。我不仅十分赞赏他的为人而且十分赞赏他的足智多谋。

若拉问我是否知悉某些比较特别的作品，以供他当作稿件刊用。我想到了乔伊斯，与其把他的《创作中的作品》零零星星地交给这家刊物或那家刊物连载，倒不如在《变迁》上按月刊登，只要编辑赞同即可。若拉及其助手艾略特·保罗热诚地接受了这一建议。若拉当即跟乔伊斯商讨，希望《创作中的作品》全文在《变迁》上发表。乔伊斯来电话问我对此计划有何想法，我劝他不必犹豫，一口答应即可。我知道，若拉是乔伊斯可以信赖的朋友，而詹姆斯·乔伊斯这名声对创办新的评论刊物是莫大的帮助。

乔伊斯毕生最重要的事情之一，当然是与玛丽亚和尤金·若拉这夫妇二人的友情与合作。从他们二人最初答应刊登他的作品直到他去世，他们对他一直是鞠躬尽瘁，从未计较过得失。

尤金·若拉精通英、法、德三种母语（他是洛林①人），詹姆斯·乔伊斯则是通晓多种语言的语言学家并已着手对英文进行一番彻底改革。许多词的用法都在他们的掌控之下，他们可不认为这世界上有什么能阻止他们从这些词里寻找乐趣。若拉的增援是给乔伊斯的天赐，在《变迁》问世之前，乔伊斯改革英文是一人单干，颇为孤单。

若拉赞同文学的民主精神这一观念，我对此观念难以苟同。他告诉过我，他从不拒绝不知名的作者的来稿。这是他的一条原则，我也认为有其裨益，至少，新手不会遭到冷遇。你看看《变迁》的档案就知道稿件的内容五花八门，其中颇不乏那一时期的盎格鲁－撒克逊及欧洲的最佳作品，许多是第一次问世。我接触过的所有评论刊物中，《变刊》最充满活力，寿命最长。我感到，它的评论都十分明智地为新作品的利益着想。

---

① 位于法国东北部。

艾略特·保罗离开后，第一位接替者是罗伯特·赛吉。与《变迁》有接触的其他人还有马修·约瑟夫森，哈利·克罗斯比，卡尔·艾因斯坦，斯图瓦·吉尔伯特，詹姆斯·约翰逊·斯威尼。

《交流》

据我的史料所记，在 20 年代的巴黎，评论文章都是英文的，只有《交流》是个例外，虽然它的来稿都是法文稿，但是它归一位美国人所有，此人就是巴锡亚诺公主或玛格丽特·卡耶塔妮——她更喜欢别人这样称呼她。

《交流》首次问世是在 1924 年。我们的朋友都是撰稿人，是由艾德丽安·莫妮耶在她的位于奥登街的书店出版的。此刊物的编辑是保罗·瓦洛希，它得到瓦洛希·拉赫特、莱昂—保罗·法尔格的协助。约翰·裴斯[1]便是撰稿人，见此刊名[2]如见其人，因为使人联想到他的诗作《远征》里的诗句："ce pur commerce de mmâme."（我心灵中纯洁无瑕的交流），参看 T. S. 艾略特翻译的这首美丽的诗。

玛格丽特·卡耶塔妮的法国朋友们非常赏识她的鉴赏力、智慧、老练和厚道。罗马把她从巴黎抢走之后，他们便对罗

---

① 约翰·裴斯（1887—1975），法国诗人、外交家。
② 指《交流》。

马妒忌不已。

艾德丽安·莫妮耶负责《交流》的制作，也负责对莱昂－保罗·法尔格转给她的来稿加以精选，这可是又费力又费神的工作。法尔格主意多而笔懒，他动嘴不动笔。辛辛苦苦地把《交流》安排、部署到可以出版，则是可怜的艾德丽安的任务。

要说呢，法尔格还真是个碎嘴子，颇获女主人们的青睐，但是对她们也是一种磨难。我想起那次，玛格丽特·卡耶塔妮邀请她的《交流》友人们去凡尔赛区，到她家用午餐，她派车接我们。司机先到奥登街接艾德丽安和我，接着到鲁比亚广场接乔伊斯，再去东车站地区的莱昂－保罗·法尔格的住所。司机上楼告诉他，我们都在下面等他。他还没有起床，在写一首以猫为题的诗，他的几只猫在床上围着他。他起床、着装，我们等了一个多小时，他终下来了，但是接着又上楼去。因为他认定，要跟服装相搭配，黑鞋比深黄鞋更好，而他现在穿的是深黄鞋，所以又上楼去。接着是换帽子。他还没有上车就要司机去附近找个理发店，他得理发、刮胡子。那天是星期天，理发店都关门停业。最后找到的那家的理发师也正准备打烊，法尔格总算把理发师说服给他理发刮胡子，于是二人便进到店内。完事之后，去凡尔赛区吃午饭一事已无阻碍，我们于是起程。

艾德丽安担心我们会迟到。法尔格没有戴表，他向乔伊斯咨询，乔伊斯戴着四只表，每只表的时间各不相同。午餐时间本来是定在一点钟。说也奇怪，我们只迟到了一个半小时。玛格丽特·卡耶塔妮没有半句怨言，她十分沉着冷静，跟平常一样笑容满面。至于宾客们嘛，等法尔格早已是家常便饭了。

这次午餐聚会，要祝贺《交流》创刊，祝贺创刊号上刊登《尤利西斯》法本的第一篇摘录，乔伊斯的出席当然是大家翘首以待的大事。凡是定在中午的聚会邀请，他是一概拒绝的，他要到晚上才有交际、应酬的雅兴。不过这一次我说服他前来参加了。我认为他不会为之后悔；然而，他却为之后悔了。在我们还没有就座之际，一只毛茸茸的大狗闯进来，向乔伊斯跑去，把两个大爪子搭在他的肩上，盯着瞧他，好不亲热啊。

可怜的乔伊斯！巴锡亚诺公主见他这处境，便立即把这个人类最忠实的朋友撵开，同时告诉乔伊斯，这狗并无恶意，是孩子们的宠物。不过有一次它把一名管子工人追得跳窗而逃。"我不得不给那个工人买条新裤子。"她边笑边说。

乔伊斯战战栗栗，悄悄地对我说："她对我也会照此办理吧。"

我们的朋友斯图瓦·吉尔伯特

《尤利西斯》法译本的摘录在《交流》上发表，引起了一位研究此作品主题的大权威的注意。摘录在《交流》刊载后不久，斯图瓦·吉尔伯特——或按法国人的简单明了的方式，以吉尔伯特相称也可以——便已来访过。

他数次来访，我都高兴不已，他讨人喜欢是因为他是个诙谐、满口俏皮话，却又擅长冷嘲热讽的非常厚道的英国人。他在缅甸当过推事①，为时九年。据他说，他的工作是给犯人施绞刑。但是我认为应对此说进行彻底地调查，我们的吉尔伯特跟这种工作是格格不入的，他的善行与善事实在太多，多得足以抵偿他逃避惩处之责。

吉尔伯特是最早的《尤利西斯》的崇拜者之一，他以此作品为对象提出过一套相当重要的专门学问。依我之见，除乔伊斯之外，精通此作品者，非他莫属。《交流》上刚刊出《尤利西斯》法译的摘录，他那锐利的目光便发觉了其中的一两个错误——是遗漏，这些遗漏即使在译者是极有能力的年轻诗人奥古斯特·莫雷尔担任此重任时也可能会出现的。艾德丽安·莫妮耶和拉赫博很称赞莫雷尔翻译的弗兰西斯·汤普森②、布莱克、多恩③以及其他诗人的诗作。在艾德丽安和拉赫博的劝导下，莫雷尔中止了英国诗人选集的全部工作，转而全力钻研《尤利西斯》。他提出的条件是，要由拉赫博校订他的翻译。译文在 1924 年完成，之后两人还要一起把译本

---

① 即法官，审判员。
② 弗兰西斯·汤普森（1859—1907），英国诗人。
③ 约翰·多恩（1572？—1631），英国诗人。

再校一遍。那时斯图瓦·吉尔伯特终于提出，如果拉赫博和莫雷尔认可他的一臂之力，那么一个英国人的帮助可能是有效益的。

艾德丽安·莫妮耶负责出版《尤利西斯》的译本，她和拉赫博和莫雷尔接受了吉尔伯特的建议。对他们困难重重的事业而言，吉尔伯特的帮助是必不可少的。一些错误得以避免，一些难解之处得以解决，都多亏了吉尔伯特。的确，他帮了译者的大忙，也帮了拉赫博的大忙，因为负责校订的是拉赫博。

这几位合作者当然也有他们的苦恼，啃此天书的过程中，艾德丽安总是莫衷一是。因为，翻译时往往出现这样的情况：拉赫博不仅校订了而且重写了，而莫雷尔则反对。他发火而且对拉赫博出言不逊。此外，他厌烦吉尔伯特，认为吉尔伯特过于斟酌词句，便怒冲冲地一走了之。与此同时，健康情况一向不好的拉赫博生病，回到了维希附近的家中。吉尔伯特和艾德丽安是幸存者，吉尔伯特是这样告诉我的，他们两人在她书店的后屋里苦干许许多多个下午才完成任务。

第十五章

于勒·罗曼与"同伙"

我最早读的于勒·罗曼的作品，是代斯曼·麦卡锡和悉德尼·沃特洛合译的（*La Mort de Quelqu'en*）《无名小卒之死》，大约是在 1914 年我在纽约公立图书馆发现此书。此书使我着迷，当我走进勒的世界之后，我对他的作品就紧随不舍了。于勒·罗曼和詹姆斯·乔伊斯在许多方面很不相同，但也颇具相似之处：在同时代的作家中，没有比他们更相似的了。

于勒·罗曼常去艾德丽安的书店，也是我书店的常客；每当"同伙"——他当时所写的作品里的角色——聚会，承蒙他的好意，总把我和艾德丽安请去。罗曼的这些"同伙"确实讨人喜欢——一位教授，教授的妻子（也是教授），一位画家，还有茹韦①的剧院的业务经理。这些人都有趣而讨人喜欢；而罗曼本人则是策划者，他总是出点子，他是首谋。

———————

① 路易·茹韦（1887—1951），法国演员。

我们轮流地相互应酬，不过大多是罗曼夫妇邀请我们到他们府上。有一段时期，他们住在蒙马特区，或者应该叫莫尼勒蒙当区的一处别墅里。于勒·罗曼跟这一带的人颇有交往。他们住的那条街十分僻远，附近一带的阿帕切人的凶悍是闻名的，被人们看作歹徒。罗曼养了一只高大的猛犬看守别墅。就连罗曼的客人都怕它，阿帕切人也不敢靠近它。话虽如此，然而当我们坐在那里，时辰渐晚，我们便倾耳细听脚步声；有一次我们清清楚楚地听见，开始是摸弄楼下的窗子的声音，接着便是吱嘎作响。如果是阿帕切人来了，我真希望他们跟狗在地下室一决雌雄，免得把我们牵扯进去。

　　于勒·罗曼把"同伙"带到令人神往的运河地带去看，那里在他的作品里出现过的。巴黎人很少去那些荷兰风味的码头，如维利码头和圣马丁码头，甚至不知道有这些码头。自那以后，我常去重游。

　　有一次，于勒·罗曼请"同伙"去"上帝巷"（上帝通道）附近的一家小酒馆聚会。我们被再三叮嘱，要尽量装出凶狠的模样，因为那一带就兴这一套。艾德丽安和我找到那家小酒馆时，认出了几个"同伙"跟在酒台上喝红酒的酒友在一起，未见罗曼的踪影，我们以为他不会出现了。就在此时，我们看见一个人，帽子遮住一只眼睛，在店外的拐角处闲荡，很不安心地偷看我们。有人绕着弯儿说可能是罗曼，随口说说而已。此人走进酒馆，果然是罗曼。他谋划了一场十分圆满的化装表演。

一位法国的莎翁崇拜者

乔治·杜阿梅尔①热诚地参观莎士比亚公司多次，本公司的名称似乎对这位法国的莎翁崇拜者颇具吸引力。他不仅表达了他对此书店的友好之情，而且他和杜阿梅尔太太还邀请此书店的店主与艾德丽安·莫妮耶去他们府上欢聚一日，他们家在巴黎附近的瓦勒蒙杜瓦市。艾德丽安是杜阿梅尔的出版人之一。杜阿梅尔太太，或者称作布兰奇·阿尔班——她在戏剧界则以此称呼而闻名——是雅克·科波的"老鸽舍剧团"的团员，也是最有天赋的女演员之一。她雍容华贵，我总喜欢听她朗诵诗歌。男演员们，即使是最优异的男演员们朗诵诗歌，有时也会留下令人扫兴的印象。

那是夏季的一天，我们在瓦勒蒙杜瓦市，看见杜阿梅尔正在花园里给浴盆里的初生儿子贝纳德洗澡，我们感到无比欣慰。

让·斯隆伯杰

艾德丽安和我都十分敬佩而喜爱的朋友，是《幸福的男人》一书的作者让·斯隆伯杰。1927 年，我们分期付款买了一辆雪铁龙，首次远行就是乘此车去位于诺曼底的斯隆伯杰的家。他请我们去度周末，我则答应帮他清理他家的英文小说的书库，把不值得收藏的一概扔弃。

斯隆伯杰的这栋庄宅是他的外曾祖父所建的，他的外曾祖父是政治家兼史学家基佐。这庄宅名为布哈菲庄宅，是个华丽的寓所。斯隆伯杰是在此长大的，他的孩子们也是在此长大的，他对这庄宅十分依恋，可他却宁可在毗邻的小屋里而不在这栋大房里生活与工作。我们和他以及他的两位朋友就一起暂住在这个小屋里，这两位朋友是夫妻负责照应他的生活，也为我们做可口的饭菜。第三个伙伴是一条达克斯狗①，主人一声令下，它便用后腿站立，给我们露出"背心上的纽扣"。跟斯隆伯杰和达克斯狗一起坐在炉火前，炉里的火势很猛，烧的木柴都取自归他本人所有的树林，真是其乐无穷。

这个大宅子里的英文藏书反映出曾在这布哈菲庄宅教过一代又一代少女的英国女教师们的鉴赏力，斯隆伯杰对此忧心忡忡是不无道理的。

莱昂－保罗·法尔格

诗人莱昂－保罗·法尔格连一个英文字也不会说，却跟我的书店结下不解之缘。他是法国文坛上最有趣的奇人之一，几乎跟乔伊斯一样，是造字的高手（造字狂）。他造的某些字

---

① 体长脚短，善于猎狐。

意味深长，但读者无此耳福，因为读者听不到他之所言。艾德丽安的图书室是法尔格的大本营，你会看见他每天下午必到，你会听见他给围在他四周的高兴不已的人讲他那些不着边际的故事。听故事的人是他的朋友，他称他们为"好样儿的"，他把我也算在其中，我荣幸不已。他的那些独创的字句真是淫猥得不可想象，与之相配合的手势亦然。这一切都发生在图书馆里，一些贤妻良母带着小女孩正从图书室的书架上挑选读物。拉赫博是他最具欣赏力的听众之一。他会脸红，咯咯直笑，以拉赫博特有的方式说声"啊!"从另一方面看，时而问世、十分稀罕的《法尔格诗集》却是朴素而高雅的。

　　法尔格来我的书店，不是为书而来，而是为有可能遇到在别处曾跟他失之交臂的"好样儿的"。他到处追寻他的那些朋友们已是势所必然。有一次，因拉赫博没有开门，法尔格就搬来梯子爬到窗口。拉赫博告诉我，他伏案工作时突然看见法尔格从窗外盯着他。法尔格患有梦游症，到下午才起床，他的巡视就此开始，像个邮差。

　　不论早晚，法尔格都会出现在艾德丽安的书店里。他的新老朋友都聚集在这里，后来则在伽利玛的书店里。他是新法兰西评论出版社的创办人之一，是出版家嘉斯东·伽利玛①的老校友。艾德丽安书店的人都离开之后，她已准备打烊，这时，法尔格还在书店里徘徊，倾诉他的难以言尽的

---

　　① 嘉斯东·伽利玛（1881—1975），法国出版家。

苦闷。

他跟守寡的母亲及玻璃厂的一名吃苦耐劳的家仆一起住。玻璃厂是他父亲留给他的，他父亲是工程师，发明过某种玻璃制造的工艺，工厂在东车站附近。法尔格说火车的汽笛声赋予了他灵感。他崇敬他的父亲，不忍心变卖工厂，因为工厂是父亲建立的，尽管当他这个诗人当厂主时，工厂已经凋敝。在新艺术风行的时代，法尔格玻璃是赫赫有名的，富豪们的宅子都用他们的彩色玻璃窗和彩色花瓶作装饰，十分雅致入时。法尔格亲自告诉我，美心餐馆的窗子就是他父亲制造的。他父亲当年的一名工头熟悉全部制造秘方，才得以把工厂维持下去，间或也有订单上门，这时就再雇两名工人来帮忙。

一日，我和艾德丽安的妹妹玛丽·莫妮耶一起去参观这个工厂，玛丽一直为法尔格玻璃厂设计图案。他们正忙于生产大批吊灯，其形如倒置的汤盘，按黄道带十二宫图把奇怪的图案装饰在上面，色彩的装饰是不透光的，或许这正是其用意所在。突然制造这种产品是法尔格的策划，以便振兴当时已气息奄奄的企业。工厂面临即将倒闭的危险，使他悲伤不已，想到他父亲和那个忠实的工头，真是一件伤心的事。我们都希望工厂能避免倒闭之不幸。我想到，做点广告和宣传或许正合时宜。当时《纽约时报》有人在为书店摄影，于是我问他们能不能给身在工厂的法尔格拍张照片。我有几张身在工厂的法尔格的照片，照片里有送给我们的——包括工头和女仆朱丽安娜在内——一件玻璃制品。

几件吊灯样品齐备之后，法尔格将其放进出租车，送到一家家百货公司，说服许多照明设备部门的主管向他大量订货。我认为，熟知他父亲的玻璃和他的诗歌的人，都因为法尔格的造访而高兴不已。

法尔格的人缘非常之好，但对邀请他的女主人们却是莫大的考验，因为他毫无时间观念，总是迟到。她们也都对他宽大为怀，因为他果真到场时，总是使大家喜出望外。即使是在大家等他的时候也总有关于他所作所为的谈资——有关他的逸事真是说不完道不尽。不过，有那么一件事足以使任何女主人毛骨悚然：有一次参加晚宴，他竟然晚去了两个星期！

他出外时常叫出租车，却让出租车等上几个钟头，司机还得去找他。某次，有个司机终于盼到他露面了，他却叫了另一辆出租车，他完全忘记了，已有一辆出租车在他屋前等候多时。

看起来，出租车司机成为他的知交的似乎大有人在，这说明司机们对他的一贯作风持容忍态度。有一次，法尔格从出租车上下来，向我介绍了一位这样的司机，此人是他的诗作的读者并且收藏有不少诗集的珍本，那些书上都有作者的署名。

法尔格常常向我们介绍他的一些新交。有靠瑞士奶酪而成为巨富的；有一位跟他颇有交往的西班牙大公；有布匹厂主，其姓名为布里埃尔·拉托贝①，可谓触目惊心。另外还

---

① "拉托贝"（Latombe）在法文中意为"坟墓"。

有埃及魔术师吉利·吉利，此人十分有趣，每当他要耍魔术花招时他总是说"吉利·吉利"。

雷蒙

我最有趣的法国朋友之一是雷蒙·莉诺西尔。我在前文里已经提到，当我们准备付印《尤利西斯》的"女妖锡西"那一章时，她伸出了援手。不久后乔伊斯便说"我把雷蒙也写进了《尤利西斯》"。

雷蒙是一位名医精心抚养长大的掌上明珠，本当去邻近的法学院求学。如果不是因为父亲忙得无法注意她的行踪，他或许就会发现，几乎每天下午她都在奥登街七号①，她是艾德丽安·莫妮耶文学之家的成员，也是诗人莱昂－保罗·法尔格的可靠的"好样儿的"；又或者她在莎士比亚公司当助手，促工作，有时甚至取我这女业主而代之。

像我这种想干什么就干什么的美国女职员，实在难以理解雷蒙有何必要遮遮掩掩。一个年轻女子能出入院庭，曾为一名妓女辩护，甚至对卖淫这一行为做过大量研究，唯独不想让人发觉她与法尔格或乔伊斯这样的人为伍，对此我实在想不明白。

雷蒙的知己是弗朗西斯·普朗克，两人是一起长大的，

---

① 奥登街七号，艾德丽安的书店所在地。

两人的兴趣爱好和观察事物的方式完全一致。她的时间只花在两种人身上——奥登街的诗人们和号称"六人集团"的精通音乐的朋友们。达律斯与玛德莲·米约①是他们两人的不同寻常的朋友。这夫妇俩也是我的朋友。尤其是玛德莲，她把所有的美国新书都读遍了。

雷蒙不是我的顾客，她极为有限的零用钱都用来买法文书。她最喜爱的诗人是法尔格，凡是他写的作品她都有，包括他的大量手稿。但是她密切关注我的一切活动。她对我的活动的兴趣跟她对艾德丽安书店里的活动的兴趣是不分轩轾的。她本人就是作家，当然是偷偷地写那一种。她是《毕毕的自我主张》一书的作者。从书名页看，作者是"无名氏姐妹"，即雷蒙与其姐姐艾丽斯，艾丽斯就是现在的艾丽斯·莉诺西尔·阿多因医生。但是名副其实的作者是雷蒙——她的姐姐用零花钱付了印刷费。姐妹二人相亲相爱。把《毕毕的自我主张》翻译过来也就是"自我各有其志"的意思，是献给弗朗西斯·普朗克的。书用大号纸张印成，包括书名页在内共十四页，并无任何主题。此"著作"可谓1918年文坛上的大事，我就是在那时与雷蒙相识的。埃兹拉·庞德发现此作后将它给了《小评论》，《毕毕的自我主张》发表在1920年9月12日的那一期上，有E.P②的按语，称之为杰作。他

---

① 即达律斯·米约和玛德莲·米约（夫妇）。
② 即埃兹拉·庞德。

说，此著"具有学术界人士所需的全部价值：明了之至，正规之至，从开始到中部到结束皆然"。我倒不觉得法国人，特别是雷蒙本人，认为此作取得了如此这般的成功。雷蒙声称她已推动一种新的运动，即"自我主义运动"——使我想起瓦洛希曾对我说过他要建立"奉己为神"协会。当然啰，我们有英国的《自我主义者》，雷蒙谦虚与幽默有余，她是不会把《毕毕的自我主张》当真的。我们这些了解她的人都感到，她具有作家的天赋与气质，再多一点"自我各有其志"该多好啊！跟她的写作一样，她的大公无私与热心是保密的，被她文字中似非而是的看法与诙谐所掩饰。这种类型的怪人当然存在，但毕竟少有，再加上有才华，就更加少见了。

雷蒙的、同样也是我们的精通音乐的杰出朋友便是萨蒂。萨蒂似乎很喜欢莎士比亚公司，这或许是因为他的双亲中有一方具有英国血统。他称我"消姐"①，也许是他只认识这么一个英文字。他常来书店，不论晴天雨天他都带一把雨伞，还没人见过他不带雨伞的。对有身份的人而言，这未尝不是有备无患之举，因为他必须乘电车从巴黎远郊前来且打算在镇上待一整天。

萨蒂看见我在动笔，便问我会不会写东西。我说会，我会写商业信函。他说信函是最佳之作，商业信函写得好，表意就明确。有话要说，一说了事。我告诉他我就是这么写的。

---

① 读音不准，应为"小姐"。

萨蒂和艾德丽安是知己。我第一次听说他的《苏格拉底》，就是在她的书店里。法尔格和萨蒂本是好友，后来大吵一场，仅因社交圈的一件令人遗憾的小事而引起。他们一位是作曲家，一位是诗人，在社交圈里都很有名气。在某次名流的聚会上，主持人宣布，歌曲为埃里克·萨蒂所写，却忘了说歌词是法尔格的诗；当然这并非有意为之，也不是萨蒂的过错，法尔格却气愤不已。他一如既往，心怀怨恨，煞费周章，天天写信给萨蒂，信上竭尽辱骂之能事；在巴黎寄信还嫌不够，还一路走到萨蒂的住处阿格义一卡尚镇，把另一封辱骂短信塞进他的门底下。这最后一封信无比恶毒而不宜转述，萨蒂对其的反应不过是一笑置之。萨蒂性格温良而有哲学头脑，毕竟是《苏格拉底》的作者。我想，事情也就到此为止了。

雷蒙终于开始了东方文化研究，她对此一直抱有兴趣。她在古伊梅博物馆——即巴黎的东方文化研究者的博物馆——找到了工作之后，我们已很少看到她了。

雷蒙一直跟姐姐艾丽斯一起住，直到艾丽斯嫁给阿多因医生。后来，雷蒙在圣米榭码头附近找到一间小公寓，很合她的意。房间小，天花板很低，书架上摆着她最喜欢的诗人莱昂一保罗·法尔格的珍贵诗集和手稿。

我们去过一次，仅仅一次，那是在一个温暖的夏夜。窗子开着，我们很喜欢雷蒙关于塞纳河的看法，正对面屹立着巴黎圣母院，明月高悬。不久后，雷蒙过世，我们无比地思念她。

第十六章

"我们亲爱的纪德"

我说过，安德烈·纪德是我最早的订户之一，也是多年来的朋友和支持者。有一次艾德丽安和我去地中海湾的耶荷镇度假，后来他也加入了我们。我们到达海滨的小镇两天之后，住在镇北一塔楼里的于勒·罗曼给我们推荐了海边的一家小旅馆。到达旅馆两天后，我抬头一看就看见纪德站在窗口，我对艾德丽安说："纪德也来了。"她得知后，高兴不已。纪德喜欢大海，喜欢在海里游泳，现在我们能跟我们的朋友纪德一起在旅馆前又蓝又暖的海水里游泳了。他跟我们在一起，我们甚感欣慰，这是他的友情的真实标志。他的好友伊丽莎白·凡·鲁伊瑟博格的寓所就在附近，她常来跟我们一起游泳。她是比利时画家提奥·凡·鲁伊瑟柏格的女儿，此画家是纪德的老朋友。她俊秀，是个男子气的女孩，一口地道的英文，由此可以断定她一定曾求学于英国。伊丽莎白成了纪德的女儿凯瑟琳的母亲，不过是后来的事。

伊丽莎白是个游泳高手，至于纪德和本人谁高谁低就难说了。艾德丽安根本不会游泳。她穿着救生衣背着救生带，干脆就站着浮在靠近岸边的地方。纪德划船带我去远海处，要我跳水，我从未尝试过跳水也不愿在他面前开这个头。他看着我从船尾跳下，扑通一声，浮上水面，他的评语是"真棒！"

于勒·罗曼有时从离海滨一英里的耶荷镇前来跟我们一起用午餐。遇到雨天，我们便闭门不出，纪德用旅馆的钢琴为我们弹肖邦的作品。钢琴这种乐器多少会受到海上空气的影响而影响音色，不过他弹钢琴毕竟不如他写作。

逢天气晴好，午餐之后我们都坐在旅馆前面的露台上，喝咖啡，抽烟。纪德的烟瘾很大。旅馆老板的小儿子是个捣蛋鬼，老要爬到纪德的膝盖上，纪德也爱逗他玩。有一次纪德去镇上带回一些巧克力，他知道是去年冬季的陈货，发了霉。他给那小孩一块，小孩抓住就往嘴里塞，接着又吐出来，纪德乐不可支，那小孩不停地吐，很生气。这虽也太不像话，不过那小孩也够烦人的。

其实，纪德的心肠很好，常有一些年轻的作家处于困境而上门，他总是请他们进屋分享他的膳食。不过，如果某次相处使他不快，他便立即把他们撵走。他愿为朋友做任何事，朋友如果要牵制他，他又另当别论了。有时他又很无情，比如，拉赫博告诉我，有一天他和拉赫博约好去意大利，他却没有上火车，这件事使拉赫博十分不快。

人人皆知，纪德有一阵子对电影饶有兴趣。他把许多书卖掉作为路费，偕同马克·阿勒格莱①前往刚果，为这位如今十分出名的导演的第一部作品收集资料。此电影的剧本是纪德写的，由阿勒格莱摄制，很不专业，摄制于艰苦的环境中，在老鸽舍剧院放映时获得我们的好评。纪德写的有关刚果的著作未获官方的肯定，但他对官方和公众毫不在意，在俄国也好，在殖民地也好，在国内也好，他都是想说什么就说什么。

我的好友马克·阿勒格莱常来书店，有一次给我带来一只小乌龟，据他说，这只小乌龟是纪德送给他的礼物，名字好像是阿格拉亚。我在某处看到，卡尔·凡·维奇坦有只乌龟也叫阿格拉亚，此名一定是乌龟的标准名字吧。

说到这只作为礼物的乌龟，我倒想起纪德曾对我讲过的他和朋友在童年时的一件趣事——他们对女门房搞的一次恶作剧。我在回忆录里谈及此事，当然是经他们同意了的。

好像是他的女门房在小屋里养了一只不大不小的乌龟，男孩子们有一只更大的乌龟。趁女门房转过身，他们把她的乌龟拿走，把另一只乌龟放在那里。她也没有注意这变化，他们继续找乌龟而且找到的乌龟一个比一个大。他们听见女门房惊呼，觉得她的宝贝乌龟长得实在太快，养龟成灾，占用的空间可大啦。后来乌龟不再长了，因为男孩们找遍了巴黎也没找到更大的乌龟。他们断定，已到了让乌龟缩小的

---

① 马克·阿勒格莱（1900—1973），法国著名导演。

时候——使女门房惊慌失措的是，确实变小了，非常明显，到最后，她的乌龟成了一颗小小的纽扣。

不久后，女门房不知去向，男孩们焦急地打听，得知她已离开，休假去了。

我的朋友保罗·瓦洛希

我遇见保罗·瓦洛希是在艾德丽安·莫妮耶的图书馆，因而有幸与他相识。我办起莎士比亚公司后，他十分高兴地走进店来，坐在我身边攀谈，他总爱开玩笑。

我作为着迷于《年轻的命运女神》①的年轻的学生，怎么也无法相信瓦洛希本人竟然会有那么一天在我的书上签名。他每有新书问世，总是前来送我一本。

我喜欢瓦洛希，认识他的人也都喜欢他。

每当瓦洛希驾临我店，是极大的光荣，也是一大乐事。他用瓦洛希式的英文借"保护人"②一说开我的玩笑。有一次，他拿起一本他的著作，翻到《凤凰与乌鸦》那一章，问我："你知道这一章写的是什么，西尔薇亚？""不知道。"他说他前不久在老鸽舍剧院听了一次日场诗会，会上朗读了缪

---

① 《年轻的命运女神》，瓦洛希的作品。
② 作者把莎士比亚当作自己的"保护人"。

塞①的诗作《世上最美的歌曲是充满绝望的歌曲》；他说，与此诗相比，《凤凰与乌鸦》真是小巫见大巫；在他看来，此诗实在晦涩难解——"他们竟然指责我写的东西晦涩难解！"

他对我说了他年轻时在伦敦遇到的一件往事。伦敦天天下雨，他孤身一人待在阴暗的公寓里实在痛苦不堪，这言外之意则是穷困潦倒。某日，他下了决心，要一死了之，开柜门取手枪时，却把掉在地上的一本书捡了起来，坐下就读。此书的作者是肖勒，书名他已忘记。此书轻松而幽默，他看了一遍，高兴不已，看完之后，自杀的念头早已烟消云散。瓦洛希记不起书名，何等可悲啊！我甚至在任何书目中也查不到肖勒这名字。

瓦洛希的魅力可谓独特，他的厚道也可谓独特。他常常出入的上流社会对他奉承不已，并且称他为"亲爱的大师"。他对此全然不屑一顾，不为所动，一律以和蔼友好待人。他总是乐呵呵的，哪怕是在他告诉你，他差一点要自杀时也是如此。

他十分健谈，在各个沙龙里都是受欢迎的人物。他坦然享受沙龙之乐，然而绝非附庸风雅之徒。我跟他开玩笑，说他是附庸风雅之徒时，他便对我说，他发现在工作之余，那放茶杯的叮铃声和谈天说地都大有裨益。他每天清早六点钟起床，自己煮咖啡，开始工作。他喜欢清晨，这时屋里是一

---

① 阿尔弗莱·德·缪塞（1810—1859），法国诗人。

片寂静。

有一次我逗他说："你现在一身盛装，当然是去过沙龙了。"他哈哈大笑，用手指捅过他帽顶上的大窟窿①。他会提到某位公主，"你认识她吗，西尔薇亚？……可她是美国人！"我认识的公主屈指可数，于是我会问："我在沙龙里能有何作为呢？"我们一面大笑一面畅谈我逗趣的作风。

20年代中期，我们的朋友瓦洛希被选为法兰西学院院士，在进入此学院的几个朋友中，他是第一人。在当时，都认为此差事枯燥乏味，他的同行都表示反对；不过，轮到他们时，也照样纷纷进了法兰西学院。

瓦洛希每逢星期四去法兰西学院参加会议——他开玩笑地告诉我，就为了领佣金一百法郎，也因为离奥登街很近。他常在那一天来看望我们。

我妹妹西普莉安十分荣幸，瓦洛希送给她一幅他本人独创的画作，她却未能保存，十分不幸。有一天，他到本店来，西普莉安也在店里。她身着短裙和齐膝盖的长袜。瓦洛希拿起铅笔，在她的膝盖上画了个女人的头像，签上"P. V."②。

布莱厄曾请瓦洛希为《今日生活与文学》的法国特辑写稿。他打算把他的随笔"文学"交给她，问我意下如何，我认为十分恰当，于是他提出令人惊惧的建议：由我们共同翻

---

① 暗示他戴的是旧帽子。
② 保罗·瓦洛希的英文缩写。

译。十分荣幸，只不过对此建议我还是谢绝，让他另请高明为好。

瓦洛希仍坚持要"我们"干。他说，如果我被卡住译不下去，我只需前往维勒朱斯街（现在的保罗·瓦洛希街）查阅。不幸的是，我每次按照他所说的前往维勒朱斯街同他商量，我都无法指望他这位合作者。我问他："此处是什么意思呢？"他假装仔仔细细地把那一段看一遍，然后说"我能有什么意思呢？"或"我根本就没写过这一段"。在原文面前，他依然拒不说出他对此段的理解。最后，他建议干脆跳过这一段。这个人是"我们"这艰巨任务中的认真的合作者吗？与瓦洛希相处的这段时间，我至少是过得很愉快的。译本的署名将是"西尔薇亚·比奇与作者"，他说"作者"将承担一切责任。我知道，既然我推脱不了责任，我当然是瓦洛希这最引人入胜的作品的凶手，是胁从"作者"的帮凶。

我一向喜欢瓦洛希夫人及其身为艺术家的姐姐宝拉·戈毕拉德。他们是贝尔特·莫里索①的外甥女，在幼童和少女时期就是她作画的模特儿，是在印象派画家群里长大的。维勒朱斯街那栋公寓的墙上挂着最珍贵的画家的画作，有德加的，有马奈的，有莫奈的，有雷诺阿的，当然还有贝尔特·莫里索的。

瓦洛希的小儿子弗朗索瓦是我的好友，金发——他是黑

---

① 贝尔特·莫里索（1841—1895），法国女画家。

发家族中的唯一例外——尽管瓦洛希的女儿阿格丝的眼睛跟他一样，湛蓝，十分漂亮。（瓦洛希的母亲是意大利人）他十分喜爱儿子弗朗索瓦的浅色头发，称他为"北欧汉子"。

"北欧汉子"常来我的书店阅读英国诗人的作品，告诉我最新的音乐消息。他在纳蒂亚·布朗热①学校学作曲，据他告诉我，他几乎就住在学校里。他把零用钱都花在音乐上，但来源毕竟有限，他曾经把父亲的留声机唱片卖掉以兹补贴。顺便说一句，他收集的唱片可不少。说来也怪，他爽爽快快地承认他是瓦格纳室内乐的崇拜者，这可跟乔伊斯不一样。

我看着年轻的弗朗索瓦长大。他在巴黎大学终于完成毕业论文，我得知他的论题是《戒指与证言》②，感到兴味盎然，此论题是他父亲建议的。

在德国占领期间，瓦洛希在法兰西学院讲授诗歌，小小的讲堂里挤满了瓦洛希的崇拜者。要想听懂，绝非易事，他的言词不很清楚，你时有会感觉他不知所云。我也感觉到，他使听众迷惑不解自有其乐趣，然而也略带几分淘气。在当年，值得一叙的大事可谓多矣，他的那些讲课便在其中。

战争期间，有一天瓦洛希太太请我进午餐。我们——弗朗西斯·茹尔丹、宝拉·戈毕拉德小姐、弗朗索瓦——还没

_____

① 纳蒂亚·布朗热（1887—1979），法国女作曲家、教育家。
② 英国诗人罗伯特·布朗宁（1812—1889）的叙事诗。

有就座，响起了空袭警报。瓦洛希跳起来，向窗户跑去，朝外张望，看见飞机向巴黎飞来，扔下炸弹。他们全家对此似乎已习以为常。"老爸可喜欢这一次又一次的空袭啦。"[①] 弗朗索瓦说。

---

① 盟军飞机对德占区的空袭。

第十七章

乔伊斯的《流亡》

乔伊斯的唯一剧作——至少他认为是唯一的剧作——是他给我出的最重要的难题之一。

他一到巴黎，巴黎最受尊重的戏剧导演之一的吕涅波①就找到他，手里拿着合同，要他授权，同意在杰作剧院演出《流亡》，由吕涅波任导演。

乔伊斯并不反对，正相反，他十分高兴。据我们所知，此剧院每年举办易卜生节，而易卜生正是乔伊斯十八岁时的偶像。他期待吕涅波的多才多艺的妻子苏姗娜·德佩扮演贝莎这一角色②，她曾因扮演诺拉③而闻名。

签了合同，时间一天天过去，而吕涅波处却毫无音信，尽管他非常想推出此剧。其间，乔伊斯从一位叫贝内特的先

---

① 吕涅波（1869—1940），法国导演。
② 《流亡》里的人物。
③ 易卜生的名著《玩偶之家》的女主角。

生处得到消息，说他与爱伦娜·杜巴丝奎尔已共同完成《流亡》的法译本，希望显赫的香榭丽舍剧院导演贝赫托能在如此壮观的场地上演此剧。贝赫托有接受《流亡》之意，但他首先要明确与吕涅波的关系。

乔伊斯要我找吕涅波，探明他是否打算合作。吕涅波跟我约定，在某日上午十一点钟在他的剧院碰面。我为了找他，奔走于侧厅和四面透风的走廊，颇费了一些时间，最后总算追赶上他了。我们坐下来，直喘气，谈《流亡》之事。

吕涅波歉意地说他无法推出《流亡》。他本想全心全意地在杰作剧院上演此剧，甚至已请他的秘书，亦即剧作家纳塔松翻译此剧。他稍停，我等着。"你看，"他说，"我得谋生。这就是我的问题所在。我必须考虑如今看戏的人的需求，当今他们只想看让他们大笑的玩意儿。"言外之意，我能明白。乔伊斯的戏剧一点也不好笑，说到此，易卜生的戏剧也不好笑啊。这就是威廉·莎士比亚的高明之处了，他在剧本中大写丑角大写插科打诨。

我显然不能迫使吕涅波为《流亡》冒风险。我曾听说过他的财务问题，现在每况愈下。另一方面，也不能指望乔伊斯把《流亡》改成热热闹闹的喜剧。我把我同吕涅波的协商告诉乔伊斯时，他只有感言一句："我把它写得好笑就对了。理查德①再加条假腿就对了！"

---

① 理查德，《流亡》里的人物。

吕涅波上演的不是《流亡》而是比利时作家费尔南德·克罗默克的 *Le Cou Magnifigue*（《戴绿帽子的人顶呱呱》）。我觉得剧中的男主角可以说是理查德的远亲，只不过笑料百出而已。剧院里的观众为此剧开怀大笑，此剧上演长达数月。

　　贝赫托上演《流亡》的计划现在已无障碍。他在他的剧院安排的种种演出——音乐、芭蕾、戏剧——都是大家不愿错过的大场面，但门票很贵，除非你跟我一样是应邀去看戏。座位上有贝赫托的告示小牌牌，牌子上有近期上演的剧目预告；我把其中的一个牌指给作者①看，上面有《流亡》。但是，贝赫托因某种原因并没有上演此剧。

　　路易·茹韦经营位于这家大剧院侧厅的小小的香榭丽舍喜剧院，此剧院对乔伊斯的戏很感兴趣，可是乔伊斯不知此情，所以茹韦未能上演《流亡》并不使他失望。路易·茹韦并不想扮演理查德这一角色。他要演的大角色在于勒·罗曼的《诺克》里，在莫里哀的《唐璜》和《塔尔丢夫》里，这些角色才更适合他。

　　不管怎么说，茹韦获得了演出权，数年之后有人准备在法兰西喜剧院上演《流亡》之时，他为乔伊斯的利益着想而放弃了权利。茹韦就是这样的人，非常好的人。

　　乔伊斯给我看了一封热情洋溢的信，是那位小小的老鸽舍剧院的经理科波写来的。格特鲁德·斯泰因称此剧院为

------

　　①　指乔伊斯。

"老鸽子"。科波要演出此剧，似乎十分心切，我应乔伊斯之求，匆匆前往老鸽舍剧院，希望在对《流亡》变卦之前赶到剧院。科波十分热诚，对乔伊斯及其剧作极为钦佩，向我保证，下一出戏就是此戏，他认为他演理查德这一角色已成定局。

我们希望科波演出此戏，看来似乎是顺理成章的了。他周围聚集了一些法国最好的作家，他的观众的眼光都很高而且不畏艰深。我认为科波就应当成为理查德，向观众传达乔伊斯式的精妙与艰深。是的，我认为我们现在就可以对他寄予厚望。

科波的朋友们都了解他的宗教倾向，但我觉得其中的某些朋友，尤其是手头有剧本而且指望他上演此剧本的朋友，在了解到科波竟突然从剧院退休回到乡下过默祷的生活去了，难免不感到惊讶。此事发生在我和他协商后不久，他当时对《流亡》满怀激情，这确实使我震惊不已。

紧接着要用我们的剧本的是一位热情乐观的金发女郎。她来时，汗流浃背。她缓过气来后便告诉我，她已轻而易举地译完了詹姆斯·乔伊斯的《流亡》，她知道已有几家剧院即将上演此戏，她愿随时向我提供信息，然后一跑了之。

这位爽快的人士干的是航空业，她是这样告诉我的，飞行是她的本行，在业余时间则从事戏剧创作。我喜欢她那"飞行般"的来访和经常寄来的字体很大的函件。她在机场、书店、各剧院间飞来飞去，总是喜讯频传。不过，当呼啸之声渐息，我们的这位飞行朋友不再来访，乔伊斯和我都不会感到意外。

二战开始之前，一位引人注目的年轻女子常来书店。她是乔伊斯的同胞，她的丈夫是法兰西喜剧院的演员——他们称之为"成员"。乔伊斯的作品使他特别感兴趣，有一天她对我说她极想把《流亡》搬上法西兰喜剧院的戏台。她本人已将此剧译出（又有了一个译本！），她的一位朋友已帮她改编了剧本，以便在法国戏台上演。她深信此剧能被采用，她的丈夫马赛勒·德松已在揣摩理查德这一角色了。

看来此事颇有希望。热心的德松太太来来去去，忙得不可开交。她让她的丈夫来告诉我，他是何等地仰慕《流亡》并且盼望由他扮演理查德。我应邀前去看他扮演的各种角色，果然是一位令人钦佩的艺术家。

最后，有些问题有待他们和作者一起处理，所以我安排了乔伊斯在书店与他们会面。

问题迎刃而解。问题之一是乔伊斯是否反对为法国戏台做必要的改编。他请德松太太放心，他不会干预上演他的剧本之事——这不是他的本分。另一个是接吻问题。她问他是否愿意让她对此加以修改，因为这是为法兰西喜剧院考虑。观众里有许多小孩，戏中有接吻是不行的。实际上，有人告诉她，巴黎的观众对接吻是不能容忍的。

乔伊斯觉得法国人对戏中接吻的反应十分有趣，他说，对戏中的接吻乃至他剧本里的任何内容，她都有权自行处理。

眼看《流亡》大有希望在巴黎第一流的剧院上演，想想就高兴不已。乔伊斯高兴，但不像我那样抱有希望。他预言，可能要出事且成为剧本上演的障碍。

　　乔伊斯预言的"事"就是战争，其结果是《流亡》于1954年才在巴黎上演，时隔十五年之久。这一次用的是珍妮·布拉德利太太的十分出色的译本。她告诉我此译本是她的初试，在哈蒙剧院上演，圆满成功。然而乔伊斯活着时未能看到它上演①，我深感遗憾。

　　《流亡》于1952年在纽约的四邻剧场首次演出，出版该剧的美国出版家本·W. 胡布希先生出席。他把他写给上演此剧的海伦·阿瑟的信函的复印件寄给了我。我认为胡布希先生透彻地总结了把《流亡》和观众聚合起来的种种困难。承蒙他的好意，允许引用他的来函内容。对在四邻剧场的演出和演员们大加赞赏之后，他写道：

　　　　在我看来，演这类戏剧的真正困难，在于向观众传达剧中人未说出口的思想与情感，在于使现实生活里的谈话成为这些掩盖着的谈话的索引，却不使台词的微妙变得暗淡沉闷。困难之所以复杂，在于在塑造人物时必须考虑要让观众听他们说什么，以及因此让观众产生了何种想法；更为错综复杂的是，观众应当对剧中人物彼

---

　　① 乔伊斯逝世于1941年。

此之间的看法有所了解，完全不能只凭借他们彼此之间说什么。

为了一个晚上的娱乐而上演灵魂冲突的危机，这任务可谓艰辛，上演《流亡》则艰辛百倍，不是演演而已，对演员是有要求的。我应该说，真正的演员会喜爱乔伊斯笔下的角色，因为这些角色是严峻的考验。你不能无精打采地扮演角色——你必须拼尽全力演，否则失败。

1955 年，我听到巴黎电台播送法文的《流亡》，非常出色。蕾内·拉露向听众介绍此剧，由皮耶尔·布朗夏赫扮演理查德这一角色，演得极好，令人钦佩。

"安·莉·普"

安娜·莉维亚·普拉蓓或按我们所用的简称"安·莉·普"是乔伊斯的《创作中的作品》《芬尼根守灵记》里的女主角，她给我们带来了某种麻烦。温德姆·刘易斯有一次来巴黎向乔伊斯提到，他想马上办新的评论刊物以接替《新手》，问乔伊斯能不能尽快地将其新作交给他。乔伊斯一口答应。他认为正逢其时，刘易斯的刊物正是用武之地，可让其女主角粉墨登场。女主角正准备离开作坊，创造女主角的作者刷去她裙子上的刮屑，我把她捆好寄给温德姆·刘易斯。① 与此同时，乔伊斯前往比利时。

我们未见到收到此稿的收条，刘易斯也音信全无。乔伊斯在布鲁塞尔一等再等，十分急切，又受到眼疾的困扰，已无法再忍受这种牵挂，于是用他那支最粗最黑的铅笔写信给刘易斯。他把此信寄给我，托我抄写一份作为我的去信寄给他。我照办。

我的"去信"并无回信，倒是及时地收到温德姆·刘易斯编辑的新评论刊物《敌人》创刊号，全部篇幅是温德姆·刘易斯对乔伊斯这一新作的猛烈攻击。

这一打击确实使乔伊斯痛心，也为失去向伦敦读者介绍伊尔威克家族成员的良机而大失所望。

接踵而来要刊用"安·莉·普"的编辑是个年轻的英国人，名叫埃杰尔·里克沃德。他正在筹办他的新评论刊物《日历》创刊号。他来信表示了"为乔伊斯这位当今一代最有影响的风云人物提供专栏的厚意"。

我答应把"安·莉·普"给他，但有言在先，必须等到艾略特先生在《标准》上刊出此作之后才轮到他刊登。他说他将通知订户继续预订，听说《日历》将在其创刊号上刊登乔伊斯的这一新作的片段，订户已蜂拥而来。

《标准》出刊，我立即把"安·莉·普"打包寄给《日

---

① 这里的三句是形象的写法，表明作者做过某种加工等意。

历》。我收到这位编辑的高高兴兴的来信，接着又收到沮丧、泄气的来信。印刷工人拒绝给以"两个穿马裤的男孩"开始和以"红着脸斜眼瞄她"结束的这两段排版。《日历》的编辑十分谦恭地请乔伊斯先生同意，把这一部分删除。

我很不情愿地回信说，乔伊斯先生为刊出此作遇到诸多不便而深感遗憾，但不能对正文做任何改动，没有任何商量的余地——务必请里克沃德先生寄还原稿。

直到现在，艾德丽安·莫妮耶在《银船》上都只登法文作品，却一如既往，邀请用英文写的"安·莉·普"刊登在《银船》上。乔伊斯的这新作得以首先在法文刊物上发表，其由来就是如此。

艾德丽安发现"安·莉·普"颇为有趣，把它发表在《新法兰西评论》上时，便促成了将其译成法文译本的工作。大家动手，齐力相助，包括乔伊斯本人在内。艾德丽安在她的图书馆里朗读译本——她朗读乔伊斯的作品，这已经是第二次了。

乔伊斯急欲把他的女主角介绍给美国读者。我胸怀大志，把她寄给《日晷》，但愿能获得该刊物的编辑玛丽安·穆尔的青睐。

得知《日晷》答应采用，我高兴不已，结果却是一场误会。稿子寄到时，穆尔小姐不在，要她刊出此作，她有些为难。《日晷》并未完全作罢，通知我说，要大大删节内容才合乎刊物的要求。乔伊斯或许曾考虑过对此作品加以扩充，但从未考虑过加以削减。再者，我也不能责怪《日晷》处理此事的小心谨慎，要知道，此作里的河流繁多，可能会在西节十三号街一五二号泛滥成灾的。①

"安·莉·普"未能在《日晷》上刊出，我为此深感惋惜。乔伊斯仍在比利时，他倒无动于衷。"你当初为何不跟我打赌？"他写道，"我本该赢的。"他又写到他因病失去战略上的重要阵地，引以为憾。乔伊斯一向把他的《芬尼根守灵记》看作一次酣战。

两张唱片

1924年，我去巴黎的"名家之声"②，问他们是否愿意为詹姆斯·乔伊斯朗读的《尤利西斯》灌唱片。他们叫我去找负责音乐唱片的皮耶罗·科波拉，只要我付费，他们同意录制乔伊斯的朗读，但唱片上不贴他们的商标也不列入他们的目录。

早在1913年在英国和法国便已为作家灌过唱片。纪尧姆·波利奈尔③灌的某些录音至今还保存在人声博物馆的档

---

① 作品中的"安·莉·普"最后化为了一条河。此处地址是《日晷》地址。

② 著名的唱片公司，其商标是一只狗在留声机旁灌听唱片。

③ 纪尧姆·波利奈尔（1880—1918），法国诗人。

案馆里。据科波拉说，在 1924 年，只有音乐唱片才有销路。我接受"名家之声"的条件：唱片交货即付款。事情的始末大致如此。

乔伊斯本人切望灌制唱片。那天，我带他乘出租车前往远离小镇的位于朗库赫的工厂时，他忍着眼疾之苦，十分紧张。幸好，他和科波拉一见如故，兴致勃勃，都用意大利文谈起了音乐。但录音对乔伊斯未尝不是一种折磨，第一次试录失败，我们从头再来。我觉得《尤利西斯》唱片是精彩的演示。我每次听，都深受感动。

乔伊斯选的是《风神埃厄罗斯》这一段情节里的演说，他说只有此段能从《尤利西斯》中抽出来，只有此段。此段"慷慨激昂"，因此适于朗读。他告诉我，他早已决定这是他独一无二的朗读《尤利西斯》的选段。

我的看法是，他从《风神埃厄罗斯》中选出这一段不仅是因为这一段慷慨激昂。我深信，这一段表达了他要一吐为快的真言，所以乔伊斯用他的声音将其保存下来。唱片发出的声音——"他大胆地放开嗓子"① ——人们感到这不是演讲而胜似演讲。

据我的朋友 C.K. 奥格登②说，《尤利西斯》的录音"十

---

① 引自《尤利西斯》。
② C.K. 奥格登（1889—1957），英国理学家、教育家，《基础英语》首创人。

分糟糕"。奥格登先生和 I. A. 理查德①合写的《意义的意义》在本店的销路很好。我也有奥格登先生的基础英语方面的著作，有时还见到他。他给英国语言创制了那件紧巴巴的外衣②。他当时在剑桥的矫正逻辑学会的录音室录制萧伯纳及其他几位作家的唱片；他也热衷于跟作家们一起实验，在我看来，主要是着眼于语言。（萧伯纳支持奥格登的看法，英语里的词汇比人们会使用的词汇多得多，他不明白乔伊斯所求为何）奥格登先生夸耀他有世上最大的两台录音机，放在剑桥的录音室里，要我送乔伊斯去进行一次名副其实的录音，乔伊斯便前往剑桥录制《安娜·莉维亚·普拉蓓》。

我把这两位凑在了一起——一位要解放并扩充英语的内容，一位要把英国语言压缩到五百个词汇。他们的实验可谓南辕北辙，却并不妨碍他们发现各自的想法都十分有趣。压缩到五六百个单词，那么乔伊斯早就饿肚子了。不过，由奥格登刊登在评论刊物《爱神》上的基础英语版的《安娜·莉维亚·普拉蓓》仍然使他高兴不已。我认为，奥格登的译本使这一作品失去了美感，但我也知道，唯独奥格登先生和理查德先生对英国语言的兴趣跟乔伊斯对英国语言的兴趣是不谋而合的。黑日出版社出版小小的《舍姆与肖恩的两则故事》时，我便建议，请 C. K. 奥格登为之写序。

---

① I. A. 理查德（1893—1979），英国文学评论家。
② 意思是，他的语言著作严谨有余而趣味不足。

《安娜·莉维亚·普拉蓓》的录音是多么的美妙啊，乔伊斯把这个爱尔兰洗衣妇的爱尔兰土腔土调表现得多么生动有趣啊！有此珍藏，应归功于 C.K. 奥格登和基础英语。以记性好而闻名的乔伊斯肯定是把莉维亚牢牢记在心里的，然而，他说到一处时却支吾迟疑了，这跟他在录《尤利西斯》时是如出一辙，又得重新开始。

　　奥格登把第一个和第二个版本都给了我。乔伊斯给我好几张大纸，上面印有大号字体的"安娜·莉维亚"字样，以便作者——他的视力日渐模糊——看时无须费力。我不知道奥格登先生是从何处弄到这些大号字样的，直到我的朋友莫里斯·塞勒特细看之后告诉我，书上相应的页面是经过拍照和放大多倍而制成，我才明白。"安娜·莉维亚"录在唱片的两面，其中一面是《尤利西斯》的片段。乔伊斯只同意录《尤利西斯》的片段。

　　我不胜惋惜的是，与录音相关的事我全然不懂，所以没有想办法把母片保存下来。别人告诉我，录音作品有特定的保存方式；但是宝贵的选自《尤利西斯》的录音"母片"因某种缘故而被毁坏。在当年，是用极为老式的方法完成录音的，至少在巴黎的"名家之声"分公司是如此。奥格登说得对，从技术上说，《尤利西斯》唱片并不成功。尽管如此，由乔伊斯本人朗读《尤利西斯》片段并录制而成的唱片，仅此一张。

　　《尤利西斯》唱片远非商品，我把三十张唱片复制品的大部分移交给乔伊斯，由他分给家属和朋友，一张也没有出售过。数年之后，我手头很紧，才把我留下的一张或两张唱片高价出售。

巴黎"名家之声"继任者的专家、伦敦的英国国家广播公司的专家，都使我万分扫兴，我放弃了"用模子重新压制"——我想大概是这个术语吧——的打算。我同意英国国家广播公司把我的唱片——我拥有的最后一张唱片——录下音来，以便在 W. R. 罗杰斯主持的乔伊斯节目里播出。艾德丽安和我都参加了此节目。

凡是想听《尤利西斯》唱片者，可去巴黎的人声博物馆一听为快，乔伊斯的朗读录音和一些法国大作家的朗读录音都保存在该处，这应归功于我的加州朋友菲利普亚斯·拉兰的建议。

第十八章

《一首诗一便士》

我在 1927 年出版了《一首诗一便士》。

乔伊斯时常写诗，我认为他也时常将其"弃之"；有的诗则被搁置一边被保留了下来。1927 年，他给我带来十三首这一类的诗，问我是否愿意出版。跟利菲河桥上卖苹果的老妇的货色一样，十三首诗只卖一先令，他称之为《一首诗一便士》。在他看来，这些诗也就值这么多。当然，"诗歌"一说是对法文"苹果"一说玩的文字游戏①。他要求，封面必须是不折不扣的恰似卡勒城的苹果的那种绿色，绿得特别鲜艳——这说明，尽管他视力模糊，却能分辨颜色的色调。

我去找英国印刷商赫伯特·克拉克，他在巴黎，他手头有十分漂亮的铅字。我向他阐明，作者要的是一种一看便知是便宜货的小册子，售价一先令。他勉勉强强地印了一本十

---

① 英文 poem（诗歌）与法文（Pomme）（苹果）二字，大体上同音同形。

分寒碜的绿色小册子，说它很像"药剂师手册"。我发现乔伊斯自己也有些后悔莫及，尽管他一如既往，坚守原来的设想。我倒不禁想成为这本小小的奇书的出版人，我也喜欢《一首诗一便士》，愿它能顺顺当当地问世。

克拉克说，用纸面平装不如用布面精装，这样一来，他倒能把事情办得更好，不过我的花费也更大，我总不能以一先令的价出售吧——按 1927 年的汇率算，那是六个半法郎。我订购了纸面平装，售价为一先令，与书名保持一致。这书俨然是一本小巧而漂亮的书。为乔伊斯及其朋友们印了十三本大开本，书上都有签名。签名不是全称，只是姓名的缩写。

乔伊斯希望他的诗和他的其他著作的售价都很低，那么他心目中的真诚的读者才买得起。但是他的著作往往以特有的方式出版而未顾及出版商的成本。如果他更关注我们的问题，我们就好办多了。不过他对此事全然不感兴趣。所以，要么你在遥不可及的地方经营你的出版业，让你的作者鞭长莫及；要么就近在咫尺地出版——这倒是更有乐趣——开销也更大了。

乔伊斯把这十三本纸面平装的大书赠送给了以下各位：第一位 S. B. ①；第二位哈瑞特·威弗；第三位阿瑟·西蒙；第四位拉赫博；第五位乔吉奥；第六位露西亚；第七位艾德丽安·莫妮耶；第八位克芬德·赛克斯；第九位麦克里希；

----

① 西尔薇亚·比奇的英文缩写。

第十位尤金·若拉；第十一位艾略特·保罗；第十二位麦隆·纳廷太太；第十三位詹·乔本人。

处理乔伊斯所谓的"P. P."① 可谓愉快，这跟处理《尤利西斯》是大不相同的。此书受到伦敦的诗歌出版社的热烈欢迎，该社对它进行了"处理"。不过我认为，总的看来，乔伊斯笔下这一不摆架子的成果颇使读者为难。它不是"伟大的诗集"——谁说它是啊？乔伊斯知道自己作为诗人，尚有局限性。他问我是否认为他作为散文作家更能表达自己的看法。对他而言，伟大的诗乃是叶芝的诗，他常给我朗诵叶芝的诗，也常叫我转变对叶芝的诗的看法——但这是浪费时间，因为我更感兴趣的是瓦洛希、佩斯、米修，当然还有玛丽安·穆尔和 T. S. 艾略特的诗。

乔伊斯的这些小诗吸引我之处，在于他所有作品中都有的某种神秘感，亦即乔伊斯本人的那种怪异的风采。这些诗，尤其是《方塔纳海滩上》和《祈祷》使我深受感动。

十三位作曲家为《一首诗一便士》谱曲，由牛津大学出版社出版，作为礼物赠送给詹姆斯·乔伊斯，这真是他莫大的幸福。这一成果里有奥古斯特·约翰② 为作者画的画像，赫伯特·休斯的编者按语，詹姆斯·斯蒂芬斯③的序言，阿

---

① 《一首诗一便士》英文原名的缩写。
② 奥古斯特·约翰（1878—1961），英国艺术家。
③ 詹姆斯·斯蒂芬斯（1882—1950），爱尔兰作家。

瑟·西蒙斯①的跋，发表的日期是 1932 年的"爱尔兰守护神节前夕"。说来也巧，是由西尔凡②出版社出版的。这本"乔伊斯之作"使乔伊斯如此欣喜若狂，我倒是少见。我想，喜欢赞美的作家绝非乔伊斯一人；不过，获得作曲家的赞扬恐怕就非他莫属了。他跟他的作家同行们一样，对评论十分憎恶，恰如童谣所唱："像一把小刀戳进我的心里"。埃兹拉收到《一首诗一便士》这本小册子后傲慢不恭地说"这种诗还是保存在家用的大型《圣经》里为好"，使乔伊斯受到极大的伤害。

《一首诗一便士》出版后不久，阿瑟·西蒙斯顺便来访。我给乔伊斯打电话，他得知西蒙斯在书店里便说他马上就来。乔伊斯永远记得《室内乐》第一次问世时，西蒙斯便撰文赞扬此作。

阿瑟·西蒙斯身体衰弱后在欧洲大陆度假，陪伴他的是一位慈眉善目、留着胡子的人，此人正是哈弗洛克·埃利斯医生。他们二人可谓搭配奇特的旅行伴侣：西蒙可以说是脸色苍白、身体虚弱的诗人，那肤色看起来像是打过粉的；哈弗洛克·埃利斯的脑袋是使徒的脑袋，从这脑袋里想出来的却是一本接一本论述性的著作，把为种种疑难而大伤脑筋的

---

① 阿瑟·西蒙斯（1865—1945），英国诗人、文学评论家。
② 与"西尔薇亚"谐音，西尔凡另有"森林之妖"之意。

整整一代人开导了一番。我和埃利斯的友谊是基于生意——我是《性心理学》在巴黎的代理商。

一天，埃利斯医生和阿瑟·西蒙斯带我去一家饭店用餐。我坐在这两位高人之间，那感受是有多奇妙就有多奇妙。那家饭店的菜肴颇具特色。西蒙斯是美食家，他跟侍者和供酒侍者合计一番后点了"菜肴"和合口味的酒，侍者颇表恭敬。埃利斯医生说他喜欢吃蔬菜，不要酒只要水。侍者备齐这些东西可费了一番功夫呢。我的菜肴则介乎这两个极之间。

西蒙斯讲话，埃利斯和我都插不上嘴，也不想插嘴。就餐时还要说话，我实在顾不上。如果食物可口，那么别的任何打算都休想打岔。如果是交谈，谈生意也好谈艺术也罢，只能专心聆听，与此同时又怎能享用美食呢？我常常发现，法国人在用餐时是不谈任何事的，谈谈食物或许另当别论，要在上第二道菜之后才开始想别的事。

西蒙斯感兴趣的话题——仅次于他感兴趣的乔伊斯这一话题的——是他在旅途上丢失的两双鞋；他告诉我，他旅行到法国南部，鞋从车后面掉出去了。

除乔伊斯外，我们的共同话题是布莱克①，不同之处在于西蒙斯是研究布莱克的权威而我不过是布莱克的粉丝。他在书店里把我从艾尔金·马修斯手上买来的两幅画端详一番，

———————

① 威廉·布莱克（1757—1827），英国诗人、版画家。

断言这幅画可靠，可能有助于对布莱厄①的《坟墓》的研究。他说这两幅是极好的作品，祝贺我有此收藏，真有造化。另一位研究布莱克的权威、爱尔兰作家，后来悲惨而终的多瑞尔·费吉斯也看过这两幅，他说毫无疑问，可靠。

《我们心目中的》②

我的第三部亦即最后一部乔伊斯著作是在1929年出版的，书名长而又长：《我们心目中〈创作中的作品〉：作者如何使其从无到有而变成现实》。随后的几个版本对此书名都有所剪辑。

此书名当然是乔伊斯取的，结尾处或许有些"乱套"。书里收有十二位作家对乔伊斯的新作《创作中的作品》所写的十二篇论文。他们是塞缪尔·贝克特③、马塞勒·布什昂、弗兰克·布根、斯图瓦·吉尔伯特、尤金·约拉、维克多·罗拉、罗伯特·麦克阿尔曼、托马斯·麦克格利维、艾略特·保罗、约翰·洛德克、罗伯特·塞吉、威廉·卡洛斯·威廉。这些作家从一开始便关注《创作中的作品》，对它各有见地，对乔伊斯的实验都感兴趣，对它抱友善态度。

---

① 罗伯特·布莱厄（1699—1746），苏格兰诗人。
② 此书名既冗长又奇特，其中有好几个乔伊斯"创造"的词。
③ 塞缪尔·贝克特（1906—1989），爱尔兰作家，获1969年诺贝尔文学奖。

乔伊斯觉得也应该收进一篇持相反观点的文章，在我们直接认识的人当中，可谓难寻，据我所知，这些人都是大力为之叫好的。我听说有一位顾客，是记者，她强烈反对乔伊斯式的新式创作技巧；我问她是否愿意写一篇文章发表，并冒失地表示，她想怎么写就怎么写。这位女士写的文章的标题是《一普通读者所写》，对乔伊斯大肆叱责；这位"G. V. L. 斯琳斯比"——她签署的是此名，出自李尔①的《杂乱无章》——使我十分恼火。我必须说，即使是非难，此文也写得很不靠谱。

大约在此同时，邮差送来一个十分有趣的大信封，寄信人的姓名是"符拉基米尔·迪克森"，请布伦塔诺书店转交，隐含着乔伊斯模仿他人予以取笑之意，可谓聪明。这使乔伊斯高兴不已，认为我肯会将此信收进《我们心目中的》。我们书里的第十四篇评论中造成的"乱套"便由此而来。

据我所知，我从无跟迪克森先生见面，不过我倒怀疑此人正是"细菌的选择"②本人。在我看来，迪克森的笔迹还真有那么一两处具有乔伊斯式的特色，此言或许不当。

乔伊斯在一定程度上常有与人分享其想法的强烈愿望，他心中想当教师的天性也很强烈。《我们心目中的》便是对此

---

① 似指爱德华·李尔（1812—1888），英国艺术家。
② 此信中有许多字、句看似错误，却有巧妙的含意。"细菌的选择"（Germ's Choice）的读音与詹姆斯·乔伊斯的读音十分相近。

情况的一种间接的宣泄。他喜欢引导乃至误导他的游客。

我给《我们心目中的》的贡献是封面设计：撰稿人的姓名排成圆圈，与各自的主题相对应。我这想法来自可能是年刊的《天文学·1928年》里的一篇论文，此刊是新泽西州布兰治维尔的某位 W. L. 巴斯寄给我的。文中附有钟的字码盘，不过那上面是十二个字码而不是十二位作者。

艾略特先生建议由法伯出版社接手《我们心目中的》时，我感到，随之而来的大好事就是出版《芬尼根守灵记》了。

《创作中的作品》处于初期阶段时，乔伊斯曾要我担任该书的出版人。我的莎士比亚公司为乔伊斯操劳，已使我精疲力竭，越来越跟不上乔伊斯的财务要求。我想到威弗小姐和艾略特先生将负责处理《芬尼根守灵记》，我总算舒了一口气。

海盗版

听说，对乔伊斯作品的偷印始于他在九岁时写的有关帕内尔①的小册子，我并不感到惊讶。我最早听说的海盗们登上了乔伊斯的船②，是《室内乐》未经许可于 1918 年在波士

---

① 查尔斯·斯梯瓦·帕内尔（1846—1892），爱尔兰民族运动领袖。

② 一语双关的形象写法。

顿出版之时。1926 年，对《尤利西斯》的掠夺则更为严重，费时多年才物归原主，由兰登书屋出版。

《尤利西斯》在美国是不受著作权保护的。为了获得著作权，书必须在我的国家排版和印刷，这对一本禁书而言是无法办到的。当然，有名望的出版社不会想到利用乔伊斯所面临的处境而获利，也不会想到利用无数欧洲作家所面临的处境而获利。然而，拦路贼却蠢蠢欲动。

1926 年，英国和美国的一些周刊，登着整版整版的广告，宣布一本名为《两个世界》的刊物刊登了《尤利西斯》；一本名为《两个世界季刊》的刊物刊登了詹姆斯·乔伊斯的没有名称的新作。编辑均为塞缪尔·罗斯。另外此人还出版过《纨绔子弟》，并将要出版 T. S. 艾略特的作品。据称，为这些刊物撰稿的，实际上都是当时最好的作家。

作家们并非自愿为塞缪尔·罗斯的刊物撰稿，都义愤填膺。艾略特和乔伊斯一样，都是受害者——《纨绔子弟》的第一卷完完全全就是他的作品。他立即写信给我说他要跟我们一起抗议罗斯的作为。他的信和我的信都刊登在许多报刊上。现在有人打算以书的形式出版《尤利西斯》，虽然有莎士比亚公司的版权标记和印刷厂的名称，然而是伪造的版本。如果你熟悉真版你就很容易辨认——正文被篡改了，纸和铅字也不一样。这样下去，往后的数年间，某个剽窃者把一位作家的收益揣进了自己的口袋，而这位作家不仅因写作而失明而且财务问题也日益严重。

一位书商同行从中西部来此告诉我，"私书商"是如何给书店提供货物的。卡车就停在门外，司机——常常是不同的司机问书店，要多少本《尤利西斯》或《查泰莱夫人的情人》。书商以五美元的价格买十本或更多——售价是十美元，司机呼的一声把书卸下，一走了之。

乔伊斯认为我应当去美国想办法对付盗版，但我不能扔下莎士比亚公司不管，而且，不管怎么说，只有在美国出版才能制止偷印。我确实认为必须以最大的努力呼吁大家关注现状。我们同在巴黎的朋友们协商后，决定发表声明，请尽可能多的收集作家签名后分寄给全世界的报刊。

声明由路德维希·卢威松执笔，由阿契伯德·麦克里希校阅，以保证其合法性。我加以复印，我们认识的每一个人都签了名，他们还帮助我争取签名。除了在巴黎的作家外，我认为也应该请欧洲的作家签名——英国的、德国的、奥地利的、意大利的、西班牙的、斯堪的纳维亚的。乔伊斯特别想获得斯堪的纳维亚人的签名，似乎觉得如果我追踪不到挪威诗人奥拉夫·布尔就一切都落空了（经乔伊斯的丹麦教师帮助，我终于办到了）。乔伊斯和其他人都向我建议过，但是我必须说大多数名字——包括几位法兰西学院院士——都是我想到的来联合签名的。我花了好几个钟头找出地址，给几乎每位作家寄去私人信函。我收到许多有趣的回信。许多签名人都是盗版的受害者，对此深恶痛绝。我非常小心地把这些信保存起来，看看那些签名就仿佛对我们当时的点名似的。

回信源源不断，乔伊斯在我身后凝视着那些信，我们这位"犯禁"的作家对作家同行们的热诚深表谢忱。

抗议声明登在各处的报纸和许多评论杂志与刊物上。《人道主义者》以整版篇幅加以刊登，还转登了签名中的一部签名。应该刊编辑的要求，我把他选出的签名交给我在巴黎的印刷商翻印；我仍有一整箱未用的图版。顺便提一下，"法兰西院士的"这几个字本应排在某位法兰西院士的签名下面——有几位是在抗议书上签了名的——不知何故，却跟恩内斯特·海明威的名字连在了一起，但无人提出异议。

罗斯对抗议大动肝火，指控"那个恶毒的泼妇，即乔伊斯的秘书西尔薇亚·比奇把几位已故作家也算在签名人里了"。依我看，他才会干这种事，我问心无愧。我的全套档案里的信件足以证明，这些信件是可靠的。我必须说，有一两位年迈有病的签名人不久后确实去世了。只有一位作家拒不签名，他就是埃兹拉·庞德，庞德就是这德行。

任我全力以赴，对《尤利西斯》的非法刊用却一如既往。

有一次，我在纽约斯塔登岛上看到一牌大广告，广告上说保证"消灭当日鼠疫"。乔伊斯和我倒是该大力捐助这一行业啊，某人正不断地在大肆掠夺呢，乔伊斯仍然是偷印版的牺牲品。他们一成不变地宣称他们是"了不起的敬慕者"，并以他们的所作所为加以证明。他的"仰慕者们"甚至远在日本，给我寄来了四大本厚厚的东京版《尤利西斯》，还附有出版人的问候呢！我对此盗窃行为提出抗议时总是遭到非难，说我贪得无厌。

中西部的一位年轻的出版人对待《一首诗一便士》就像摧残一枝雏菊似的，他在得到作者和我同意之前似乎已急不可待地要出版此书。我出版后不久，从克利夫兰的仰慕这些诗的人那边得知令人不快的消息：有另一版本即将出版。我请我的父亲把若干必要的原稿交由普林斯顿大学出版社付印，确保《一首诗一便士》在华盛顿州的版权。但是未经授权的版本——非公开的，当然照例是"非卖品"——很可能捷足先登。此诗的作者从未得到过每本十二便士的收入，真称得上是《每首零便士诗集》。

第十九章

《尤利西斯》的后继之作

我不知道乔伊斯是在如何构思《芬尼根守灵记》的，既然他从未搁笔，那么易尔威先生①"继承"布鲁姆先生②应该就是《尤利西斯》完稿之后的那一天。《尤利西斯》一脱稿，他便失去了对它的兴趣，它变成一项投资，并且说他希望大家不要跟他议论这一话题。他谈起他的新作时总是欣喜万分，我则洗耳恭听；他对易尔威一家的兴趣甚浓，恰似我当年对《尤利西斯》里的人物有浓厚的兴趣。我与他合作时，凡事他都用符号、图形和字母加以说明，我发现他的想法都趣味无穷、令人心悦诚服。待到全书问世，我一见如故，对他的写法早已习以为常。他把他的写法称作"层层相叠"而不是别的作家的平铺直叙。他认为，用老一套的方式写人便会挂一漏万。说到语言，萧伯纳认为英语的词汇量已够大，无须创

①　《芬尼根守灵记》里的人物。
②　即利奥波和德·布鲁姆，《尤利西斯》里的人物。

造更多的词，乔伊斯对此无法苟同。乔伊斯的主张是以文字游戏取乐，不必加以限制。"mesure"① 一词，跟《尤利西斯》，尤其跟《芬尼根守灵记》的创作者的性格是相左的。不过他也说他的看法也或有误，别的方式也许最好。只是他认为，别人花在文字上的时间还不到他们应当花的时间的一半。

乔伊斯开始写他的新作时，在英国对英文加以限制是趋势。英文著作告诉你什么能说什么不能说，严格规定外国人应使用什么样的英文，什么是美国英文什么是俚语，凡此种种，不一而足。C.K. 奥登先生的《基础英语》教会你五六百个单词以应日常之用，这跟泛滥成灾的乔伊斯式的词汇相比，对照之下可谓趣味十足了。

乔伊斯对我谈了他新作中的巨人主题的由来。他曾经请哈瑞特·威弗小姐提出主题，便谈到康沃尔郡的某个"巨人墓"，于是他当即赶往康沃尔郡看一看。稍后，尤金·若拉又从乔伊斯口中得知此事。早在大约 1922 年，乔伊斯似乎就对巨人发生兴趣。他对我说，给他印象最深的是萧伯纳为弗兰克·哈里斯的《奥斯卡·王尔德》所写的序言，序言中谈到了王尔德患有巨人症。

我有一张乔伊斯的照片，头戴渡峡无边帽，摄于 1923 年前他往伯诺镇②访问"巨人"途中。

---

① 法文，有"限制"之意。
② 英格兰中南部小镇，位于布赖登以西的英吉利海峡。

1924 年，他同《尤利西斯》的法文版译者奥古斯特·莫雷尔一起去参观克纳克的糙石巨柱。在他们两人寄来的明信片上，他谈及"独眼巨人郡"。

然后就是河。在 1925 年期间，他好几次跳进几条河里。我收到从波尔多市寄来的明信片："加隆河！加隆河！"乔伊斯本人究竟熟知几条河，只有天知道。他热爱塞纳河，这河是他的塞奎娜女神①，这我是知道的。我记得，艾德丽安和我开着我们的雪铁龙带他去游览塞纳河，那里有几个自来水厂，他要去"看一看"。参观过自来水厂之后，他坐在河边专心致志地注视着河水和漂在河里的各种杂物。

就视力低的人而言，乔伊斯能看见的东西算多得不可思议了。我认为他的视力下降而听力发达，所以他日益生活在声音的世界里，读者应当倾听《芬尼根守灵记》就是可以理解的了。即使在最早期的作品里，乔伊斯也往往强调声音。有人回忆，他的视力在年少时期就已很差。

提到战争他就战栗，甚至讨厌附近的吵声，声称"本人爱好和睦"。大约在 1926 年他斥责战争。我给他一本艾德华·S. 克里西的《世界十五场决定性战役：十二种方案》，他仔细看完后便同全家人前往参观滑铁卢的"波乌关废

---

① 古代欧洲神话，塞纳河是塞奎娜女神的化身。这里所引均出自乔伊斯的原著。

墟"①。他把战场"利波莱姆"②"骑在白麻上"③一脚蹬马靴头戴三角帽等写成了一锅粥，这是乔伊斯特有的写法，也是作品里最逗趣的段落之一。翌年他又从比利时来信，有一封信上的日期为"滑铁卢日"。信里写道，旅馆的侍者推荐某种酒，名叫"昂波仑"④（葡萄收获期酿的酒）。乔伊斯投入这场写作之战好似指挥一场真枪实弹的战役。我觉得，他对第二本巨著感到气馁，如果不是因为面临露骨的敌意而一时气馁，就是因为缺乏某种兴趣。我感到诧异的是，他在"滑铁卢""波乌关"究竟有何沉思？

我觉得乔伊斯时而喜欢误导读者。他对我说，历史好似在客厅里玩的游戏：一人低声对另一人说句话，此人再转告另一人时没有说清楚，如此传下去，最后一人听到的话完全变了样。正如他向我解释所言，《芬尼根守灵记》的含义是"晦涩"的，因为它是一首"夜景诗"⑤。我认为此作跟他的视力一样，总是模糊不清。

乔伊斯忙于新作时受到一些人的批评，而这些人曾对他在《尤利西斯》阶段所做出的努力表示过同情。我想这是他没有料想到的。我记得哈罗德·门罗在1919年曾对我说过，

---

① 即"博物馆"。
② 即"拿破仑"。
③ 应为"白马"。
④ 与"拿破仑"谐音。
⑤ 《一首诗一便士》里的一首。

他认为乔伊斯在《艺术家的画像》之后就该搁笔。《尤利西斯》的某些仰慕者或许认为他在写完该书之后就该搁笔了。

乔伊斯常能得到 T. S. 艾略特先生的善意鼓励，而他的某些同行就是另外一回事了。

詹姆斯和两个约翰

乔伊斯的两位同胞都是歌唱家，《芬尼根守灵记》里的舍姆与肖恩这两个人物之形成应归于这两位歌唱家。

早在此作处于创作之中时，乔伊斯就被约翰·麦柯马克所迷住。这两位歌唱家都是都柏林的年轻人，在音乐会上表演同样的节目，詹姆斯从此便为约翰所倾倒。他一步步追随约翰·麦柯马克的职业生涯，重温他并未完全丢掉的想成为歌唱家的幻想。他通览报上登的麦柯马克的活动、恋爱、穿着、发型。麦柯马克哪里知道自己成了乔伊斯笔下的模特儿呢。

乔伊斯大谈特谈约翰·麦柯马克，我便买了麦柯马克的所有唱片。我喜欢《暗中流泪》，艾德丽安喜欢《我亲爱的老伴》。乔伊斯感兴趣的当然是《茉莉·布兰妮根》①。他问我是否注意到他的嗓子酷似麦柯马克的嗓子。这或许是因为某种爱尔兰语的音色之故，不过这两人的嗓子也确实相似。

---

① 恰与《尤利西斯》里的女主角同名。

现在，茉莉·布鲁姆·布兰妮根这名字已被安娜·莉维亚取代，将要在《创作中的作品》里出现的是莉维亚的儿子肖恩。当然有许多人为乔伊斯塑造人物形象起过零零散散的作用，可都是附属品而已。只有一个形象是超群出众的。我同乔伊斯一起去听麦柯马克的独唱会时我感到我早已认识他了，他就是"邮差肖恩"。

麦柯马克那男高音的嗓子和那高超的技巧可谓不可抗拒，我给他鼓掌喝彩之热烈几乎不在乔伊斯之下。乔伊斯问我是否注意到麦柯马克上台下台时，脚趾是向内的，问我是否觉得他圆圆胖胖、一头鬈发和那躬躬的模样都很迷人。我觉得是的。不过，令人惊异而动人的是，乔伊斯听他唱歌时所表现出的那种痴迷，亦即异乎寻常的感情。

乔伊斯喜欢声乐，麦柯马克却对写作没有多大兴趣。他受到乔伊斯和歌迷的称赞，我认为除此之外，他只关心自己而并不特别关心别人。既然乔伊斯已写完"邮差肖恩"，没有麦柯马克，乔伊斯也能写作。其他有关麦柯马克的情形，我就所知不多了。

另一位歌手也是爱尔兰籍，名字也是约翰，他的理解力更强，乔伊斯对此人的兴趣远远超过他对麦柯马克的兴趣。艾尔斯沃斯·梅森和理查德·埃尔曼合写的有关乔伊斯生平中的这段插曲，已由西北大学的评论刊物《分析者》刊登。

我们这些人认识詹姆斯·乔伊斯，也注意到他酷爱歌剧和歌剧明星。我们或许会把《芬尼根守灵记》比作一部大型歌剧，它有它自己的特里斯坦和伊索尔德①，有它自己的威廉·退尔②——"戴着面纱的恐怖"而且极具乔伊斯特色的指环③。这当然只是这部人与事都十分齐全的作品的一个方面，然而在我看来此作却是极具乔伊斯特色的作品。

我与尤金·若拉、斯图瓦·吉尔伯特先生及斯图瓦·吉尔伯特太太都一直注意乔伊斯—沙利文④事件，它是乔伊斯的经历中最离奇的事件之一。

乔伊斯一家是听歌剧的常客。他们在的里雅斯特时经常看歌剧，跟意大利人一样，对歌剧的要求十分苛刻，密切注意每一个音调，对唱不好高音 C 的毫不留情。乔伊斯告诉我，能应付威廉·退尔这一角色的最后一位意大利男高音去世已有多年，在无人接替之前，《威廉·退尔》就无法在意大利演出。意大利人仍然在等待一位退尔，乔伊斯也在等候一位退尔。

现在乔伊斯创作《芬尼根守灵记》，需要退尔的帮助，每晚都听这个角色的唱段。巴黎歌剧院扮演威廉·退尔的男高音的音色圆润、技巧娴熟，受到法国观众的称赞，乔伊斯却

---

① 指德国歌剧家瓦格纳（1813—1883）的歌剧《特里斯坦与伊索尔德》。特里斯坦是康沃尔国王的侄儿，伊索尔德是爱尔兰公主。

② 《威廉·退尔》罗西尼的著名歌剧，威廉·退尔是十四世纪的瑞士英雄。

③ 比作瓦格纳的歌剧《乔布龙根的指环》里的指环。

④ 沙利文指约翰·沙利文（歌剧演员）。

不以为然，此人的高音 C 唱不上去，乔伊斯十分不满，对我说他只好不去看《威廉·退尔》的演出。

有一天他仔细看了看歌剧贴出的戏单，在通常注明退尔的扮演人的姓名处，他看到一个新名字，是一位爱尔兰的退尔——约翰·沙利文。他兴奋不已，跑到售票处预订了四个座位，以便当晚去看演出。乔伊斯全家人——"一家四口"都在前排——第一次听约翰·沙利文那雄伟的歌声，那乐谱跟《尤利西斯》的正文一样是"一气呵成"。乔伊斯为沙利文的歌声所陶醉。他对我说那歌声有净化作用，使他想到在清晨前来收集垃圾的那些人。此后《威廉·退尔》的演出，他每场必到，坐在前排的座位上为沙利文热烈鼓掌，站起来一再要他返场。头戴花边制服帽的引座员老太太也跟着鼓掌，乔伊斯大大方方地给她们小费，她们便带领大家鼓掌，全剧院的乔伊斯的朋友们成了一个"鼓掌群体"。我们都去看《威廉·退尔》的演出，我们都称赞约翰·沙利文。乔伊斯使剧院里的人都为沙利文叫好，也为他本人叫好。我喜欢《威廉·退尔》完全是碰巧。通常不去看歌剧的那些人"去歌剧院是受人之命"，去也是勉为其难。

约翰·沙利文个子高大，十分英俊，像个男神；音域极宽，像是从退尔故乡的山顶来的。他对演员这一行十分淡然，对他扮演的角色也无多大的兴趣。他颇有事业风范，从不出场讨好观众的演出。在戏台上，沙利文缺乏热情，也缺乏麦柯马克的魅力，完全没有表演气质。

詹姆斯·乔伊斯和约翰·沙利文都自以为受到了迫害。请阅乔伊斯的《从被禁的作家到被禁的歌唱家》①。（实际上，《尤利西斯》被禁未尝不是幸事。否则，如此杰出的作家要等上几百年才能成名，可乔伊斯认为自己是迫害的牺牲品。他是不是迫害的牺牲品，我就不得而知了）

沙利文作为巴黎歌剧院的男高音，干得不算差，不过他本应去纽约大都会歌剧院或斯卡拉。乔伊斯对沙利文的看法是对的：他确实是当时的杰出歌唱家之一，在歌剧世界里却成了钩心斗角的牺牲品而颇受轻视。

乔伊斯对沙利文受到的不公正地对待，绝非充耳不闻，而是深表同情。被禁的作家和被禁的歌唱家成了莫逆之交。每当《威廉·退尔》演完之后，每当《胡格诺教徒》——沙利文在剧中扮演劳乌这一角色——演完之后，乔伊斯夫妇和沙利文夫妇，他们所有的朋友都会去街对面的和平咖啡馆吃夜宵。走下了舞台的这位歌唱家可谓引人注目，乔伊斯的友情，乔伊斯的要为他得到世人承认的决心，都使他深受感动。

一向不接受采访的乔伊斯，现在也同意对记者谈谈沙利文。所有的大人物都认识乔伊斯而他从未向这些大人物屈服过，现在他却想办法让这些大人物凑过来接受沙利文。乔伊斯早有决心，要让沙利文进大都会歌剧院，却毫无结果。我看过一些对乔伊斯的呼吁书的答复，总是说他们乐意为乔伊

---

① 乔伊斯曾写过此文。

斯尽最大的努力，对他的朋友却爱莫能助，深表遗憾等。

　　乔伊斯对付巴黎歌剧院的方式方法，我担心有些过分，会弊多利少，例如，他的做法使导演心情不佳，引起了反感，或许是激起了猜忌，甚至是爱国的感情。沙利文的威廉·退尔这一角色已被另一位男高音取代，乔伊斯只好故态复萌，不去看此歌剧。沙利文发现自己已被逐出巴黎歌剧院的演出，惊慌失措。乔伊斯向我们大家求援，要我们打电话到售票处预订《威廉·退尔》的戏票，并明确表示我们要听约翰·沙利文扮演的退尔，如果扮演者不是沙利文，我们就取消预订。此事再三发生，惹怒了售票处，他们干脆就不接电话了。

　　沙利文的事业已成为乔伊斯的心病，他越帮不上忙他就越努力。乔伊斯太太对此早已厌烦，不许他在家里提沙利文这名字。

第二十章

远行，远行……

　　我愿意为乔伊斯做我力所能及的事，但是一到星期六我和乔伊斯就要为我启程去乡下而争论一番。如果不是艾德丽安给我帮腔，我是无法脱身的。星期六将近，乔伊斯总给我安排许多杂务，颇有得逞之势。但是艾德丽安和我坚持去乡下过安息日给我提供了回绝的武器。

　　我们在卢瓦尔区位于侯克范庄的艾德丽安家里过周末。她家在迎德沙特尔市的路上——你能看见教堂，远处是博斯乡下那一片没有树的长势良好的小麦地。拉伯雷对这一带没有树木的解释是有道理的：庞大古埃①手下的骑马由此经过，马的尾巴甩来甩去，把所有的树都砍倒了。

　　莫妮耶一家离任何镇子都有一段路，却似乎从未想到需要电话、车或其他任何便利设施。另一方面，如果有机会，也乐于以茅草屋顶换瓦屋顶；幸好，他们没有换。我喜欢紫

---

　　①　拉伯雷所作《巨人传》中的人物，粗野而喜欢嬉笑谑浪。

灰色的麦秆屋顶，真好看。莫妮耶一家老逗我，说凡是古雅的东西，我这个美国人都偏爱；如果这类东西在我的生活中多得很，也就无所谓魅力不魅力了。

我们周末都在侯克范庄花园过，在附近树很少的地方有一棵稀有的大榆树，树枝蔓延，像一把大伞。沿墙边种着梨树和桃树，即所谓的树墙。有花，有家禽，有鸟，有猫，还有那两只狗——慕斯和泰迪。

侯克范庄没有浴室，靠抽水机抽水用——要不就走过田野，跟两只狗一起去河里。

如果你不介意从离此最近的车站走上三英里前往本周末的度假之地，至少应付路途是不算困难的。我们度假，就去名叫荒漠的山庄，乔伊斯反对。我们即将出发时，他惊恐万状，在最后那一瞬间，交给我一份他所谓的"食品杂货店名单"，并且要我在离开小镇之前为他做这做那。"花招真多！"我毅然要去阿尔卑斯山，任何人任何事都休想阻拦，但也总要跟这位难以应付的对手进行一场角逐。

发现"荒漠"这地方要归功于莫妮耶一家人，艾德丽安的母亲娘家的人都是山区的人。山坡上散落着许多小村落，各有其名称，都属于荒漠乡镇。省会——如果你能把它称作他们的省会——有法院、校舍、邮局，都设在同一个房子里；有兼售百货和补鞋的商店，还有一家小客栈。要到"荒漠"的其他地方去，就要爬过这座山；山里的平坦之处都有村落。吃力地攀登上最后一个陡坡，你就到达高耸的费克拉高原了。

在夏天，所有的村民赶着牛车向费克拉进发，牛车上载着不少用具，前往他们的夏季住处。在那里，每个村民都有一间或半间麦秆屋顶的木制农舍。

我们在此高原上度假。对乔伊斯而言则是鬼地方——海拔四千英尺，上不着天下不着地，没有邮局、运输设施，没有现代的生活设施——正因为如此，我们才喜欢嘛。要一路劳累才能抵达，对此我们毫不在乎：乘上铁路部门所说的令人啼笑皆非的"愉快列车"行驶一夜——那是旅游专列，是送东南部的法国人在夏天回山区去帮忙夏收的。只有穿着塞有麦秆的木屐、一路走到巴黎找零活的人的后代才觉得，坐这趟车真愉快。他们却高兴不已，一路唱歌。我好好地把这些萨伏伊人①观赏了一番。

我们的第一段旅程于清晨抵达尚贝希市便告结束，余下的旅程更累人也令人兴奋，要爬过一座山，我们坐骡车到达"荒漠"时，天色已晚。

莫妮耶老太太、艾德丽安和我在"荒漠"住过的小客栈，即将加盖二楼，摆上床铺，就成了小旅馆；不过，在那以前，我们还是睡在干草堆里。海拔高，阵阵冷风刮过屋顶和屋顶下的房子之间的空地；这可以把干草吹干。干草的气味真是奇妙，它的叶片像许多织针一样扎进你的耳朵。店主一家，也就是我们的远亲，都愿意跟我们一起住在他们的房间里，

---

① 法国萨伏伊地区的人。

不过房间里已经有四个人了。

初夏过去之后，让我留宿的居民在干草棚里为我隔出小卧室，要从外面的梯子爬进去。我们正好在牛棚的上方，那里发生的任何重要事情，我们都不会错过。凌晨三点，母牛在提灯的灯光下产下一头牛崽，大家在一旁观看；半夜里出了意外，一头猪被踢伤，它挥动一只脚爪，好像在说"老天爷，老天爷"（当地的方言）；天亮了，牛棚的门打开，牛群跟离开剧院的人一样涌出牛棚。艾德丽安的表姐芬娜把纸塞进牛铃里，可狗把牛群往田野里赶时，可狗的吠声不止——那位表姐又如何能制止狗的吠声呢？

干草棚里，隔出来的角落只能摆两张床；堆放干草的地方就是我们的更衣室，梳妆台是个板条箱，芬娜把一两只母鸡放在板条箱里养肥，准备在星期天的晚餐享用。我的牙刷总是掉进板条箱里，打着那几只可怜的母鸡，我伸手去找牙刷，它们就咯咯地直叫。

这木造农舍跟当地别的农舍一样，是房主自己盖的，家具也是他做的——床、桌子、长凳、条凳、两把椅子。一楼的小房间是起居室，起居室后面算是个小间，他们就在这里睡。北面有个食橱，与墙上的洞口相连通气，他们把食物放在这个食橱里，几乎跟冰箱一样。起居室有一扇小窗，采光很差。住宅大门的右边是牛棚的门，牛棚是两室中较大的一室，前面堆着肥料。厕所在路旁的木造农舍的另一头。靠近大路，所以你可以一面上厕所一面跟过路的人聊天。

芬娜做得一手好菜，只可惜当时没有肉。我们的主食有汤，有通心粉，有鸡蛋，有她自己用搅乳机搅拌的黄油，有马铃薯以及制作的奶酪，叫作"托梅"。

高原上到处可见的小农舍常遭雷雨袭击，这是居民的一大心病。如果有一间木造农舍被闪电击中，茅草屋顶便立即起火，你必须抢在屋顶倒塌并被火焰困住之前跳出去。你必须把牲口赶出去——只要雷雨继续，大家就在牛棚门口守着，你甚至不会想办法保全你的私人财物。在一个大雷雨的夏夜，我们都顾不上睡觉。芬娜在圣母玛利亚的像前点燃一支蜡烛，她的丈夫手提点亮了的提灯守在牛棚附近。那一夜，"荒漠"有三间木造小农舍被雷击，最后什么也没留下，只剩一堆石头。

傍晚时分，邻人前来串门，白天的工作就此结束。大家都用方言交谈，十分热闹，这些山里人非常热情。艾德丽安懂他们的方言，我则尽我所能地揣摩其意。堆满饲料的大车下山时翻了。一头母牛掉进了悬崖，高原上所有的男人都用绳子把它从岩礁上拉了上来；一头年幼的母牛不愿跟费迪南家的公牛交配。凡此种种，举不胜举。他们有时也谈女巫的事。如果问他们，他们便找借口说并不相信巫术；不过也会说些稀奇古怪的事。常有几个老太太——不知其名但人人皆知——"现场示范，对你遇到的种种事，她们都能说出个所以然来。"比如有个邻居嫉妒你，你的小牛死了，所以你知道你的邻居一定收买过这个或那个老妇；你要想免灾，你就得把许多锈铁钉扔进锅里或者撬下牛棚地上的几块木板，看看地下有没有癞蛤蟆；我们的一个朋友的父亲身上有虱子，过了一个钟头，他穿上的新衬衫上也爬满了虱子，他看见一个老太太从屋前经过时，冲出去抓住她的胳膊，扬言要打她，除非解除她对他施的咒语，她给吓住了，赶紧做个某种手势，他身上就一个虱子也没有了。

在"荒漠"这地方，狗跟人一样，也要努力干活才能糊口。它们身上卷毛蓬乱，从来没被人洗过也没被人梳理过。冬夏两季，不管白天黑夜，它们都待在户外。它们要看守牛群，只要有一头牛出走，它们便向前猛冲，狂吠不止。放牧的小主人或女主人对它们之严，可说是毫不马虎的。如果有一只狗听到"过来"的喊声——至少在我听来是这么喊——而不立即过去，那就要吃苦头了。纯种牧羊犬的标志是一只蓝色的眼睛一只灰色的眼睛。

我们天天在一望无际的松树林里漫游，上小山，下小山，跟绰号为"大厨"的人同路，十分愉快——他是个文盲，画个十字就算是签名。

电报对乔伊斯而言重要之至，但在"荒漠"这一带的居民的一生之中却没有什么用处。邮差每天把信件给他们送去。他们谁也不会撂下农活，赶到弗克拉去取电报；当然，有人去世又另当别论。所以你收到电报的时间耽搁得越久就越好。有一次我收到一封电报，可把跟我们住在一起的女人吓得惊慌失措、叫苦连天，我只好请求发电报来的乔伊斯以后只用信件跟我联系。事情是这样的：邮差把电报交给那个女人，那个女人为邮差不得已给我送来的噩耗而显得十分担心，就把电报藏在围裙里，去问艾德丽安对此电报如何是好。艾德丽安把总是放在手边备用的防惊吓的甘露酒瓶拿出来后，拆开电报，念了一遍。原来是乔伊斯拍来的，把他下次转信的地址告诉我。

乔伊斯的生活方式

我收到的乔伊斯的信件，一般是在我歇暑期间，或者是他旅行在外期间写的。当然，他总是要求用"明日""特快""请即"回复。我外出时便把莎士比亚公司的事交给米赫馨处理，他需要现款时便常常通过米赫馨想办法。我们都知道，不论他的账户里有钱没钱，我们都得照应《尤利西斯》的作者。

乔伊斯一家四口，当然开销很大；此外，他乐于花费恰似别人乐于积蓄。有个出版商同乔伊斯在外用餐后对我说："他像烂醉的水手一样花钱。"即便果真如此，身为某人的宾客，这样说也是无礼的。

乔伊斯与家人旅游去的地方，总跟他当时写的作品有关。他从比利时给我寄来他从邮局买的各种明信片，都是壁画的复制品。他来信说他的佛兰德文颇有进步，已学到第十四课，他的荷兰文已很熟练。乔伊斯一家横渡英吉利海峡，去看望威弗小姐、艾略特先生、乔伊斯的哥哥以及他早年在苏黎世相识的好友弗兰克·布根。有时斯图瓦·吉尔伯特家陪乔伊斯家一起旅行，吉尔伯特家从不跟乔伊斯家同住皇宫旅馆，吉尔伯特先生说他住不起。其实，乔伊斯家也住不起。

艾德丽安和我简朴度日，尚可收支相抵。乔伊斯却喜欢与富裕人士为伍——无疑是要尽可能地不受制于他年轻时的寒碜。他当然也认为自己功成名就，应该得到一些物质享受；他大手大脚地花钱，大肆挥霍——为别人而不是为自己挥霍；诺拉和孩子们也不示弱，在旅途中一定要过最优裕的生活。

想到乔伊斯付出的心血，他那收入实在过于微薄。他认为，经过多年的贫困之后，随之而来的应该是幸福美好的日子——这是理所当然的，他本来就是不一般的作家嘛。

在巴黎，乔伊斯一家每晚出外就餐。他只去一家餐厅——在二十年代早期——蒙帕尔纳斯车站对面的特西亚农餐厅。餐厅老板和全部员工对乔伊斯十分热忱。他还没有下车，他们已在出租车门边恭候，跟随他走到为他预定的餐厅后面的餐桌前。他在此就餐，或多或少不会受到前来盯着瞧他或带着他的作品要他签名的那些人的干扰。

侍者领班给他报菜单上的菜肴，以免他费神掏出几副眼镜或放大镜。乔伊斯自称对好菜有兴趣，其实食物对他而言毫不重要，除非跟他的作品相关。他总是催促家人和可能与他共餐的朋友们点菜单上最好的菜，他愿意看到他们美餐一顿，劝他们喝这种或那种酒。他本人几乎什么也不吃，只要最普通的白葡萄酒供应充足，他就满意了。他白天滴酒不沾，到了正餐时间就爱喝酒了，侍者不断把他的酒杯倒满。只要诺拉还未断定已到该走的时间了，乔伊斯和家人朋友们，连同他的白葡萄酒，都得一起在那里待上几个钟头。如果他要结束，得听她的，这是相互理解如此完美的夫妻间的默契之一。

不论乔伊斯走到哪里，都被像接待皇族一样接待，这正是他的个人魅力所在。他也为别人着想。他下楼去洗手间，几名侍者赶来陪送他，他的失明极受人们的关注。

乔伊斯付小费是出了名的，给他叫出租车的侍者，为他服务过的人，到退休时肯定会有一大笔小费钱。我对小费也从不吝啬，不过我了解他的境况，所以我觉得乔伊斯给小费是给得过多了。

我们都是乔伊斯的座上宾，都知道他做东是何等的好客何等的有趣。丰盛的晚餐由最佳宴席承办人提供，有侍者前来服务。乔伊斯把食物堆在你的盘子里，给你斟满他的圣帕特里克①白葡萄酒——他曾送给我一瓶。他爱喝教皇新堡②酒，那些酒都为交往而备。放在餐具柜上的是他的一瓶白葡萄酒，他不时把他的玻璃杯斟满。

晚餐后，我们一定要乔治或称乔治欧唱歌。乔治欧的嗓音是家传的，他父亲对他的嗓音非常满意。他便唱起父亲最

---

① 圣帕特里克，爱尔兰的守护神。
② 一个镇的名字，盛产葡萄酒。

喜爱的歌《我的宝贝》，这也是我最喜欢的歌。

开始的那几年，受邀前来赴宴的客人中有两对夫妇是乔伊斯的挚友：理查德·华莱斯夫妇和麦隆·纳廷夫妇。纳廷是艺术家，他给乔伊斯画的画像，我很喜欢，却不知画像是否安然无恙。乔治的朋友费南迪兹的姐姐伊娃——《都柏林人》的译者之一——也是早年赴宴宾客之一。

20年代中期，尤金和若拉登场，把乔伊斯的宴会办得有声有色。凭若拉的好嗓子，本来可以成为歌手。她会唱的美国歌曲曲目使乔伊斯欣喜若狂，他经常要求她唱那首《永别了，泰坦尼克号》，这是一首小曲，悲痛然而令人神往。若拉是戏剧女高音，那歌声令人难忘。我注意到，另一首歌也深深打动乔伊斯，此歌是歌唱某个名叫"害羞的安"的人，这位歌中的人物很可能使他联想起他笔下的安娜·莉维雅。

聚会结束之前，大家劝说乔伊斯，要他唱爱尔兰歌曲，为节目添彩。他坐在钢琴前，手落在琴键上，那些老歌，他用男高音唱那些老歌的特有风格，他脸上的表情——人们会永记不忘。

乔伊斯总记得大家的生日。每逢节日，例如圣诞节，就摆出种种大型的花制礼物；衣物上的不同花卉和不同色彩都与他当时正在创作的作品有关。艾德丽安在《银船》上刊登他的《安娜·莉维雅·普拉蓓尔》之后，他送给她的礼物是从波特与恰波市场买来的一条包装精致的冷冻大鲑鱼。即使是送给诺拉的礼物也总是跟他的著作有关。

第二十一章

《尤利西斯》远去美国

　　乔伊斯付出的心血和做出的牺牲都远远超过了他的收入——真是天才的悲哀。乔伊斯常常入不敷出，不时感到恐慌，莎士比亚公司亦然。大家也许认为我靠《尤利西斯》赚了一大笔。哦，乔伊斯的口袋里一定有磁铁，把钱都吸引到了他那里。我就像歌里的西尔维斯特："我越努力，钱花得越多。"从来就没人对我说过："西尔维斯特，零头不用找了。"① 我从一开始就明白，与詹姆斯·乔伊斯共事或为他干事，我都是欣然为之——欣然之至；他的作品所获得的效益全部归他，我则设法使他的作品产生效益。为防止我的书店一败涂地，我只能如此。

　　1931 年夏，乔伊斯因盗版而悲观失望，于是请他的在伦敦的代理人詹姆斯·平克，为《尤利西斯》争取一些美国出版社的报价。报价到了，但大多是来自专业色情书籍的公司。

---

　　① 口头语：比喻说法意为只有付出没有收入。

我记得，只有一家名声较好的公司投标，即乔伊斯的在美国的出版人胡布希先生，不过他的建议是出版《尤利西斯》删改本，乔伊斯当然不同意。我感到十分惋惜的是，除《一位年轻艺术家的画像》《都柏林人》《流亡》等作品之外，《尤利西斯》未能在胡布希先生的目录中占有一席之地。平克凑齐的那几家打算出版《尤利西斯》的所谓出版社，乔伊斯和我都不感兴趣，我们也不喜欢他们信里的那种帮腔的口气。

这些报价都是委托给莎士比亚公司的，把莎士比亚公司看作了乔伊斯在巴黎的代表而不是乔伊斯的出版商，这显然是平克按乔伊斯的指示行事——这仿佛是说，他们打算出版的是原稿，而不接收已由别人出版将近十年的著作。我认为这很不妥当，我等着乔伊斯明确表态，他却不表态。我跟乔伊斯一样，都急于看到当代作品中最伟大的作品《尤利西斯》在英语国家出版，从"禁书"这一不光彩的标签下解脱出来，让公众能买到。我从未想过，为在我的国家出版《尤利西斯》做些筹备工作，我或许能从中获益——后来我才知道别人也没有这种想法。我受到了忽视，十分气愤。我对乔伊斯如实相告并指出，如果我不明确表示放弃《尤利西斯》的版权看来会更好，并且问他是否认为我不该有所获益。他既不说是也不说否——所以我对第二次报价的回答是，要我放弃我的权利我就应有所得。出报价的那位回信问我要多少，我说两万五千美元。平克的信函公之于众之后，他们都笑我疯了。（我对乔伊斯解释说，我要的钱数不过是表明对此书的尊重）

我问那位商人觉得多少钱较为合理，他没说。一时间没有任何人认为我要的价是认真的。

有一位另有看法，而且这看法事关大局。胡布希先生诚心诚意地愿意付给我版税。但是，我不可能接受，因为这笔版税出自乔伊斯的版税，我根本不予考虑，乔伊斯也不予考虑，我认为他是正确的。

乔伊斯和我本人都认为合同并不重要。我当初出版《尤利西斯》时确实提过合同之事，但乔伊斯对合同不屑一顾，我也不在乎，也就不再提这个事。到了1927年我出版《一首诗一便士》，乔伊斯亲自要我草拟一份合同；1930年，他又突然要草拟《尤利西斯》的合同。这两份合同的措辞都符合乔伊斯的要求。他过目之后便认可，签字。合同用的是公务信纸，贴上了钱花税；当然没有"律师"作证，不过谁也不认为有此必要。

我想，就乔伊斯当时正忙于工作而言，他突然要我跟他签合同，其目的一定是要证实《尤利西斯》不是他的财产而是我的财产。乔伊斯给正在向《尤利西斯》盗版提起公诉的律师写过一封信，明确地陈述，《尤利西斯》不是他的财产而归西尔薇亚·比奇所有，直到最近才有人把这封信拿给我看。

以低价买进《尤利西斯》的报价不再寄来，我也多时没有见到乔伊斯。我几乎每天都看到他的老朋友从侯比亚广场顺路来此，对我大谈他另找出版社的这一话题。他劝我放弃我想当然的权利。有一天我问："我们的合同怎么办？"这位朋友说："合同岂不是虚的吗？没有什么合同不合同。"——他是我自幼以来就钦佩的诗人。"你们的合同，根本就不存在。"我不同意这种说法，可他的一番话立即使我折服："你妨碍了乔伊斯的利益。"他就是这么说的。

他离开书店后，我立即打电话给乔伊斯，告诉他，他现在可以处置《尤利西斯》，他想怎么处置就怎么处置，我不再提要求。

我感到乔伊斯通过他家里的某个人已经跟兰登书屋商议过，尽管他对我只字未提。既然利害攸关，乔伊斯设法在美国出版《尤利西斯》或许是最佳选择吧。

《尤利西斯》出版后，乔伊斯寄给我一本，是兰登书屋的精美版本，附有约翰·M. 伍尔塞律师宣判这一巨著无罪的裁决。他亲自通知我，发行人已付给他四万五千美元。我知道他是多么需要这笔钱，他的女儿生病，花销剧增，他的视力也日渐衰退。我为他的好运气感到莫大的欣慰，他的财务困难可以就此了结。至于我本人的感触嘛，感触之一是不以财务困难为荣，另外，当财务困难不再成为目的时就应该予以抛弃。

对我而言，我们的合同毫无用处。合同里提到，如果把《尤利西斯》和《一首诗一便士》交给别的出版社出版时要跟莎士比亚公司商议，然而转让以上两书时却完全是自作主张，对原来的出版社置之不理。不过，就《尤利西斯》而言，我是同意乔伊斯自行其是的。作品毕竟是乔伊斯的作品。婴儿归其母所有而不归接生婆所有，对吧？

　　乔伊斯想说服我出版《尤利西斯》的廉价欧洲大陆版，但我对此想法没有兴趣。我手头很紧，而且如果我答应，那就意味着我要继续为他效劳，这是不可能的，因为我的书店需要我，何况我已疲惫不堪。大约在此前后，有奥德塞出版社的人来访，欣然接受我的建议：出版欧洲大陆版应获得乔伊斯的允许。剧我所知，奥德塞出版社是陶赫及兹出版社的分社，曾出版过《一位年轻艺术家的画像》。乔伊斯接受了奥德赛出版社的建议。我告诉他们，我的合同只涉及乔伊斯与他们之间的事务，这些人倒也正派，一定要付给我一笔版税；既然这不影响乔伊斯的版税，我就接受了。奥德塞版非常耀眼，勘误工作是由斯图瓦·吉尔伯特完成的。

　　与此同时，乔伊斯那多如牛毛的事务便从莎士比亚公司转到了保罗·莱昂手上，他是乔伊斯的好友。此后，就由他照管乔伊斯的事务了。

三十年代

　　到三十年代，左岸已大为改观。所谓的"迷惘的一代"——我无法想象，还会有更不辜负这一称号的一代——已经成长成名。我的许多朋友都已回国，我想念他们，我怀念发现微不足道的评论以及小小的出版小屋所带来的欢乐。摆脱一次战争总比进入另一次战争更使人愉快，当然还有经济萧条的影响。不过我们在拉丁区一带还有一些最好的朋友，至少在一般时期里是如此。海明威住的公寓在圣许勒比斯教堂附近，麦克里希全家打算在卢森堡花园附近住下来。庞德更喜欢拉帕罗①，我们只好分别，但还有乔伊斯、尤拉夫妇以及《变迁》，还有格特鲁德·斯泰因与艾丽斯·B. 托克拉斯。海明威住在圣广场街的锯木厂楼上时曾写出一些一流的作品。人们常常看见埃兹拉·庞德头戴丝绒贝雷帽从他的工作室进进出出。凯瑟琳·安妮·波特住的是楼阁。

凯瑟琳·安妮有一只漂亮的公猫名叫"蹦蹦跳"。它的女主人做菜是一把好手，以致"蹦蹦跳"渐渐没了身材。她发明了一种瑞典式的方法，把一组滑轮捆在树上，强制"蹦蹦跳"在花园里做运动。不过，"蹦蹦跳"毕竟不苗条了。

有一天，"蹦蹦跳"可谓九死一生。那天它坐在临街大门前看来往的行人，这时它的女主人出来，正好看见一个女人正把它放进一个大筐子里。"等等，"她说，"是我的猫！"如果再迟一步就为时太晚了。在巴黎，有许多肥猫失踪，它们成了美味的炖肉。

我的朋友卡萝塔·韦尔斯（詹姆斯·布里格斯太太）邀请凯瑟琳·安妮·波特去巴黎的美国妇女俱乐部演讲。我向来不喜欢听"演讲"，不过这一次的演讲跟她说话、写作一样，令人神魂颠倒。她把她的原稿的打字稿送给我保存。

---

① 在意大利。

二十年代后期，艾伦·泰德①是我的好友，当时他是靠研究员基金第一次来巴黎的。现在他和卡洛琳·泰德一起又来巴黎，我常看见他经常同凯瑟琳·安妮·波特在一起。我认为他们代表着当今某种相去甚远却又非常重要的文学现象。总结艾伦·泰德那一代的诗歌时，我觉得他无疑会得到高度评价。我觉得另外一些人也十分有趣而独特，有创见，他们的创见有时也令人惊异。我读艾伦·泰德的诗，如同读某位英国大诗人的诗一样，感到欣慰不已。

二十年代期间，人们听到从左岸的亨利·米勒②在秀拉别墅传出来的表示不满的呼声不绝于耳；在三十年代，这呼声更响亮。亨利·米勒和那位长得像日本人的漂亮朋友娜伊斯·守小姐前来打听，我是否愿意出版他一直在写的有趣小说《北回归线》。我建议他把手稿给杰克·卡亨，杰克·卡亨欣然接受这位新作家的这部兼具文学价值与性价值的作品。卡亨喜欢某种直截了当的性吸引力。他出版了《北回归线》和《南回归线》以及其他一些作品。我喜欢由秀拉别墅出版的米勒散文集《哈姆雷特》，另有一本小册子，书名是《钱及钱之所以为钱》，此书名颇具庞德风味。我从亨利·米勒中获得的最后信息是"致所有人的信"，标题是"你打算怎样处

---

① 艾伦·泰德（1899—1979），美国诗人、评论家、编辑。
② 亨利·米勒（1891—1980），美国作家。

置阿尔夫①?"你立即就得知他们说到做到了。

托马斯·伍尔夫②来到巴黎,他在《岁月与河》出版后不久就来书店。他说,是麦克斯·帕金斯③给了他一张支票并送他上船,目的地是欧洲。他谈到乔伊斯对他的作品的影响,表示他要努力摆脱这种影响。不容置疑,伍尔夫是有才华的年轻人,且对社会有诸多不满。他给艾德雷德·玛塞太太写过信,他在巴黎时,她像母亲一样照顾他,而他也需要这种照顾。

我亲爱的玛塞太太是穷人的朋友也是我的朋友,她是地地道道的弗吉尼亚密德堡人。她的时间都花在英国学院的研究工作上,同玛丽·里弗斯修女一起做慈善工作。她是修女的助手,在莎士比亚公司做慈善工作。(她仍然在做由安·摩根发起的失业救助工作,并获得荣誉勋章)她对作品——别人的作品——感兴趣。她本人有一定的天赋,大家都深信她能写作也应该写作,只有玛塞太太自己不以为然。

有一阵子没有人帮我料理书店的工作,玛塞太太就天天来帮忙。我有个年轻的帮手常常病倒,这时幸好有玛塞太太来补缺。有一次我多日不在店里,我回来才知道莎士比亚公司的助手出了麻疹,救护车把她送去了医院,玛塞太太正忙

---

① 亨利·米勒的小说《巴黎屋檐下》里的人物。
② 托巴斯·伍尔夫(1900—1938),美国小说家。
③ 麦克斯·帕金斯(1884—1947),著名美国编辑。

着用烟熏屋子。

我付不起帮手们应得的报酬，但是朋友们都能容恕；书店总有不周到之处，她们又能容恕，我是够幸运的了。

从三十年代开始一直到四十年代，总有人来莎士比亚公司帮忙。最早的两个人是志愿者露西·丝沃夫和苏姗娜·马勒布，后来是密辛·摩斯柯斯，她为我干了九年。简·凡密特小姐是第一个也是唯一的职业帮手，她现在是查尔顿·辛曼太太，她丈夫是莎士比亚专家。我在巴黎版的《先驱论坛报》上登了广告，凡密特小姐应召而来。有她当我的帮手，我真是非常幸运。

三十年代后期，尽管战云密布，我那可爱的教女西尔薇亚·彼特仍从芝加哥到巴黎来帮我料理书店的工作。在她之后便是艾伦诺·奥登纳伯。接着便轮到漂亮的年轻姑娘普莉西拉·克提丝，她离开时我依依不舍，她本来可以留下，怎奈战争在即。

从战争爆发直到德军占领，漂亮的法国女子波莱特·列维太太定期前来帮忙，她的丈夫上了前线。一个名叫露丝·坎普的加拿大学生也来帮忙，我催促她回国，她不听劝阻，哪怕德国人向法国蜂拥而来，她照样帮我干活。

莎士比亚公司之友

书店现在出了名，常常是新老顾客熙来攘往，报纸杂志对它的赞扬越来越多了，甚至接送美国运通旅行社的观光客的客车都要在奥登街十二号门前停上几分钟，向游客们展示这就是莎士比亚公司。然而，莎士比亚公司也受到经济萧条的严重打击。我的美国同胞纷纷离开，我的生意早已亏损，现在每况愈下。我的法国朋友们留下没走，或许能填补我的回国顾客留下的缺口，但是他们同样受到大萧条的影响。

三十年代中期，国际形势令人担忧。1936 年的一天，纪德问我的生活如何，我说我打算关店。纪德一听，大惊失色。"我们不能放弃莎士比亚公司！"他惊呼道，跑过街去问艾德丽安·莫妮耶，我说的是不是真话。哎！艾德丽安只能说我说的是真话。

纪德立即找来一伙朋友想办法援助我。他们想到的第一个办法是向法国政府请愿，给莎士比亚公司以补助。在请愿书上签名的有作家也有巴黎大学的知名教授，但政府资金匮乏，更无法资助我这个外国人办的书店。后来他们成立委员会，成员有乔治·杜阿梅尔、吕克·杜伊赫丹、纪德、路易·吉列、雅克·德拉克特勒、莫洛亚、保罗·莫杭、让·波朗、罗曼、让·史隆伯杰以及保罗·瓦洛希。我的好友史隆伯杰写了呼吁书刊登在委员会出版的会刊上，呼吁拯救我的书店，提出由两百位朋友每年捐出二百法郎，为期两年。在那段时期，莎士比亚公司确有经济恢复之势。委员会的作家们轮流在书店朗读未出版的作品的读书会，大约每月举办一次。"莎士比亚公司之友"的会员捐助人有权参加朗读会，把参加人数限定在两百人是因为这个书店太小，只能塞下两百人。但要加入会员的人何止两百啊。我的一些朋友另给了我额外的捐助，他们是：詹姆斯·布里格斯太太、布莱厄、玛丽安·威拉德小姐、安·摩根小姐、W. F. 彼特太太、海伦娜·鲁宾斯坦太太、阿契伯德·麦克里希先生以及詹姆斯·希尔先生。

第一场朗读会是纪德的，选读他的剧本《吉娜维夫》；接着是让·史隆伯杰朗读一本未出版的小说《圣萨杜伊南》；然后是让·波朗，他是《新法兰西评论》的社长、杰出的语文学家，朗读新作《塔赫布之花》的第一部分，此作有趣，却几乎是莫测高深。我们都承认，我们根本不知所云——我那年轻的给我干杂活女孩除外，她说她字字都懂！莫洛亚朗读一篇有趣而未出版的故事；应乔伊斯的特别请求，保罗·瓦洛希朗读了他的非常优美的诗，包括《蛇》在内；T. S. 艾略特从伦敦来到莎士比亚公司，我尤为感动；恩内斯特·海明威表示愿意打破他反对当众朗读的规矩，只要能说服蒂芬·斯潘德跟他一起朗读，他就同意露面。于是我们有了双人朗读，大为轰动！

在此前后，有这么多著名作家大力相助，有这么多报刊文章大力报道，令人鼓舞，我的生意开始好转。

既然我的朋友们为我出了这么大的力，我本人也应该做出牺牲，我决定卖几件珍藏之宝。我跟伦敦的一家有名的公司接洽售价之事，给他们寄去了清单，他们很感兴趣，经我要求，进行各种安排。他们询问有关乔伊斯的条款，尤其是有关《尤利西斯》的项目有无被查封的风险，听说完全有这种可能，我们便勉强同意不出售了。

经过此事之后，我发布了我的珍藏目录。此目录可能不合收集乔伊斯作品的人的心意——也可能是到了三十年代，收集乔伊斯作品的人已经很少。不论怎么说，我收到的信大多是问我手头有没有海明威的资料。对我珍藏的海明威"一级品"资料，我只能割爱；对其珍贵题献，我也只能割爱了。

大约在此时，我在去美国的途中拜访了我的朋友玛丽安·威拉德小姐。她现在是纽约的威拉德美术馆的丹·约翰森太太。我把整套《尤利西斯》清样稿卖给了她。西奥图·斯宾塞教授为哈佛大学买到了《一位年轻艺术家的画像》（男主角斯蒂芬）的初稿。下一批就该卖《室内乐》《都柏林人》《一首诗一便士》等作品的手稿了。我是在保全乔伊斯项目已无望之后才不得已而为之的。可悲，屈服于需要，令人痛苦。

"博览会一九三七"

我不怎么喜欢展销会，但是巴黎的"博览会一九三七"却不一样。当时的教育部长很钦佩保罗·瓦洛希，要这位诗人办法国文学展览，给了他整个展厅，展示他早期到近代的现代运动的种种文献。展览很受欢迎，从早到晚，人流不断，熙来攘往。展品中当然有艾德丽安出版的书籍，这次的展品

"全是法国货"，所以我出版的书籍未能入展。不过，我为英国评论刊物《今日生活与文学》在新闻出版展区争取到一个展台，因为莎士比亚公司是该刊物在巴黎的批发商。应布莱厄之邀，我参加了"博览会"。展台上的最近一期的《今日生活与文学》十分显眼，另有色彩鲜艳的封面样品和宣传材料，左右两边分别是历史悠久的《两个世界评论》期刊和最受孩子们喜爱的杂志《米老鼠》。

　　《今日生活与文学》热心于在英国推广法国文学。前几期是刊登了纪德、瓦洛希、米修以及其他人的译作。为致敬博览会，最近的一期是法国文学专辑。

第二十二章

战争与占领

1939 年末，萨瓦省到处是招贴，号召所有年轻人参军，家家户户都沉浸在哀伤之中。我乘的那趟公共汽车是最后一班，把我送下山之后，那个年轻的司机就应征入伍了，那辆公共汽车也被征用。尚贝里①的车站挤满了身背装备的士兵。我设法搭上了去巴黎的火车。同一车厢里有一位年轻的英国妇女和她的婴儿与保姆，急着要回英国，她丈夫已在月台上跟他们话别过了。他随后就会与家人相聚，他认为不会打仗。

莎士比亚公司继续营业。战争也在进行。不料德军突然扫荡法国，日益逼近巴黎，居民纷纷设法逃离。奥登街上人潮不断，他们在车站前露宿、过夜，希望能搭上火车。有的人留在车里——因为汽油短缺，路旁是一溜被撂下的汽车。许多人是步行逃离，抱着婴儿背着行李或推着婴儿车或手推车。与此同时，包括比利时在内，络绎不绝从北部和东北部

---

① 萨瓦省的省会。

涌来的难民潮——被逐出农场和小镇的人——都经过本市向西面逃难。

艾德丽安和我没有逃离。为什么逃呢？我的学生帮手露丝·坎普是加拿大人，她想离开。她在壕沟里遭到机枪扫射，试图逃走，后来被拘禁。

1940 年 6 月美好的一天，晴朗，天空碧蓝。留在巴黎的大约只有二万五千人。艾德丽安和我走过塞巴斯托勒大道，含着眼泪看见难民经过本市。他们从东门进城，经由圣米榭大道和卢森堡公园穿过巴黎，再从奥良门与意大利门出城，牛车上堆着家用物品、狗、猫，有时他们就在卢森堡公园停歇，让牛吃草。

我和老朋友伯特兰·封丹①医生一起用午餐，从窗口看见最后一批难民拥进来。德国人接踵而至。机械化部队列队而行，接连不断；坦克、装甲车、头戴钢盔的军人两臂交叉坐在车上。军人与军械均为灰色，接连而过，响声震耳欲聋。

在巴黎有少数的纳粹同情者，称他们为"合作者"，不过他们毕竟是例外。我们认识的每一个人都支持抵抗组织。伯特兰·封丹医生是抵抗组织的积极行动者，她的儿子雷米牺牲在奥地利的茅特豪森囚犯集中营里，当时只有二十岁。

劫后余生的巴黎人纷纷回来，我的朋友们看到莎士比亚公司依旧营业，感到高兴不已。他们一头埋进我的书本里，

---

① 即黛厄丝·伯特兰。

我比以前更忙了。我有个志愿帮手是年轻的犹太朋友弗朗索瓦丝·贝恩姆。她在巴黎大学神学院学梵文，因纳粹的法令而被赶出学院，她的教授鼓励她抄录她的非犹太朋友的笔记。经过他和别人的帮助，她得以坚持学习。

我国大使馆竭力劝我回美国，我都婉言谢绝。（路线是取道里斯本，路费颇为诱人："只需买一只鹦鹉的六美元"。）我反而定居下来跟我的朋友们一起在纳粹占领的巴黎过日子。因为，我和弗朗索瓦丝在一起工作，对犹太人的某些特殊限制也牵涉我——尽管还不至于戴上她的上衣或女服上的那大大的黄色犹太教六芒星形标志。我们骑自行车去各个地方，自行车是我们唯一的运输工具。我们不能去公共场所，例如剧院、电影院、咖啡馆、音乐会，也不能坐在公园的长凳上，甚至也不能坐在街上的长凳上。有一次，我们想去一处有林荫的广场吃午餐。我们坐在长凳旁边的地上，急急忙忙吃水煮鸡蛋，急急忙忙喝暖瓶里的水，鬼鬼祟祟地东张西望。这种经历，我们可不想再有第二次。

莎士比亚公司消失

美国参战后，在纳粹看来，凭我的国籍以及我和犹太人的亲密关系，莎士比亚公司应关门大吉。我们美国人必须去我们那一区的军管部登记，每周一次（犹太人则须天天报到）。美国人太少，所以登有我们的姓名的那个本子常常丢失，我常常帮门警找那个本子。在我的名字与履历旁边注有"没有"① 字样，我不知道这是怎么一回事。

我的德国顾客本来就很少，把我划为"敌人"之后，他们干脆就不来书店了——直到一次不寻常的巡视才结束了接二连三的事情。从灰色的大军车里走出一位德国高级军官，看了看橱窗里的《芬尼根守灵记》后走进店来，用非常地道的英文说他要买此书。"这是非卖品。""为什么是非卖品？"我解释说，这是最后一本，我要保存。"为谁保存？""为我自己。"他很气愤，他声称对乔伊斯的作品有莫大的兴趣。我仍然态度坚定。他扬长而去，我把《芬尼根守灵记》从橱窗里拿出来，加以妥善保管。

两周后，这军官又来到书店。问我《芬尼根守灵记》在哪里？我说把它贮存起来了。他气得发抖地说："我今天来，就是要没收你的全部动产。""请便。"他开车而去。

我跟门房商量。门房打开三楼没有住人的公寓。我的朋友们和我把所有的书和所有的照片都搬到楼上，这些东西大多放在装衣物的篮子里，另有全部家具。我们甚至搬走了照明用的电灯设备。我请木匠拆掉那些书架。不到两个小时，店已空无一物。油漆匠用油漆把奥登街十二号的莎士比亚公司涂掉。那是 1941 年。德国人不是要来没收莎士比亚公司的动产吗？他们如果来，那是永远也找不到这家书店了。

---

① 含义可能是"没有作弊"。

他们终于把莎士比亚公司的业主带走了。

我在俘虏收容所待了半年之后回到巴黎，拿到一纸公文，公文上说德军当局随时可以再把我抓走。我的朋友们商定，我应当"消失"而不是等着再被抓回去。萨拉·沃特森小姐设法把我安置在位于圣米榭大道九十三号的旅馆（学生旅馆）。我和沃特森小姐及其助手马塞勒·芙赫妮耶太太一起住在楼上的小厨房里，十分愉快。我有一张卡，算是旅馆的成员了，感到又回到了学生时代。德国人多次想接管旅馆，沃特森小姐本人为此被拘留数日，不过芙赫妮耶太太之所为确实令人惊叹，她非常好客，众多学生来此做功课。这旅馆是美国旅馆，又是美国招牌，但既然附属于巴黎大学，于是巴黎大学学区区长获准释放沃特森小姐，离开拘留所，继续任职。

我每天都偷偷地去奥登街看看，偷偷地打听有关艾德丽安书店的最新消息，偷偷地看看秘密的午夜出版社最近出版的书。午夜出版社的书是秘密发行，范围很广。冒着极大的风险出版那些书的，是我的朋友叶凤·代丝薇涅。参加法国抵抗运动的著名作家都参与其中。小册子则由艾律亚[①]负责发行。

---

① 保罗·艾律亚（1895—1952），法国超现实主义诗人。

第二十三章

解放

巴黎就快要被解放——这取决于你所居住的市区里有没有德国人。我们的市区邻近卢森堡皇宫及花园，盘踞在此的党卫军是最后放弃占领的部队之一。

第十四区获得解放后，艾德丽安的妹夫贝卡当即就喜气洋洋地来访了。他是骑自行来的，车上插着一面小小的法国国旗。碰巧，这一天是我们这个区最糟糕的一天。他来此，正好我在窗前看到康乃依街附近那家古老的康乃依旅馆着火，火焰四起。德国人一直把它当办公室用，撤离时，他们用他们的全部文件将它付之一炬了。我特别喜欢康乃依旅馆，乔伊斯是学生时曾在此住过——他当时的笔记本，现在仍保存在布法罗①的洛克伍德图书馆里——在乔伊斯之前，叶芝和辛也在这里住过。

贝卡极喜，未免为时过早。他还得扛着自行车穿过地下

---

① 布法罗，美国东北部一座城市。

室而归。民间防务当局有命令，地下室与地下室必须相通。

　　上午，还不到十一点钟，纳粹部队及坦克从卢森堡花园开向圣米榭大道，朝四面八方开枪扫射。我们这些排在面包店前等面包出炉的人感到十分厌恶。我讨厌的另一件事就是街上枪声四起。忙于防御的孩子们，在奥登街街尾堆起家具、炉子、垃圾箱等物；在堆叠物后面是些年轻人，他们戴着"法国国内部队"（FFI）的肩章，手握各种奇奇怪怪的旧武器，瞄准驻扎在大街尽头的剧院台阶上的德国人。这些德国士兵十分凶狠，但是我们这些加入了抵抗组织的孩子们无所畏惧，解放巴黎，他们起了很大的作用。

　　我终于离开学生旅馆，回到奥登街暂住。来来去去两头跑，十分烦人。艾德丽安和我有了这次令人毛骨悚然的经历之后，不再外出。我们听说"他们"准备离开，我们便跟兴高采烈的巴黎市民一起向圣米榭大道走去，一面唱歌一面挥动冲刷厕所的刷子。我们高兴不已，解放了！"他们"连同他们的残余的机械化部队撤离也在此同时进行。对我们的庆祝，"他们"大为光火，用机枪向人行道上的人群扫射。艾德丽安和我跟别人一样，都趴在地上匍匐前进，才总算到了离我们最近的门道。射击停止，我们起身，看见人行道上血迹斑斑，红十字会的工作人员到处寻找受伤的人。

海明威解放了奥登街

奥登街上仍然枪声不断，对此我们早已厌倦。有一天，街上开来一辆吉普车，在我门前停下。我听见呼喊"西尔薇亚!"的声音，那声音十分浑厚，街上的人都听见了"西尔薇亚!"这声呼喊。

"是海明威! 是海明威!"艾德丽安叫喊道。我冲下楼去，和他撞了个满怀；他把我扶起来，让我转过身，吻了我一下，街上和窗前的人都一阵欢呼。

我们上楼，进了艾德丽安的公寓，让海明威坐下。他一身军装，军装很脏、血迹斑斑，咔嗒一声把机枪放在地上。他向艾德丽安要一块肥皂，她把她的最后一块烧饼给了他。

他问道，有没有什么事需要他帮忙。我们问他能不能帮助我对付我们这条街上那几个屋顶上——尤其是艾德丽安的屋顶上——的纳粹狙击兵。他叫他的连队下来，带他们去到屋顶。我们听到了奥登街上最后的一次枪声。海明威和他的连队从屋顶下来，乘吉普车走了——按海明威的说法，是"去解放里兹饭店的地下酒窖"。

二〇一八年三月三十一日

上午九时

于武昌　沙湖边

Shakespeare & Company